逃離紫禁城（下）

一位滿清郡主的傳奇

董升——著

煮豆燃豆萁，豆在釜中泣，
本是同根生，相煎何太急？
——曹植

小說人物提示：

胭　脂：即喪失記憶的琥珀郡主，她聰慧高雅，柔媚明麗，但內心堅韌，擇善固執。她在困頓絕望中結識杜慶鑫，他搏命扶持維護著她履安渡危，闖過許多驚心動魄的險惡遭遇。她感激信賴他，寧願隨他隱匿而放棄尊榮的榮華富貴。

杜慶鑫：自幼長成在戲班的花臉兼武生，善保的弟弟，外貌粗魯憨厚，但心地慈軟溫柔，他在胭脂驚恐絕望中救援她，被她信賴崇拜，衝過波詭雲湧的險阻，視富貴尊榮如蔽履，攜胭脂隱匿江湖，結成眷屬，在平凡中過日子。

馬扣兒：戲班的坤旦，美艷清純，遭遇卻極悲慘，她被善保強暴，卻又不得不含恨嫁給他，難忍內心煎熬痛苦，終以白綾結束自己。

善　保：博爾濟錦一族的貝勒，皇太后鍾愛的內侄，心胸狹隘，偏激好色。他仗勢欺人連自己的親弟弟都要追殺，最後雖惡貫滿盈，卻終做了件對得起良心的事。

恆　祿：綽號禿狼，京師九門提督，胭脂的親舅舅，跋扈兇狠，卑鄙齷齪，唯聽他姐夫鄭親王端華的話，是一條聞腥追羶的惡狗。

載　瀓：皇太后的讁孫子，自幼承襲恭親王的名銜，性情活潑頑皮，嫉惡如仇，是太后的耳目，倒還真攬活了一些事，自詡俠客。

夜，喧囂的王廣福斜街。

馬車，軟轎奔馳來往，天空飄揚著絲竹音樂聲，怡紅院的燈籠在夜風裡擺蕩，門內燈光明亮，閃動著螓首娥眉，鼓噪著淫笑浪聲。

穿堂角落一夥酒客正在據桌猜拳鬧酒，幾個妓女俯肩摟腰的攀附在他們身上，任由酒客撫摸謔笑，她們還裝模作樣的發著嬌嗔和咿嗯。

茶壺提著錫壺穿梭著沖水，剛進後院，就猛聽一聲刺耳的嘶叫，嚇得他腳步猛滯站住。他身旁廂房裡撩帘竄出妓女香菱，看到茶壺驚問：

「誰在叫？」

茶壺沒說話，搖頭揮手催促香菱回房，香菱再問：

「昨天新來的那個？」

茶壺點頭，匆促離去，香菱愣著站在門口，隔壁房裡的荷花，悄然走到她身邊，驚慄的說：

「香菱姐，誰又挨打了？」

香菱深深吸氣，輕推荷花回房，一抹錐心的痛苦閃過在臉上。

在後宅夾壁暗室裡，牆龕油燈光蕊顫跳，光影下油錘把扣兒按在地上，鴇母拉她的腿要脫她的衣褲，扣兒扭動身體踢腿掙拒，連聲嘶叫，把塞嘴的布團也噴出來了。鴇母恨得又擰又打

說：

「看妳喊，看妳叫，到了我這裡還想撒潑？做妳娘的春秋大夢！」她厲聲吼叫油錘：「按緊點，扯她的褲腰，手伸進去摸她，把她剝光讓眾人看，讓她三貞九烈，冰清玉潔！」

油錘倒坐在扣兒背上，鴇母撕扯扣兒褲腰，扣兒翻滾挺跳，折騰得鴇母和油錘都滿身大汗，鴇母恨得咬牙喘著：

「妳叫，妳滾，妳擰，妳潑……看誰擰得過誰？我金花老四在王廣福斜街混了廿年，貞節烈女那個逃過我的手？我花三百兩銀子買妳進來給我賺錢，妳不接客，我難道供祖宗把妳養著…」

鴇母猛力撕扯把扣兒褲腰撕破，油錘乘機伸手摸進，扣兒情急抓身旁瓷瓶砸破，抓碎片吞進嘴中，油錘驚駭抽手掐她下顎使她無法吞嚥，碎片刺破扣兒口腔，鮮血迸湧，鴇母嚇呆，撲過去叉住扣兒脖子，一邊回頭急喊：

「挖她的嘴，別讓她吞，我三百兩銀子啊…」說著嘶聲喊：「來人，來人哪！」

暗室門被撞開，香菱和茶壺衝進，香菱奔過去挖掘扣兒口腔，挖出碎片，鴇母恨極欲摑打扣兒，被香菱抓住手腕推開一旁：

「媽，妳再打她，三百兩銀子就真的要飛了！」

「氣死我，這個該死的東西…」鴇母喘息著罵說。

香菱難掩眼中恨火：

「媽，您保重啊，氣死了，銀子再多也沒用了，您歇著，把她交給我，我勸她點頭。」

「妳？」

香菱放手欲走：

「您不放心我，那我就不管了。」

鴇母一把抓住她：

「好，妳勸醒她，來到這種地方倔強只有自討苦吃，把妳妹妹的事說給她聽，讓她知道！」

香菱臉色慘變，她掩飾的以手帕摀住嘴，等鴇母帶領油錘和茶壺離去，香菱伸手替扣兒擦拭嘴旁血污，扣兒縮躲，滿臉恐懼戒備，香菱柔聲說：

「我叫香菱，跟妳一樣我們都苦命，來，漱漱口，擦擦臉，把破衣裳脫了換我這件。」

香菱脫下身上外衣給她，扣兒不接，香菱把衣裳放在她面前：「妳脾氣倔強，跟我妹妹一樣。」她說著嘴角痙攣，神情悽然：「她死在這裡，被油錘打死的，剛才媽媽叫我把她的事說給妳聽，就是告訴妳，妳縱然死，也逃不出她掌心去⋯」

扣兒滿嘴血污的衝口說：

「難道沒有王法？」

「王法？哼，在這個門裡沒有王法，我妹妹死了，就埋在後院裡。」

扣兒緊閉嘴唇一臉堅決，香菱把衣裳推給她，誠懇的勸著：

「把衣服穿上吧，赤身露體總難為情！」

扣兒抓起衣裳抱在懷內，遮住破處，白菱把擰乾的濕巾遞給她。讓她擦拭。

太監崔玉和捧著太后懿旨來到鄭親王府，端華和恒祿正在書房焦燥的煩惱著搜尋琥珀的事，端華的異母弟戶部尚書肅順也在座，聽到德良稟報懿旨到府，急忙迎出。

崔玉和看到他們奔出內宅的身影，即揚聲喝：

「太后懿旨，鄭親王端華承旨沐恩⋯⋯」

崔玉和把手捧的黃綾錦盒遞給跪地的端華，端華將錦盒遞給身後跪伏的德良，站起，崔玉和打扦向端華見禮：

「奴婢叩見王爺！」

端華謙遜說：

「崔總管辛苦，喝杯茶，聊一會。」

「不能耽擱，奴婢捧旨奉達，得儘快回宮覆旨，臨來的時候太后囑咐，叫奴婢轉告王爺，說：『明天召對，沒有外人，談的是家事，不是國事！』」

「噢，是！」

端華和肅順對望，崔玉和笑說：

「肅六爺也在！」

肅順沒說話，嘴角扯露一絲詭譎，崔玉和掃望過他向端華說：

「奴婢告退」

端華伸手接過錦盒示意德良：

「德良，送崔總管！」

「者！」

德良封禮暗送隨行太監，端華凝立庭院發呆，滿臉憂惶，肅順遙望崔玉和背影，鼻裡冷嗤：「哼，太后懿旨，還當真的！」

「雨亭。」端華斥責：「你收斂點，別再惹事！」

「二哥！」肅順頂駁他說：「你別自己嚇自己，康慈皇太妃雖被尊稱太后，那只是　皇上恩酬她幼時撫養，虛獻的榮銜，權柄有限，沒能力翻雲覆雨，她賜婚牽成你跟鳳祥聯姻，無非是想化解當年的積怨，廣結善緣，鞏固自己的地位…」

肅順說著轉望恒祿：

「倒是琥珀，得趕緊找到，別落把柄給鳳祥，讓他揪住小辮子，說蓄意忤旨拒婚，設詞藏匿，那就難辯解了！」

端華怒目轉望恒祿，恒祿趕忙說：

「已經找到她跟杜慶鑫騎的馬，我正派人挨戶搜索，杜慶鑫有箭傷，他們跑不遠，隨時會找到。」

「那就快找啊！」

「是…」恒祿想辯，碰觸到端華滿佈血絲的眼光，把到嘴的話忍住：「是，這就去…」

恒祿愧窘的打扦退出，端華、肅順低語著轉身走回內宅。

恒祿回到衙門，鬱怒的走進簽押房，坐在椅上，不覺握拳擊桌，震得桌上茶杯滾到地上摔碎，岑師爺聞聲走出屏後察看，這時丁卯疲憊的進門打扦：

「稟督帥…」

「起來說！」

「是！」丁卯站起身，趨前說：「羅青峰被殺一案，卑職奉命調查三百兩銀票出處，經嚴詞詰詢恒興錢莊，查出是燈籠戶老鴇金劉氏購買存兌。」

「燈籠戶老鴇？可追查過金劉氏？」

「查過，此婦奸狡刁擻，卑職不敢打草驚蛇！」

「好，嚴查追索，無需顧忌。」

「者！」

丁卯退出，恒祿轉望岑師爺，眼色詢問，岑師爺說：「東翁別急，水混才能摸到大魚。」

「嗤」地一聲撕布聲響，胭脂把慶鑫的褲子撕開，撕得太猛，褲子裂到腿根露出他健壯白皙的皮肉，和毛茸茸的大腿，胭脂驟見眼前情景，一陣羞窘急急的把頭轉開，轉開頭後再側眼偷覷，膽怯的拉扯破褲遮掩，偷望慶鑫動靜，見他昏睡如故，不曾驚覺，始放膽移動手指，撈起水盆裡的布巾輕悄擰乾，擦拭慶鑫傷口邊的血漬。

她擦著不時偷望慶鑫，心頭鹿撞，手指顫抖，雙腴飛紅難掩羞赧，她緊張擦拭傷口的手指碰觸到仍嵌在肉內的箭簇，慶鑫劇疼抖動，她嚇得顫慄縮手，背身低頭躲藏。片刻，見慶鑫沒再顫動，轉頭偷看，看到箭簇邊有鮮血溢出，她才驚痛的輕喊：

「哥…」

慶鑫沒應聲，鼻息仍舊粗濁的呼吸，她痛惜的輕推他，臉腴羞暈未褪，耳根仍有紅雲瀰漫在髮際，她愣著觀察他，眼光不自覺的從破褲縫隙中窺望，遐思神馳，眼中有如煙似霧的光影氤氳。

驀地窗外有輕響，她陡驚嚇得跳起，踢翻水盆慌亂拉過棉被想遮掩慶鑫裸露的大腿，盆水潑濕炕床，她氣急的望窗外，滿臉張惶羞急。

窗外沒有人，只是微風撼窗發出的聲音。胭脂下炕收拾被水潑濕的被褥，暗咬嘴唇偷笑，石二敲門：

「姑娘，送藥！」

胭脂跳起慌張開門，跑到門邊又停步奔回，石二再喊：「姑娘，送創藥！」

「唔，來了。」

胭脂拉被掩蓋水濕，整理慶鑫躺臥的睡姿，挨蹭著開門把手伸出去：

「藥呢？」

石二給她藥碗，說：

「碗裡湯藥內服，這包藥粉撒在傷口。」

「求掌櫃大爺儘快給我哥拔箭醫傷，他現在發燒，一直昏睡。」胭脂說著要哭，石二趕緊說：

「妳別急，這兩帖藥內服外敷後接著就動手，妳放心！」

石二回到櫃房，見掌櫃反覆審視半塊斷玉，邊看還邊自語：「奇怪，這龍鳳是皇家標幟，小姑娘怎麼佩帶這玩藝兒？難道…」他說著倒抽冷氣：「她是皇室宗親？收留她們我別惹禍上身吶。」

石二說：

「現在還說這個，晚了，您一向見錢說話，不論貴賤出身，既收錢財就賣藥治傷才不違背原則，現在說怕惹禍上身，難道想自砸招牌把財路擋出去？」

掌櫃愓然張目：

「嗯，這倒是，先治傷賺到錢再說別的。」

「病人發燒，昏睡不醒，怕得用猛藥…」

掌櫃瞪眼：

「你懂，你去治！」

石二摸摸鼻子，走開不再言語。

動過拔箭手術，掌櫃的淨手更衣後悄然走出店外，石二斜眼望他憋著一肚子氣，掌櫃的袖手彎腰沿街疾走，拐彎抹角，一會走進一間店鋪。

店鋪門上懸著『鑑古齋』的橫匾，陳舊斑剝，店鋪內貨架陳列，倒明亮寬敞。石掌櫃匆促走進，古董商迎著他招呼坐下，掌櫃拿出珮玉給古董商鑑識，兩人低聲機密交談，談著掌櫃臉色越來越難看，逐漸冒出冷汗，他頻頻以袖拭額，聲音也沙啞得發顫：

「真的是龍鳳珮？」

「應該說是五爪龍珮。」

「什麼是五爪龍珮？」

「五爪龍是皇室近支的標記，有嚴格規範的。」

掌櫃愣著凝想一會，臉色越發蒼白，半嚮，他搶過斷玉挺身站起說：

「多承指教，告辭！」

他說著急步出門，古董商搶著在後追趕、追出門口他已走遠，這時有個捕快經過，古董商差點跟他撞著，捕快瞪眼，古董商就把事情說給捕快聽，並遙指掌櫃背影，捕快狂奔猛追，在街口追到掌櫃，一把扭抓著他的後領拖住。

帶到提督衙門，推進簽押房，按在恒祿座前跪下，恒祿殺機滿臉的怒瞪他。捕快呈上珮玉，郝長功轉遞送到恒祿手中，恒祿接過玉珮審視，轉頭向岑師爺喊：

「師爺，給我白雲觀火場殺人的案卷。」

岑師爺轉眼間捧出案卷，找出一疊宗卷証物，攤開放在恒祿面前，恒祿翻找案卷，在証物布袋中找出半塊玉，和手裡的斷玉接對，兩塊斷玉接合，嚴絲合縫，證實是一塊崩裂的。

恒祿和岑師爺對望，岑師爺點頭，神情凝重。恒祿走出案後，走到掌櫃面前，從齒縫發出森冷的話聲：

「這塊斷玉，你哪裡得來？」

掌櫃戰慄著說：

「一個小姑娘，帶…帶個受箭傷的人住進我店裡…」

恒祿插嘴：

「你的店在哪兒？」

「在…在西城…城牆根…」

恒祿彎腰一把抓住掌櫃肩頭，把他提起：

「走，帶路…」他拖著掌櫃向外衝，邊走邊說：「郝長功，調巡檢營到西城，阻斷通路，把守街口。」

「者！」

衙門頓時沸騰騷亂，掌櫃被兩個捕快接手架起，腳不沾地的飛快奔出。

靜寂，小客棧的黃昏，安祥靜謐。

薰黑的牆壁使客房更見昏暗，和窗外的暮色有明亮的對比，胭脂靜默的坐在窗下炕床上呆望窗外，腦中閃動零散的，糢糊的片斷，那片斷色彩零亂，想捕捉卻又迅快散去。

她柔軟的手掌緊握著杜慶鑫的手，放在膝頭上，杜慶鑫呼吸已變順暢，安祥的熟睡，他眼角有淚痕，眉尖微蹙，隱露痛苦神色，腿上傷處已包紮，紗布上滲露著血漬，胭脂拉他覆蓋的被角，動作輕柔，像觸摸著嬰兒。

窗外起風了，黃昏的風也輕悄柔靜，胭脂聽得風聲窸窣再轉頭望窗外，雀鳥已經飛去，樹枝一片空蕩，她輕聲嘆息，眼光卻落在窗角的一片蜘蛛網上。蛛網上懸著一只蜘蛛，在微風裡顫抖擺蕩，蛛網在胭脂眼裡逐漸擴大變形，變得紊亂糾纏，千絲萬縷，而蜘蛛在網中的游動，像是衝突掙扎著要擺脫羈縻。

她逃避的移開眼光，閉目沉潛，半響痛苦的呻吟說：

「我是誰？我到底是誰…」

她眼中淚水再逐漸蘊聚，矇矓淚眼再轉到慶鑫臉上，這時慶鑫轉側，發出呻吟，手臂撥開被角，胭脂輕撫他的臉試探體溫，並順手把被角拉上。

她凝望慶鑫的臉，仔細的刻意的辨認他稜角分的五官，那濃眉大眼，那隆突的鼻樑和長滿鬍楂的嘴唇跟頦下，她看著他腦中閃過他扮演鍾馗的花臉形象，不自覺再摸他的臉，捏他的耳垂，梳理他蓬散的頭髮。

她摸慶鑫臉脥的手下移到他肩膀，看到他衣破裸露的刺青和鷹爪抓痕的傷疤，她撫著傷疤又鼻酸湧淚，喃然說：

「哥，我拖累你，負疚你太多了。」

一滴眼淚滴在慶鑫肩頭凝血的傷口上，淚水的酸鹹刺激傷口把慶鑫痛醒，他挪動身體，艱澀的睜開眼睛，胭脂見他醒了，抹乾眼淚強露笑容，慶鑫呻吟著喊她：

「胭脂…」

「哥、你醒了？」

「我傷口疼…」

「都怪我…」胭脂難掩羞窘：「我眼淚滴在你傷口上。」

「不是肩膀，是腿傷。」
「噢，剛才拔過箭，敷藥了。」
慶鑫撐身坐起，探摸自己傷腿，棉被滑開露出破褲和褲內大腿的肉光，慶鑫慌急扯被掩蓋，胭脂窘急的說：
「是我，是我撕褲子敷藥太用力了。」
胭脂羞紅著臉，慶鑫不忍的把她的手拉過來握住：
「胭脂，拖累妳了！」
胭脂霍地抬頭，凝色說：
「哥，是我拖累你，從我認識你那天開始就拖累你，因為我害你們戲班解散，你師父慘死，因為我，害你被善保欺凌，被獵鷹抓傷，再因為我，你被提督老爺射傷小腿，哥，這恩情我今生今世都難以報答，我想，這是累世的緣份，你在善保府裡說的話，不是騙我的吧？」
慶鑫神情凜然堅決：
「我杜慶鑫說過的話終生不改。」
「哥哥說一生一世都照顧我？」
「是，一生一世，天地神鬼共鑑！」
胭脂伸手撫住慶鑫的嘴：

「我相信哥哥疼我，愛我，護著我。」她聲音輕柔細微，並身軀前傾，靠進他懷裡：「願終生結縭依靠哥哥…」

慶鑫身軀微起震動，胭脂的臉在他胸前埋得更低，慶鑫抬手輕攬她的肩膀，胭脂頓起陣陣顫慄抖索。

靜默，兩人胸腔心跳亂嚮，寂靜間可感到血液奔流的震波。

窗外暮色褪盡，夜黑曨罩，房內一團黑暗昏沉，倆人的手臂逐漸緊箍，把對方抱緊，慶鑫感覺到胸前溫熱微濕，他知道是胭脂的淚浸，低頭輕吻她髮絲，柔聲說：

「胭脂…要是將來妳想起了妳是誰，怎麼辦？」

「那最好啊，那樣我就能帶你回門，拜見我父母認親了。」

「要是…」慶鑫說著聲音有點戰慄：「妳父母不答應親事…」

「事後哪能反悔，生米巳經煮成熟飯了。」

「我是說萬一，他們若堅持不肯…」

胭脂堅定的抬起頭：

「哥，沒有萬一，婚嫁是終身大事，我們若祝告天地神明，就能終生相守，生死不離。」

慶鑫決然推開她：

「好，我們現在就磕頭祝告，用筷做香…」

「用筷子做香呀？」

「心誠神鬼知道。」

「好。」

胭脂輕快的跳下炕，撿出三枝筷子插在木桌縫隙中，慶鑫撐身離炕下地，胭脂扶持他，兩人並肩跪在桌前地上，同時叩頭觸地，並虔誠祝禱銘誓，慶鑫說：

「我、杜慶鑫，願娶胭脂為妻，雖無媒証，但兩心相許，願生同衾死同穴，白頭不渝。」

胭脂重新叩頭，說：

「我、胭脂，願嫁杜慶鑫為夫，神鬼共鑑，願生死相伴，永不分離。」

她禱罷嬌羞的笑著攙扶慶鑫，慶鑫摟著她，滿臉痛惜，兩人凝目相視，臉肷緩慢接近，嘴唇的溫熱逐漸相炙，胭脂嬌羞的閉上眼，睫毛顫動出心頭的戰慄。

四唇相觸如轟雷乍響，陡地房門被一腳踹開，恒祿殺機滿臉的衝進，胭脂、慶鑫驚駭嚇呆，恒祿撲前抓攫胭脂，慶鑫情急橫身，急亂中一把抓起插在桌縫的竹筷，逼抵住胭脂的眼睛。

恒祿見狀急煞站住腳，空自憤恨的咬牙，緊握腰間刀柄，慶鑫厲聲吼叫：

「出去，否則給你們個瞎眼的胭脂！」

胭脂驚喊：

「哥⋯⋯」

慶鑫以摟她的手輕捏暗示她，低頭怒斥：

「妳閉嘴！」

郝長功等捕快都抽刀作勢躍躍欲撲，恒祿阻止忍怒向慶鑫勸說：

「杜慶鑫，她確實是鄭親王府的郡主琥珀，你救她護她，將來自有報償，你千萬別一步走錯，闖下瀰天大禍⋯⋯」

胭脂焦急辯駁：

「哥，你別信他，善保也這樣說，卻想害我糟踏我，他們都是謊言欺騙，哥，我們已經是夫妻了，你說過，永不分開的。」

恒祿臉色大變，激怒得眼珠都快爆了。

「什麼？你們已經⋯⋯」

胭脂挺胸昂然說：

「不錯，們已經結成夫婦了。」

恒祿挺刀怒指，聲色俱厲：

「杜慶鑫，你該死！」

慶鑫也理直氣壯，把逼指胭脂眼眶的竹筷也放下了。

「我們祝告天地，兩情相悅，有什麼錯？」

恒祿氣得面目扭曲，咬著牙根說：

「給我抓了這個淫棍碎屍萬段！」

郝長功嗷應撲出，捕快等都抽刀撲殺，慶鑫操凳抵擋，因腿傷劇痛踣地摔倒，數柄鋼刀劈風砍到頭頂，胭脂情急和身撲下抱住慶鑫，鋼刀刀鋒都在她頭肩上砍落、恒祿見狀嚇得魂飛魄散，急吼：

「收刀…」

郝長功等急收刀勢，改劈為掃，一時『呼啪』刀撞，火花飛濺，刀鋒貼著胭脂背脊掃過，把恒祿嚇出混身冷汗，他驚極顫聲喊：

「收刀、收刀…」

捕快等收刀後退，胭脂神情莊嚴的轉回頭說：

「你們殺我們吧，這樣我們就能掙脫煩惱，永不分開了。」

恒祿氣恨得跺腳：

「唉、琥珀…」

胭脂張望尋找，猛地抓起土炕邊從慶鑫腿上挖出的箭簇，她把箭簇抵刺自己咽喉，恒祿急忙叫：

「別別，住手！」

胭脂冷靜堅決的說：

「你們走。」她尖聲叫：「走⋯⋯」

恒祿不動，心痛得握拳，胭脂突地用力，箭簇刺破原有頸部創口，鮮血流出。鮮血順著胭脂手臂流到肘上，滴下，恒祿搖手退縮：

「好好，妳別戕害自己，我們走！」

他步步後退，退出房門，捕快等也都緩步移動退避出去，恒祿在房外擦乾眼眶痛淚啞聲說：

「派快馬，去請鄭王爺⋯⋯」

「者。」

郝長功答應著派出快馬，恒祿脫力的跌坐在一張舊椅上，回頭望房中，他眼眶再流出痛淚，恨聲喃然：

「遇到這種事，鬆緊不得，進退兩難，唉⋯⋯」

在房內，胭脂丟下箭簇關上門，落下閂，拉過木桌頂住，慶鑫靜默的望著她，眼光絕望暗淡，胭脂回頭攙扶他，兩人回到炕上，相互擁著，慶鑫撕下衣衫前衿，溫柔的綁紮在胭脂頸部傷口上，他說：

「胭脂！看恒祿愛惜珍貴妳的樣子，說妳是琥珀郡主，應該不假。」
「哥，不管真假，我們既是夫妻就不能分開了。」
「可是妳若真是琥珀郡主，我們身份懸殊，哪有可能結成夫婦？」
「哥，已經向天地神明銘誓，我們已經是夫婦了！」
「唉，」慶鑫悲嘆著：「人世間若能隨心所欲就好了。」
胭脂抱著他，頭臉在他胸前靠著：
「不能隨心所欲，不如死了好。」
「死倒是能解脫！」慶鑫沉痛的說。
「不錯！」胭脂挪動一下身體，聲音平靜堅決：「我沒親人，沒過去，活著沒目標，時時刻刻心驚膽怕，孤獨無助，幸虧遇到你，你幫我、愛我、憐惜我、照顧我、在你身邊我才能安心踏實、覺得有希望、有依靠、沒有你、我怎麼活？」她說著搖頭：「沒有你，我不要活了！」
慶鑫一滴痛淚滴在胭脂頭頂，胭脂抬頭看他，慶鑫緊擁她，擠出苦笑。
客棧內外燈火通明，捕快兵勇弓上弦、刀出鞘。恒祿焦燥的在客房門外踱步，他焦灼的心在焚燒，大門外一高一矮兩條人影走近，捕快峻聲叱喝：
「誰？站住…」

走來的羅巧手和大腳應聲站住腳，羅巧手揚聲說：

「我們父女是良民，找大夫看病，請總爺高抬貴手！」

羅巧手說著話，大腳配合的撫腰呻吟著：

「看病到別處去！」捕快故意弄出刀嚮，威嚇著。

羅巧手哀求著揚聲叫：

「是急症，絞腸痧！來不及彎到別處……」

這時大腳的呻吟陡然變厲了：

「哎喲，好疼，疼死我了！」

恒祿停步傾聽，臉上湧起無名火，正要說話，驀聽蹄聲如鼓疾馳奔到，他跳起衝出門外，見端華帶領隨扈已狂奔馳到門口，他慌忙迎上接過馬韁扶住端華，端華急聲問他：「琥珀在裡邊？」

「在，就等您來了！」

混亂中沒人再理羅巧手父女，他們乘亂混進客棧，鄭親王端華踉蹌著奔跑，衝到客房門外，恒祿、德良跟著他，他哽咽的拍門叫：

「琥珀、琥珀、阿瑪來了！」

房內慶鑫和胭脂相擁著堅定的瞪望著門，房門換拍為撞，『砰』地門鬥斷被撞洞開，端華、恒祿、德良一湧衝進，端華悲呼：

「琥珀…」

「琥珀，妳看…」恒祿激動的越前叫：「妳看妳阿瑪，阿瑪來了。」

胭脂猛地推開慶鑫再抓起箭簇，悲憤的逼抵著喉嚨說：「你們一定想逼死我們，好，我們就死，讓你們稱心了。」

她說著舉手猛刺。端華和恒祿都嚇得失聲驚叫：

「琥珀…」

「琥珀…」

胭脂手腕被慶鑫險險抓住，胭脂力掙不脫，哭了：

「哥，你讓我先死，你先死我就受不了…」

端華混身抖慄著叫：

「琥珀，我是妳阿瑪呀！妳看看我…」

胭脂霍然回頭憤恨的說：

「我恨你們，你們都串同騙我，我不認識你們，也不相信你們，你們再相逼，我就跟我哥一起死，不要活了！」

端華痛呼頓腳：

「琥珀…」

恒祿溫聲勸說：

「琥珀，妳冷靜想想，這是妳阿瑪，妳怎麼就不認識了？」

胭脂緊握箭簇怒瞪端華，端華老淚縱橫，扯著恒祿說：「怎麼會變成這樣子？琥珀連我都不認得了！」

「姐夫，您別急，慢慢讓她明白。」恒祿說著轉向杜慶鑫：「杜慶鑫，你看清楚，父女真情能假得了嗎？她確實是琥珀郡主，鄭王爺親自來，他哪可能冒認女兒？琥珀失掉記憶流落在外，你該幫她認親回家，你想想，跟著你流浪飄泊，朝不保夕，你到底是愛她還是害她呢？」

慶鑫不語，雙眼炯炯望著。

恒祿再說：

「郡主身份尊崇，是皇室顯貴，你身操賤業，地位懸殊，朝廷會傾全力維護她，你孤身和朝廷對抗，能撐多久？」

慶鑫的臉色變了，轉臉望胭脂，胭脂驚恐：

「哥，你別聽他的話，我不是郡主…」

恒祿見慶鑫顯出意動，趕緊說：

「你勸她回鄭親王府跟親人團聚，鄭王爺定會重賞福報，且不追究既往，以前的紛擾都一筆勾銷。」

端華悲痛抹淚，也向慶鑫哀求說：

「你只要放回我女兒，我都一概不究」

胭脂悲憤怒叫：

「走，你們走，非要逼死我們才甘心嗎？」

慶鑫挺身坐直，沉聲開口說：

「請你們出去，讓我們冷靜想一想！」

恒祿再露兇橫：

「杜慶鑫，客棧四週都被我包圍，你別想…」

慶鑫激怒暴瞪眼睛：

「住口，我杜慶鑫心存一死，根本不怕你。」他厲聲喝叫：「出去！」

恒祿被他慘厲的神情嚇住，瞠目結舌，旋即羞惱暴怒，要抽配刀，被端華驚駭的按住：

「別、別發火，我們出去商量，我們出去…」

端華拖著恒祿退出房外，滿眼痛淚的回望房內：

「琥珀，琥珀怎麼變成這個樣子？她脖子上的傷，還在流血！」

恒祿張望著喊：

「石慕才。」

掌櫃急忙答應：

「在，小人在…」

「郡主脖子上的傷你看過？」

「我看過，不嚴重、皮肉傷，經過我包紮敷藥，敢說不礙事了，老爺不放心，我再去給她塗藥！」

恒祿要說話，端華再指胭脂說：

「你看她衣服髒、頭髮亂、肩膀上都是血，唉，她哪受過這種苦，總得找個人先照顧她…」

躲在客棧前堂角落的羅巧手暗踢大腳一下，大腳截聲喊：

「我、我去照顧她……」

恒祿聞聲怒視，問郝長功：

「誰在說話？」

郝長功奔回詢問，片刻回復說：

「看病的百姓！」

恒祿怒聲喝：

「掏出去！」

郝長功答應著轉身要走，恒祿眼珠略轉，舉手說：

「等等，帶過來！」

轉眼間郝長功帶進大腳，恒祿和端華都嚴厲的觀察她，大腳顯出畏怯，恒祿問她：

「妳自己來？」

「還有我爹。」

「妳爹呢？」

「在外邊。」

恒祿向郝長功示意說：

「仔細盤查。」

「者。」

恒祿等郝長功領命去後，轉向大腳說：

「我看妳身材粗壯應有蠻力。」他說者側眼望房內，壓低聲音：「耽會妳進去見到郡主，找機會抱住她的雙手，別讓她尋短自戕，裡邊有個男的腿上有傷，妳不用顧忌他，抱住郡主就叫喊，我會在外邊接應。」

大腳神情木然，愣著聽，恒祿兇橫怒聲：

「聽懂沒有？」

「懂了！」

「懂了就照著做。」恒祿滿眼血絲，面目猙獰：「妳爹已經被我手下看管，妳敢亂來我就先剁了他！救出郡主，我有重賞！」

大腳轉臉張望店堂，看不到羅巧手，她勉強點頭答應，恒祿推她：「去，照我的話做。」

大腳走進門內，胭脂和慶鑫看到她瞠目愣然，大腳在胸前搖手撮唇輕噓，快步走到炕前，低聲說：

「杜慶鑫，我爹來救你……」

「妳爹？侯叔呢？」慶鑫脫口興奮的問。

大腳不答他，俯身向胭脂說：

「沒想到妳真是郡主呢！」

「我不是，是他們亂說！」胭脂認真爭辯，著急的向慶鑫說：「哥，你別信他們。」

大腳斂去笑容：

「外邊那位老王爺很認真，一把鼻涕一把眼淚的哭得好傷心，他看到妳脖子受傷、衣服髒、頭髮亂，不是真關心不會有那種心痛的樣子。」

慶鑫聽著臉色黯然蒼白，強笑說：

「妳爹打算怎樣救我們？」

「不是救你們，是救你！」

「嗯？」慶鑫霍然翻臉，大腳乘他措手不及一把扯過胭脂，緊抱胭脂手臂，抖掉她手裡箭簇，把她拖離炕邊，胭脂初時被大腳嚇愣，旋即驚醒劇烈掙扎，並情急嘶喊：

「哥，哥…」

慶鑫湧身撲抓救援，混身傷口扯痛讓他脫力摔到炕前，胭脂、慶鑫伸手互抓，卻遙不能及，大腳急呼：

「來人幫忙啊！」

在客堂的羅巧手聽得大腳叫聲疾快的衝出，越過眾多捕快閃身站在恒祿面前：

「別動，都別動，郡主在我女兒手裡，不妄動她不會受傷。」

「你…」恒祿握刀狂怒，傾身欲撲，羅巧手滑溜的縮身退開急搖雙手：

「呃，我有話說，別動粗！」

端華也從椅上衝跳起：

「別，別衝動，聽他說！」

「對。」羅巧手嬉笑：「還是鄭王爺明理，提督老爺，你要郡主，我要杜慶鑫，你怎麼說？」

恒祿激怒得眼裡噴火：

「原來你們是預謀……」

「沒錯，我們就是衝著他，早就在這兒等機會了，你點頭，我們帶走杜慶鑫，你不點頭我們就只有拿郡主出氣了。」

他說著轉問端華：「王爺，女兒是你的，你說…」

恒祿厲聲問：

「你是誰？」

「我是羅巧手，在天橋開彫刻舖、你去過。」

恒祿恨極說：

「我要燒…」

「你燒我彫刻舖那是以後的事，眼前是我掐著你的脖子，你狠話少說！」

端華慌急插嘴：

「好，只要能平安救出我女兒，我擔保放你們走。」

羅巧手點頭轉望恒祿：

「提督老爺怎麼說？」

「好，只要能救出郡主…」

羅巧手抬手攔住恒祿說話：

「慢點，杜慶鑫脾氣有點槓，我得說服他，讓他心甘情願放郡主走！提督老爺，這事不能來硬的，來硬的雞飛蛋打誰都沒好處！」

羅巧手矮墩的身影跨進門內，大腳抱緊胭脂的手略鬆，胭脂乘機張嘴狠咬她的手腕，大腳劇疼鬆手，胭脂撞開她奔回慶鑫身邊，大腳痛喊：

「爹，她咬我！」

「咬妳，活該！」胭脂說：「妳心眼壞，陷害我！」

羅巧手心痛的察看大腳傷勢，大腳嘶著冷氣忍疼，恨聲向胭脂叫：

「妳給我記住！」

胭脂害怕，向慶鑫身後縮躲，羅巧手揮手壓制大腳，向慶鑫說：

「我們父女豁著性命來救你，是衝著跟侯成棟的交情，現在裡外有幾百人包圍這間客棧，要想保命離開，比登天都難，所以咱們把話說清楚，要我們父女陪你死，總也得死得明白，現在我問你話，你摸著良心回答。」

慶鑫沒說話，胭脂在他身後緊偎著他。羅巧手指著胭脂問：

「你真心喜歡她？愛她？」

慶鑫堅定點頭，羅巧手再問他：

「既是真心摯愛，當然希望她過好日子了。」

慶鑫再點頭，羅巧手緊逼著再問：

「你能給她好日子過嗎？」

慶鑫瞠目啞然，把頭低下，羅巧手字句沉實的接著問：

「你想過明天嗎？想過下一個時辰嗎？」羅巧手走到慶鑫面前蹲下，他看著萎地趺坐的慶鑫嘴唇緊閉，眼眶滿蓄痛淚，正溢眶順頰流下：「你連下個時辰能不能活命都不知道，你怎麼給她好日子過呀？醒醒吧，慶鑫，別執迷了，且不管她是不是王府郡主，她縱是一株閒花野草，你養得活她嗎？」

「我…」慶鑫哭了。

「哥…」胭脂也哭了：「他們都是串通的，你別信他們…」

羅巧手乾咳站起，說：

「若是你真疼她，就放她回家，鄭親王在外邊，看他父女情摯的樣子，絕對不會是假，胭脂現在忘記身世，她早晚會醒，會想起她是誰，現在鄭王爺一口咬定認她，富貴榮華就在面前，你還有啥不放心的？」

慶鑫淚眼望胭脂：

「我是怕她被騙，像善保…」

羅巧手搶著說：

「好，我請鄭王爺進來，他既然認定胭脂是他女兒，從小養到大，應該知道她身上有什麼隱癥異狀的，說出立即驗証，不是馬上就明白了？」

「好，」慶鑫扶著炕沿撐身站起：「就請鄭王爺！」

羅巧手出門，片刻折回帶進端華，慶鑫問：

「王爺，您確認胭脂是琥珀郡主？」

「不錯，十六年教養，我不會認錯。」

「那請問，她身體有何特徵胎記？」

「她頸後髮際有黑痣。」端華衝口答說：「左腳踝有硃砂斑，形狀像蝴蝶展翅。」

慶鑫把胭脂拉到身前，摸她腦後髮際，頓時變了顏色，胭脂見他神情，也情急伸手摸髮際，慶鑫輕聲問她：

「妳左腳踝有紅斑嗎？」

胭脂低頭咬唇，慶鑫抓著她的手臂。

「有紅斑嗎？妳說話？」

胭脂抬起頭，滿眼含淚的把臉埋進他懷裡，慶鑫柔聲再問：

「有？」

胭脂輕輕點頭，哭出聲音。慶鑫愣著望她，抬頭再望端華，哽聲說：

「王爺，請讓我們說幾句話，我耽會送她出去。」

「好。」端華感激的說：「小女蒙難，多承扶持照顧，隆情高義我定當重酬⋯」

羅巧手岔開他的話，說：

「王爺先別說這話，我們送出郡主，您可得放我們走，我看提督老爺滿眼殺機，只怕到時候會不肯甘休。」

「放心。」端華說：「只要郡主跟我回府，我擔保放你們走。」

「噢，還是這道緊箍咒！」羅巧手轉向慶鑫：「你聽說了，要郡主跟王爺回府，才能放咱們走，你多勸勸吧，這可是生死關頭。」

羅巧手、大腳和端華都退出門外，慶鑫淚眼凝望胭脂，擠出笑容說：

「沒想到妳真是琥珀郡主！」

「哥，我也是胭脂，也是你沒過門的妻子，我們在神前盟過誓的，這一生一世都改變不了。」

慶鑫點頭：

「妳先回王府吧⋯」

「不，我們一起回去，我們盟過誓不分開的。」

「是暫時分開，我們到底沒有成親合巹呀，父母養育妳，妳臨嫁總得祭祖辭親吶，妳先回去，我會請人登門提親，到時熱熱鬧鬧娶妳。不更光采嗎？」

慶鑫說著眼淚不自覺的湧流，胭脂哽咽著替他擦拭，慶鑫再說：

「我真高興妳終於找到家了。」

「哥，你別哭。」

兩人擁抱痛哭，片刻慶鑫推開胭脂說：

「鄭王爺等著，走吧」

胭脂仍緊抓著他不放，滿眼哀求的說：

「哥，這世間我已沒人能夠相信，你不能騙我，你若騙我，我只有死了！」

「死？」慶鑫慄然。

「對，你騙我我只有死一條路走了！」

慶鑫雙手抓住她肩膀凝肅的對她望著：

「不，妳不能輕言用死解脫，世間逆境挫折總是難免，要堅持活著，堅持活著才能把逆境艱困衝破！」

慶鑫扶著胭脂送她到門口，胭脂緊扭著他的衣袖顫抖著，慶鑫說：

「王爺，請接回郡主！」

端華狂喜的奔到胭脂面前伸出手，慶鑫拉過胭脂的手放進他手裡，端華顫聲喊：

「琥珀……」

胭脂陌生的微掙手掌，身體被慶鑫推出，胭脂一隻手仍緊扭著慶鑫的衣衫不放，她哭聲喊著：

「哥，你要來提親吶！」

慶鑫點頭，哽咽說不出聲音了，他急速扭過頭退回房內，耳中仍聽著胭脂哭叫：

「哥、哥……」

胭脂的叫聲漸去漸遠，慶鑫脫力癱軟在門後靠著，恒祿一步衝進門內，他切齒怒恨的在慶鑫面前站住腳，慶鑫虛頹的望他，說：

「你要殺我？」

恒祿猛地抬起腳踢他：

「我不殺你，只踹你一腳！」

慶鑫被他踹得癱到牆腳倒下，嘴裡噴出鮮血，睜眼看，恒祿已經走了。

羅巧手和大腳衝進，把慶鑫扶起，慶鑫咳血不止，大腳迴望門外恨聲罵說：

「這個禿狼，太狠了。」

王廣福斜街的怡紅院熱鬧初起，各房鶯燕都精神抖擻的描眉塗粉，梳頭更衣。宅後的夾壁暗室裡一片昏黑混沌，扣兒顫抖著蜷縮在破棉被裡。突地門閥機關輕響，跟著有燈光透進，扣兒驚得縮到牆角，恐懼的緊拉被角裹身，進門的老鴇把掌燈的油錘推出門外，接過燈盞，把燈放進牆龕裡。扣兒驚恐的望著她，老鴇擠出假笑問：

「睡得好嗎？」

扣兒驚悚恐懼的瞪望她，老鴇拍拍棉被說：

「我不打妳，妳不用怕！」她話聲微頓突地問：「妳姓什麼？叫什麼？送妳來的那個姓安的是誰呀？」

扣兒驚惶慄懼，仍不答話，鴇兒的笑容有點僵，說：

「我現在心情好，妳別惹我生氣，我再問妳，姓安的是誰呀？」

扣兒囁嚅說：

「他是善貝勒的總管，叫安春喜！」

鴇母臉色微寒，再問：

「善貝勒的總管，怎麼會跟羅捕頭把妳賣到這裡？善貝勒知道嗎？」

扣兒眼溢痛淚，搖頭，鴇母再追問她：

「他應該不知道，皇室宗親哪會幹這種事啊！嗯？」

扣兒被激，衝口怒罵：

「他卑鄙齷齪，枉披人皮⋯」

鴇母恍然：

「噢，原來跟善貝勒有關係，善貝勒玩膩了想封妳的嘴，讓妳不能揭他的瘡疤，這我知道妳的來歷了，以後接客總得有個花名，妳姓什麼呀？」

扣兒咬牙堅決：

「我不接客！」

鴇母嗤笑：

「我花三百兩銀子買妳，妳不接客我不是血本無歸了？」

「我找到師兄他們，會還妳的錢。」

「妳師兄是誰？有名姓嗎？」

「有，他是慶昇戲班的武生杜慶鑫。」

鴇母眉毛聳動，眼裡泛動光采：

「哦，那妳也是慶昇戲班的囉！」鴇母眼光銳利的觀察她：「慶昇班有個坤角叫馬扣兒，是妳⋯」

扣兒臉色驀地蒼白，把頭低下，鴇母眼中露出狂喜，不覺拍掌說：

「好、好極了！」

她說著站起「噗」地吹滅龕裡油燈，要開門走出，扣兒猛地竄起抓住她嘶叫：

「妳放我出去…」

鴇母揮臂把她打倒，油錘聽得聲音衝到門口，鴇母推開他把暗室機關關上，笑說：

「我們撈到搖錢樹了！」

「搖錢樹？妳不是說她是瘟神嗎？」

鴇母和油錘低聲說話後離去，香菱躲在牆角暗處偷望他們，聽得他們說「打鐵趁熱」，要找有錢的老爺「嚐鮮試葷」，香菱等他們走遠才敢潛近暗室門外，慌張的找尋門閥，並驚恐的張望附近有無人跡，她越著急越摸不到門閥，情急慌亂下敲門悄聲喊：

「馬姑娘，我是香菱…」

房裡的扣兒瘖聲悲哭，聽得喊聲爬到門後答應：

「香菱姐…」

香菱把嘴貼在壁縫促聲說：

「媽媽跟油錘出去找有錢老爺，要妳接客，我本想乘這機會放妳走，可我開不了這個門、真急死人了。馬姑娘，妳城裡有沒親戚故舊，我去向他們報訊。」

「有。」扣兒的聲音也情急提高：「我師兄都在菜市口狗皮膏藥鋪。」

「菜市口太遠了，怕來不及！」

扣兒再猛打著門急聲：

「要不去提督衙門，找一個捕快叫丁卯。」

「丁卯？」

「對，丁卯，很容易記。」

「好，我這就去。」

提督衙門旁邊有座茶館，茶客大都是兵勇捕快，丁卯沉鬱的坐在茶館裡發呆出神，手裡不停的捏碎花生殼，顯示內心的不安和焦慮。驀地他出神的眼光一凝，望著進門一個少婦問茶房：

「衙門口當差的大爺說，丁卯丁捕頭在這兒？」

茶房指丁卯，丁卯站起來，少婦驚慌的走過來說：

「我叫香菱，馬扣兒姑娘叫我來找您…」

「我是丁卯，有話請說！」

香菱驚恐的回頭張望，惶慄的說：

「她被賣到燈籠戶…」

丁卯猛地一拳擊在桌上，桌上茶壺茶碗震跳，茶館裡眾人都吃驚的轉頭望他，丁卯眼眶赤紅的說：

「誰賣的，賣到那一家？」

「賣到怡紅院，聽說是善貝勒府！」

丁卯猛抓茶碗，憤極『啪』地捏碎在手中。他把香菱暫時安置在茶館。嚴囑茶房照顧看管，說她是舉報兇案的干証，香菱詳細說出藏匿扣兒的夾壁暗室地點，並畫出路徑，丁卯心急如焚，急急帶領捕快趕去王廣福斜街的怡紅院。

他粗暴的踹開怡紅院的外門，直衝闖進院內，金鴇兒得報趕來攔阻，被他推倒，他雙眼赤紅緊咬牙根，以刀鞘擊開擋路的人。

衝到夾壁暗室門外，他拖開障眼的壁櫃，抓閥開門，門開撲鼻一陣霉臭，昏暗中只見被褥零亂，卻無人影。丁卯呆住，同行的捕快都呆住，從後追到的金鴇兒哭著叫喊：

「官差欺壓百姓，無法無天吶…無故擾民苛索，都是敲詐不遂呀，天子腳下，沒天理啦…」

丁卯燥鬱激憤得滿臉通紅，捕快等都瞠目對望，錯愕相對，丁卯怒極一把抓住金鴇兒，厲聲問：

「馬扣兒呢？」

「甚麼馬扣牛扣！」金鴇兒悍撥掙扎：「你吃飽撐了？」

丁卯揚手要打，金鴇兒兇橫的挺胸迎他：

「想打我，你打、你打…」她獰臉呲露著滿嘴金牙：「你敢打我我就到都察院告你，你打…」

丁卯揚起的手掌擊落，半途被身後的捕快抓住，金鴇兒氣燄更高了，她嘶喊著掙開丁卯的手：

「翠花、描紅，妳們都來，去到大街上喊，就說咱們燈籠戶裡有捕快來栽贓嫁禍，勒索敲詐…」

丁卯和捕快回到街上，個個滿肚鬱火無處發洩，憋得臉色發青，半路上遇到跑來報訊的茶館茶房，他說茶館被砸得稀爛，香菱被搶走，丁卯氣血湧頭，眼前一陣暈眩，幸被手下捕快扶住，他切齒毆擊自己的頭洩恨…

油錘打開妓院後門，幾個青皮流氓扛著一只麻袋蜂湧衝進，麻袋裡有人掙動，發著咿唔叫聲，油錘領他們到院後一處荒草叢蔓遮掩的枯井旁，接過麻袋打開，拉出香菱，香菱被塞著嘴，油錘照她臉上狠擊一拳，香菱頓時滿臉濺血。金鴇兒阻止：

「別打臉，打她肚子，打內傷…」

油錘暴打香菱一頓後停手喘息，鴇母憤恨的踢香菱，香菱身體蜷曲，鴇母說：

「丟下去，把井蓋蓋好，留個洞透氣！」

油錘拉著麻袋猛抖，香菱摔進井中，油錘丟掉麻袋移來井旁石板，把井口封閉。

香菱摔到井底慘呼，一隻手伸過來扶她，挖出她嘴裡塞布，香菱看清眼前人影，咳著血喊：

「馬姑娘…」

扣兒輕撫她的嘴，香菱在她指縫中說：

「我找到丁捕頭，跟他說了！」

扣兒的手慄動一下，呼吸急促了，香菱拿開她的手，握住說：

「丁捕頭聽說馬上就來救妳，可恨金鴇兒把妳移到這裡，他一定找不到！」香菱說著咬牙痛恨：「金鴇兒傷天害理害死過不少女孩：我妹妹就是被她關在這裡用水銀毒死的…我、我發過毒誓要替妹妹報仇，不能報仇雪恨，我死不瞑目…」

鄭王府一聲歡欣叫喊：

「郡主回府了，郡主回府了…」

隨著喊聲府門開啟，紅氈『刷』地鋪上台階，僕婢丫頭婆子歡喜的擁擠著列站門旁，東珠跟著側福晉連奔帶跑的迎出來，鞭炮聲震耳欲聾，火花紙屑飛濺，鞭炮、人語聲喧中胭脂滿眼怯懼的跨進王府大門。

鄭親王端華緊拉著她的手，側福晉奔到一把把她擁進懷裡，她哭著喊：

「琥珀、兒啊、我的乖兒…」

端華輕扯她：

「琥珀平安回家，是喜事，別哭了！」

「我忍不住，心裡高興，琥珀、妳脖子怎麼傷了？」

側福晉抱著胭脂不放手，胭脂陌生驚懼的推她，人群混亂，炮聲人聲吵雜，東珠在旁哽咽著哭說：

「郡主，婢子日夜都想妳，妳可回來了。」

僕婢都七嘴八舌的叫：

「郡主、老奴給郡主請安！」老僕喊著要跪。

「郡主、婢子迎接郡主……」一個婢女歡笑著流著眼淚叫。

德良在混亂裡喝叱：

「閃開、閃開，請安問候在大廳外邊等著，別擋路！」

僕婢等都退開，端華、側福晉夾扶著胭脂走過庭院，走進內宅，胭脂沿路觀望，滿眼怯懼戒慎和不安，她在炮聲人語的簇擁中走進廳內，側福晉拉著她坐下，端華向德良揮手：

「叫他們都散了，說郡主有賞，每人發五兩銀子！」

「者！」

德良退出廳外，把廳門關上，廳內剩下端華、胭脂、側福晉、恒祿和東珠。

側福晉抓著胭脂哽咽著：

「乖女兒、妳把二娘急死了！」

胭脂神情疑懼，陌生的望她，側福晉哭說：

「琥珀、我是妳二娘啊，妳不認得我？」

胭脂轉臉問端華：

「你們放走我哥哥沒有？」

端華錯愕：

「妳哥哥？」

「杜慶鑫啊……」胭脂著急的叫。

端華回頭望恒祿，恒祿點頭說：

「放了，當時就放了。」

胭脂觀察恒祿神色，安心的收回眼光，轉眼望側福晉：

「我不認得妳！」

「王爺、您看吶！」側福晉傷痛的叫：「她連我都不認了！」

「她誰都不認得，唉！」端華滿懷愁鬱的說：「叫東珠給她梳洗，把鏡子擦亮，戴她最喜歡的首飾，穿她最喜歡的衣服，讓她慢慢想，一定能想起一些事！」

東珠過去攙扶胭脂，側福晉不捨的抓著不放手，胭脂掙開她，端華再吩咐：

「別讓人打攪她，跟她說小時候的事，她想睡，就讓她安心的睡！」

東珠攙著胭脂走，胭脂掙拒，東珠悲聲說。

「婢女是東珠，從小就伺候郡主的…」

「是啊！」側福晉忍哭接口：「妳身邊兩個丫頭，是雙胞胎姐妹，大的東珍、小的東珠…」

「唔，東珠！」胭脂愕望著東珠思索。

東珠輕扯她走進廳旁暖閣，側福晉望著胭脂背影拭淚說：

「出去一個清明活潑的女兒，回來卻變成這樣子，這怎麼說？」

「能回來，就徼天之倖了！」端華心痛的嘆著。

側福晉流淚不止，握拳擊桌憤然說：

「從她七歲她額娘去世，我就心肝寶貝的養她，到今年她十六，我辛苦養她九年，她卻不認得我了，我辛苦養育她都白費了！」

端華怨怪的瞪她：

「唉，妳現在還說這些！」

側福晉激憤的牢騷著：

「我不說心裡憋得難過，我雖沒生她、可也把她當成心肝寶貝」她說著轉臉問恒祿：「大哥你說，這到底是怎麼個事，她真是琥珀？」

端華怫然變色：

「妳怎麼說這話？」

「我說這話沒錯呀，世上有不認父母的兒女嗎？」

恒祿勸說：

「妹子，妳少說一句！」

「我說得是實話，女兒變成這樣子，我心裡痛得像刀割，她對面不認我這個娘，我當然懷疑了！」

端華恚怒的拍桌站起，側福晉嚇得把話嘎住，端華怒視她拂袖出廳，走到門口站住向恒祿說：

「昨晚太后懿旨，要我進宮召對，我換了衣服就進宮，你也回衙門辦你的事。」

端華出廳，恒祿掃望側福晉，兩人迅速交遞一個曖昧眼色。

胭脂遲疑著走進暖閣，望著暖閣裡錦繡團簇，處處金玉的豪奢縐了縐眉頭，東珠機靈的觀察她的神情轉變，胭脂陌生的對精緻家俱輕手觸摸，門外奔進幾個年輕婢女，在胭脂身前跪倒說：

「婢女春桃、夏荷、秋菊、冬梅給主子請安！」

胭脂驟驚無措，東珠揮手斥：

「郡主要梳洗了，妳們不要打攪！」

春桃爭辯著：

「郡主平時疼我們，我們只想跟郡主請個安磕個頭…」

「好了，頭磕過了，別擾了！」

秋菊抗聲叫：

「東珠姐…」

東珠沉下臉：

「王爺有嚴命，妳們不聽話我要翻臉了。」

「好嘛，好嘛！」春桃等向胭脂檢衽：「婢子們這就走。」

春桃等退出，東珠關上房門，胭脂生澀的在椅上坐了，東珠歡欣的笑著：

「主子，習慣成自然，平時妳就最喜歡坐這張描鳳椅子了！」

胭脂下意識抗拒的站起，東珠柔聲說：

「先沐浴更衣吧，讓婢子侍候！」

東珠拉開床側幃幔，一陣炫麗耀眼，幔後四壁明鏡晶亮，屋頂琉璃吊燈彩粧著流蘇，燈下西洋搪瓷浴缸鑲花飾錦，浴缸旁是一扇彫鏤精緻的屏風。

東珠扶著胭脂走到浴缸旁：

「這是主子淨身的浴缸，以前都是婢子跟東珍侍候妳。」東珠說著語聲哽咽：「東珍跟妳去白雲觀進香，她跟秦婆子都死在那裡！」

東珠解鈕替胭脂脫衣，胭脂躲避退縮露出恐懼：

「妳出去！」

「主子⋯」

胭脂堅持：

「妳出去，我自己洗。」

東珠拭淚。

「是，婢子給妳準備衣服。」

東珠撩開幃幔走出去，胭脂愣著站在浴缸旁，環望四壁明鏡和鏡中自己身影，心頭焦惶疑懼，不覺呻吟著自語：

「這是我的家嗎？我怎麼沒有一絲熟息的感覺？我怎麼什麼都想不起來？」她說著眼眶盈淚，「哥呀，我聽你的話回到王府，變成琥珀郡主，每個人都像認得我，可是我卻想不起他們是誰？我好孤單、好害怕、哥，有你在身邊我就不會怕，我好想你呀⋯」

兩個婆子提水進來傾倒進浴缸，蒸氣翻騰，片刻瀰漫至屋頂，屋頂吊燈瞬間迷濛在煙霧中，煙霧使明鏡裡身影疑真似幻，胭脂輕聲問鏡裡身影：

「妳到底是誰？我是不是在做夢？我什麼時候才能清醒？」

杜慶鑫在炕上劇烈嗆咳著連吐數口鮮血，羅巧手找來石掌櫃抓腕問脈，石掌櫃問過脈後說：

「這小子尋死，我沒法救！」

「尋死？這話怎麼說？」

石掌櫃不理羅巧手，向慶鑫說：

「她回王府是你讓她走，你們天上地下已經是兩個世界，何苦再想她，自己找苦吃，你身上裡外都是傷，再不想開你這條命就保不住！」

慶鑫搖頭：

「我胸口悶，不關她的事！」

羅巧手陪笑著塞一塊銀錁進石掌櫃袖口：

「老哥，賞付藥，施展神醫妙手！」

「藥治不死病！」石掌櫃說：「他找死，大羅神仙都救不活！」

門外芙蓉老九冷聲接口：

「交給我，我有把握救。」

羅巧手和石掌櫃驚愕回頭看，芙蓉和秋荷閃身進房，大腳橫身阻擋，被秋荷揮手一推，即踉蹌衝撞摔到，羅巧手撲身向前，芙蓉抬臂擋住他說：

「羅師傅，你擋不住我們，別讓你閨女冤枉挨打！」

「妳認得我們？」羅巧手驚悸了。

「認得。」芙蓉笑說：「我們還比你們早到這客棧呢，一直在暗裡靜觀事態發展，鄭親王帶走胭脂，我要帶走杜慶鑫…」

「妳們是誰？」

慶鑫虛弱的說：

「她們是芙蓉九爺跟秋荷。」

「原來是你們在暗裡圖謀慶鑫。」

芙蓉毫不避諱的昂起頭：

「不錯、我們要他肩膀上那幅刺青圖。」芙蓉說著向秋荷點頭：「動手！」秋荷跳到炕上抓攫慶鑫，慶鑫無力抗拒被她拖到炕下，大腳見狀衝前救援，被羅巧手抓住手臂，他們眼看著慶鑫被芙蓉和秋荷拖架出門外，竄躍上房頂，大腳甩開手怒叫：

「爹，幹嘛不攔住她們？」

羅巧手喪氣的回答：

「丫頭，咱們這點能耐，實在攔不住。」

「可是，你說他肩膀那幅圖！」

「別急、這齣戲才剛開鑼，熱鬧的還在後頭⋯⋯」

「那幅圖到底牽扯什麼？」

「牽扯到埋藏的四百陸拾萬兩銀子！」

怡紅院後宅荒井裡透進幾絲天光，接著蓋井石板被移開縫隙，一個草包丟進井內，草包摔破滾出個粗糲饅頭，扣兒伸手欲抓，香菱按住她的手：

「不能吃，饅頭裡他們摻了毒！」

扣兒愣著望她，香菱滿臉污血紅腫，她艱難的蠕動嘴唇發聲：「他們摻了水銀，我們連續吃幾天，頭髮會掉、身體會腫、會癢、會爛、到最後自己爛得死掉，日後報官驗屍，他們會說我們是窯姐兒得的那種爛瘡梅毒⋯⋯」香菱腫得剩一條縫隙的眼睛流出血水，顫聲再說：「我妹妹就是被這樣害死⋯⋯」

扣兒毛骨悚然，香菱把饅頭撥到一旁角落說：

「馬姑娘，我能死，妳不能死！」

扣兒顫聲說：

「我也不想死啊，可是…」

香菱抓住她的手，咬著牙齒：

「妳死也要死得清白，不能讓他們陷害，死後還揹著惡名難見親人，丁捕頭既然知道妳在這裡，他一定會救妳出去。」

「他怎麼能找到這種地方？」

「求神吧，老天會有眼睛的！」

端華來到綺春園，崔玉和帶他到東暖閣門外，揚聲喊：

「鄭親王端華奉懿旨召對，門外侯宣。」

閣內傳出太后的聲音：

「進來吧，賜座免參！」

端華仍然拂袖進門參拜，拜後垂手退立一邊，崔玉和搬凳給他坐，端華恭謹坐下，見鳳祥、善保也在，急忙站起拱手說：

「鳳公，久違了。」

鳳祥冷眼望他：

「是久違了，從宗人府大堂你擲籤決罪，到現在己整二十年了。」

端華強笑聲辯：

「當時我承旨辦事，實在身不由己……」

鳳祥鼻中輕哼，善保撩衣打扦趨前：

「叩見岳父。」

端華閃身攙扶、太后望著端華微笑說：

「翁婿之禮不比尋常，你就受了他的。」

「是，謹遵慈諭。」

善保退回鳳祥身旁，端華重新坐下，忐忑緊張，太后臉色蒼白，喉中有短促喘聲：

「冤家宜解不宜結，我做主給你們結親修好，也是希望你們都能看在兒女份上，解開二十年前的仇怨！」

「是。」端華躬身說：「奴才感戴太后慈懷懿德，更感激鳳公的寬宏海量。」

太后掩嘴輕咳，婢女遞上茶壺，太后對嘴酌飲後把壺推開，繼續說：

「我身子不好，想在臨終前開個頭，撮合你們兩家息事和睦，消弭仇恨怨毒，端華被皇帝倚重，是朝廷柱石，鳳祥坐鎮關外，也是朝廷棟樑，兩家內外共濟對朝廷效力，是大清朝的福氣。」

端華佛袖再跪：

「端華謹遵懿旨，叩謝慈恩。」

鳳祥也跪倒叩頭，善保急忙跟隨跪下：

「奴才鳳祥率子善保奉旨謝恩。」

「起來吧！」太后抬手說：「都起來說話。」

端華、鳳祥、善保都站起退回原位，太后關懷的問端華：

「琥珀好嗎？」

「承太后恩緒，琥珀康健。」

「嗯。」太后點頭：「婚期還有多久？」

「還有十天。」端華恭謹回答。

太后再掩嘴輕咳，婢女遞茶壺供其潤喉，片刻，她臉陜一絲潮紅湧上說。

「後天齋戒，我要去白雲觀燒香，叫琥珀跟著去，我在神佛座前多給她求些福報，讓她將來相夫教子福慧圓滿。」

「遵旨，端華率女謝恩。」

鳳祥、善保乘端華跪地時迅快交遞眼色，屏風後人影恍動，是小猴轉著眼珠在偷窺。

胭脂旗裝打扮從鏡前轉過身，東珠目眩的由衷讚嘆：

胭脂被讚美，嘴角微翹露出笑意，東珠整理她的髮飾流蘇，滿臉歡欣驚喜的說：

「主子，妳好像跟以前不一樣耶！」

「不一樣，哪裡不一樣？」

東珠認真的審視她：

「舉止神情，顏容氣質都像不一樣！」她說著急急搖手：「不不，我不會說，好像更穩重成熟了，好像現在有…以前沒有的那種，那種女人的艷光，對，女人的艷光…」

「女人的艷光？妳說什麼？」

東珠口結的解釋：

「婢子是說，妳變得成熟了，有韻味了，散發出光采來了！」

胭脂噗嗤笑出，她的笑靨迸發出一股懾人的嫵媚，讓東珠瞠目結舌，門外走進的側福晉說：

「東珠說的不錯，琥珀果然變了、成熟了、長成大人了、能開花結果了。」

胭脂歛失笑容回頭望她，側福晉身旁站著捧抱錦匣的春桃，胭脂說：

「妳剛說開花結果是什麼意思？」

側福晉繃臉斥責。

「就是結婚生子啊，瞧妳這孩子，跟二娘說話這種口氣！」說著再綻露笑容：「春桃，打開盒子。」

春桃打開捧著的錦匣，匣內黑絲絨上裝著精工彫鏤的銀器項鍊，側福晉拿出項鍊走到胭脂面前：

「這是安南進貢的銀鑲首飾，幾年前太后賞賜給我，我捨不得戴，東珠，妳給郡主戴上讓我瞧瞧！」

「是！」

東珠接過項鍊給胭脂配戴，胭脂頸間傷處仍包著絲巾、銀鍊戴上光華閃耀，更襯得胭脂的高華艷麗，風情絕代。側福晉笑著拉過胭脂說：

「走，妳阿瑪剛從綺春園回來，咱們也讓他開開眼界。」

側福晉拉著胭脂的手走過迴廊。春桃、東珠跟在後邊，胭脂低著頭，顯露著嬌羞窘迫，一些僕婢迎面遇著，都打扦襝衽退避躲開。來到正廳，春桃急趨超前打起帘子，端華抬頭看到進門的側福晉和胭脂，露出驚愕神色，側福晉笑說：

「王爺，女大十八變，一點都不假，以前活蹦亂跳的琥珀，現在變成這麼個大美人兒，真讓人難相信！」

端華臉色漸變憂沉，招手拉過胭脂：

「琥珀，後天太后到白雲觀燒香，要妳隨駕祈福，這是蒙恩的殊榮，隨駕應對的一切禮儀，妳還記得？」

胭脂搖頭，端華說：

「叫二娘趕快教妳！」

胭脂突地回頭望側福晉：

「剛才她說我要結婚生子，要跟誰結婚？」

端華順口答出：

「貝勒善保，太后的內侄……」胭脂神情驟然凝住：

「善保？貝勒善保？」

端華和側福晉都震驚她激變憤厲的聲音，側福晉急忙勸解撫慰說：

「琥珀，妳別急，善保雖然浮誇不實，但年紀輕，會成熟改變，妳是和碩郡主，量他不敢欺侮妳！」

胭脂憤極，臉色脹紫，眼眶湧淚：

「不敢欺侮我？」她厲聲叫：「他擄劫我到他府裡要強暴糟踏我，你們知道不知道？我早說你們串同騙人沒好居心，我哥哥老實厚道就相信了，我根本不是琥珀，我只是跟琥珀長得相像，你們捨不得親生女兒被善保糟踏，卻騙我冒名頂替去犧牲…」她說著嘶喊：「我死都不會嫁給善保，我已經嫁給哥哥，你們不能逼我…」

胭脂憤恨的撕掉頭飾，拉斷項鍊摔到地下，狂奔出廳，端華驚痛的追趕著呼叫：

「琥珀，攔住她，攔住…」

他奔到門檻絆倒暈去，東珠、春桃奔前攙扶：

「王爺、王爺摔倒了！」

東珠奮力追上胭脂，跪下抱緊她的腿，夏荷隨後追來越前跪在胭脂腳前擋住，胭脂掙扎踢拉她們，怒叫：

「放開，放開我…」

東珠哭著說：

「主子可憐我們！」

夏荷也哭著：

「老王爺暈倒了，郡主不能走了不管，讓他傷心…」

胭脂激怒，憤叫：

「你們都是騙子，串同騙我」

「主子，天大誤會！」東珠哭著：「王爺跟福晉都沒騙妳，假如能用死來証明，婢女寧願死了！」

胭脂踢她：

「好，妳去死！」

東珠鬆手縱身以頭猛撞身旁廊柱，『砰』地廊柱血濺，東珠萎頓癱倒，胭脂嚇呆，衝過去抱起東珠的頭：

「東珠，妳瘋了？」

東珠眼神渙散，嘴角溢出血珠、斷續哽聲說：

「主子，妳真的是郡主，王爺跟福晉都沒騙妳，婢子能讓妳相信，死也瞑目。婢子曾說，東珍甘願為妳死，婢子也甘願為妳死，我們的情份不同，從小一起長大，名雖主僕，實同姐妹……東珍死在白雲觀，主子要替她…替她報仇…」

東珠氣絕，垂下頭，胭脂抱著她放聲哭號，春桃奔來攙扶她，她緊抱著東珠不肯放手。回到暖閣，胭脂驚慄傷痛和悲憤內疚，一直臥床痛哭，哭得端華和側福晉像熱鍋螞蟻，六神無主，幾次派遣婢女去跪求勸解，都被逐出，到了夜裡，胭脂哭累昏沉睡去，卻惡夢連連，守候在床邊的春桃怕有差池，睜眼望著她到天明。

天亮後冬梅端來參湯，胭脂裝睡不睬，春桃勸說：

「郡主這樣是逼死婢子，郡主餓壞了身子，婢子也活不成了。」

胭脂心軟，勉強回說：

「我實在吃不下，眼前都是東珠的影子，妳們好心讓我多想想，幾餐不吃餓不死我！」

到了下午，夏荷又捧來點心，春桃仍眼也不眨的守候在床邊，胭脂沉鬱嘆息，問她：

「妳叫春桃？」

「是，婢子叫春桃。」

「她呢？」胭脂指捧點心的夏荷。

「婢子夏荷。」夏荷柔聲應著。

「妳們以前都在我身邊？」

「不！」春桃說：「婢子們以前服侍福晉，郡主身邊就只東珍跟東珠兩個。」

「她們是姐妹？」

「是孿生姐妹。」

胭脂傷痛的哽聲說：

「她們都是為我死的！」她說著衝口問：「我到底去白雲觀幹什麼？」

春桃接過夏荷手裡的點心說：

「聽福晉說，是太后懿旨賜婚，郡主到白雲觀會仙祈福，秦婆子跟東珍隨行侍候。」

「太后把我賜婚給誰？」

春桃囁嚅著不敢說了，胭脂追問：

「給誰？」

春桃懼怯的答：

「給貝勒善保。」

胭脂無言，臉色驟變慘白了。

在怡紅院後宅小廳，油錘細心的把醒腦膏藥貼在金鴇兒的太陽穴上，一邊一帖，貼好再揉蹭按摩，金鴇兒舒服得舒眉展眼，抓過身旁茶杯，咕嘟的灌了一口說：

「嗯，舒服多了，這樣下去會把我折騰死，我死了看你們靠什麼？」她說著又把眉頭縐緊了：「井裡那兩個丫頭讓我為難。」

「也沒啥好為難。」油錘嘴臉猙獰著：「她們死的時候早爛得面目全非，誰都認不出她們，報官驗屍，保準連忤作都會摀著鼻子嫌臭。」

金鴇兒抽出腋下手帕擤擤鼻子，挖挖鼻屎彈掉，眼珠轉著說：

「像扣兒這種姑娘，有名氣、有姿色、是花銀子都買不到的貨，這樣讓她死太糟踏了，三百兩銀子呀，怎麼也得想個法子用她賺一票！」

油錘點頭：

「馬扣兒留著，香菱就沒價值了。」

鴇母凝神思索一會，決然說：

「你到大柵欄那些高等客棧去打聽，有從南邊來的商賈富戶，仰慕扣兒名氣的，咱們好歹把她賣回本錢，也把這塊燙手紅薯甩了，嗯？」

「好，我明天就去。」

鴇母推她：

「什麼明天去，現在就去！」

「現在？交二更了。」

「有錢人白天繃著臉，晚上才會露出真面目，快去，向店裡茶房多塞點錢，別省小費。」

芙蓉婀娜走到床前，輕聲溫柔的向杜慶鑫說：

「你安心養傷，別胡思亂想，什麼事都有我。」她說著側眼望身後的秋荷；「秋荷要描畫你肩膀上的刺青，你就讓她描！」

虛弱躺在榻上的慶鑫激怒的甩開她的手，怒叫：

「哼，狐狸尾巴終於露出來了，妳早想要我肩膀這幅圖，幹嘛不爽快點說？早說來描就是了。」

慶鑫激憤的撕開肩頭衣服，露出刺青圖案，芙蓉驚駭的發現，圖案疤痕零亂，已被破壞得縐縮變形了，她驚怖的指著問：

「你，你怎麼把它弄成這樣子？」

「我沒動過它，是善保的獵鷹抓爛了。」

「善保的獵鷹？」

「哼，妳慢一步，很失望吧？」慶鑫洩憤的狂笑：「哈哈…」

慶鑫的狂笑聲被秋荷猛摑的耳光打斷，慶鑫被摑暴怒躍起想要反擊，被芙蓉抓住，他怒恨的指秋荷：

「妳敢打我？」

「我打你，還要宰你」秋荷疾閃從袖中褪出尖刀，芙蓉情急喝阻：

「秋荷。」

秋荷轉臉厲聲叱責：

「妳閉嘴！」

芙蓉愣住，慶鑫也愣住，秋荷囂張的說：

「妳弄清楚，別忘了姑姑的話，現在我是主子，你敢再對我叱喝不敬，我就讓妳跪地求饒。」

芙蓉含淚低下頭，秋荷戟指著慶鑫叫：

「你想死我偏不讓你死，你迷戀琥珀郡主是痴心妄想，她的婚期早定，十天後就要嫁給善保！」

慶鑫如被重擊，身軀搖恍著，他雙眼赤紅，牙根緊咬著：「妳造謠。」

秋荷指著芙蓉幸災樂禍的笑：

「我是不是造謠，你問她就知道。」

「我不相信妳們。」

「你愛信不信。」秋荷冷酷的說，「防他跑，把他綑了。」

芙蓉委婉反對。

「他身上有傷，不必綑了！」

秋荷厲聲喝叫：

「把他綑了。」

芙蓉無奈，拿繩索綑綁慶鑫手臂，秋荷指劃著：

「還有腳。」

芙蓉推慶鑫到榻上，綑綁他的腿，秋荷在旁叉腰說：

「他的圖毀了，已經沒有價值，我去請示姑姑看怎麼處置，妳看好他。他跑了就有妳的罪受了。」

秋荷說罷離去，芙蓉愣站著不動，半響轉過臉望慶鑫，勉強綻露笑容說：

「來，我給你解開繩子。」

芙蓉給慶鑫解繩鬆綁，慶鑫冷眼望她，目不轉睛：

「胭脂要嫁給善保，是真的？」

「你相信嗎？」芙蓉反問。

慶鑫從齒縫迸出聲音：

「我不信。」

「你不信，就是假的。」

夜靜幽沉，王府暖閣裡宮燈昏黃，檀床繡闈中傳出咿唔輾轉掙扎的聲音，守侍的夏荷撩帳驚看，見郡主在噩夢中掙扎，囈語著含混的話聲：

「我不要…別逼我…跳下去…」

她叫著霍地驚醒坐起身，夏荷驚恐喊：

「郡主！」

胭脂愣著望她片刻，重新倒下，蜷曲著面牆側臥。身軀聳動，低聲飲泣，夏荷悄悄把錦帳放下退離床邊，睡在屏外的春桃聞聲走進，夏荷噓她噤聲，輕聲耳語說：

「做夢，睡不安穩…」

三更，月懸中天。

丁卯大步走進提督衙門班房，拉下配刀「砰」地丟在桌上，響聲驚得躺在長凳上睡覺的捕快差點摔下，丁卯拿瓢在牆角水缸裡舀水牛飲解渴，郝長功睡眼惺忪的從套間走出來問：

「羅青峰的案子，有結果？」

「網撒得對，金鴉兒進套了。」

郝長功精神陡震，猛地挺直腰：

「好，什麼時候收網捉鱉？」

「就在今晚。」

「都佈置妥當了？」

丁卯點頭，咬著牙根說：

「這回她有八隻腳也跑不掉。」

金鴇兒黃著臉打開門，讓油錘進屋，油錘興奮的說：

「找到闊客了，是扣兒的戲迷，姓楊，四川的藥材商。」

「好。」鴇母瞬時氣色紅潤了：「價錢談了沒？」

「沒談，他預付五十兩定金，說價錢見過人再開，真是馬扣兒，他不在乎銀子。」

鴇母點著頭，笑得闔不攏嘴了，油錘接著說：

「他隨後就來看人，人對了馬上付錢，他要求我們幫他送出城，他要帶回四川。」

「好。」鴇母冷森的呲著金牙：「我想狠敲他一筆，你看參仟兩銀子會不會搞炸？」

話聲清晰的傳到窗外，候成棟潛伏在窗下偷聽，油錘的話聲繼續傳出來：

「行，這個姓楊的很有錢，我暗裡向客棧掌櫃打聽，據說他進京販貨都有鏢行押運，動輒幾十萬的買賣，跟京裡票號錢莊都有來往。」

「這麼說咱娘們發財了。」

「那就趕緊把扣兒弄出來，讓她梳洗打扮一下。」

「他說隨後就來？」

「是啊，應該快到了。」

候成棟悄然沿牆遁走，油錘和金鴇兒也相攜出屋走向後院，拂開荒草雜樹走到井邊，油錘搬開蓋井石板，然後點燃半截火把插在井壁，火光照耀下油錘「嗖」地吊著繩子丟下一個竹籃，接著叫：

「馬扣兒上來。」

扣兒驚恐的抓緊香菱仰望，油錘怒聲：

「上來，快點！」

扣兒顫聲喊：

「香菱姐！」

香菱安撫地歡慰她：

「別怕，也許是丁捕頭來救妳。」

「我，我怕，香菱姐妳…」

油錘探頭向井內吼叫：

「磨蹭什麼？快。」

香菱決然對扣兒說：

「上去吧，別管我，不怕死，世上就無難事了。」

扣兒被香菱推著跳進竹籃，竹籃旋即被拉起，懸吊出井，香菱仰頭望著，眼眶湧流熱淚。

扣兒被竹籃吊出井外，剛要站起，一口布袋兜頭罩下，把她套進布袋內，油錘綑綁袋口，扣兒在袋內掙扎叫喊，油錘對著頭臉出拳猛擊，扣兒癱軟暈去，接著再吊出香菱，如法泡製套進麻袋打暈，油錘先扛扣兒進密室，丟在床上，鴇母解開袋口把扣兒拉出來，一個婆子在旁接手給扣兒粧點換衣。

油錘匆促離去處置香菱，婆子俐落熟練的替扣兒換裝，鴇母在旁看著，冷森的眼光眨閃著詭譎，油錘再扛香菱進來，鴇母推他：「姓楊的快到了，你去門口迎接。」

一群捕快疾步奔向王廣福斜街，牆頭躍下候成棟，向奔跑在前的丁卯打手勢，丁卯跑近他促聲詢問、候成棟簡截的說：

「照計劃，你們從前門硬闖，我截後門退路，甕裡捉鱉，她再狡猾也翻不出手掌去。」

「我怕她狗急跳牆傷了馬姑娘。」

「步步為營，情況緊急，就先下殺手。」

「督帥嚴諭，金鴇兒要活捉。」

「要活捉？還要跟她打官司？」

「不是。」丁卯解釋，「她是羅青峰命案的鐵証，督帥說敢殺官的人不是皇親國戚就是強盜，他賭著腦袋，也要揪出這個案子的主謀。」

「好。」候成棟截口叫好，丁卯拱手：

「那就仰仗候師傅。」

「這是我們慶昇戲班的事，丁頭兒這麼說是損我。」他說著問：「金鴇兒活捉，別的雜碎呢？」

「殺！」

候成棟沒說話，拱手躍上牆頭離去，丁卯揮手，捕快等疾奔衝向怡紅院門口。

站在怡紅院門內的油錘眼睛一亮，登時堆出笑臉迎出門外，進門的羅巧手服飾華麗雙眼仰望，扮成長隨的丁慶貴和劉四跟在他身後，油錘諂笑著領路說：

「楊老爺，請這邊走。」

羅巧手搖擺著圓滾的身體走進妓院，慶貴戒慎的觀察沿途四週，一路上妓女浪聲淫笑和嫖客的飲酒喧嘩，一股穢氣和粉香瀰漫撲鼻。

金鴇兒得報搶步迎住他們，呲著金牙想說話，羅巧手抬手攔住她，傲岸蔑視的說：

「閒話不必多說，我來看人，看了人就走。」

「人在裡邊，楊老爺請跟我走。」

油錘退開讓路，眼光眨閃間閃過險詐，被慶貴看到暗自警惕，羅巧手等從油錘面前走過，感受到諂笑下逼人的冷森寒意，走到密室門外，鴇母推開門讓羅巧手等進內，羅巧手跨進門檻猛見室內背身坐著一個姑娘，她粧扮整齊，螓首低垂到胸前，慶貴一眼看出蹊蹺，輕扯羅巧手，羅巧手怒聲叫：

「她不是馬扣兒！」

話聲中背後房門「砰」地關起，羅巧手、慶貴驚駭回頭，鴇母和油錘抽身退開，幃幔後躍出幾個握刀拿棍形像兇惡的流氓，鴇母嗤笑：

「你也不是楊老爺。」鴇母冷森的譏諷說：

「胡說！」羅巧手嚴厲的斥責。

「你別再張牙舞爪演戲了，姓羅的，你的底細我早摸清了。」她呲牙鄙屑：「什麼藥材商？憑你那身賤骨頭？也只配混天橋，嗤，你要買女人，好，我賣個配你的，來，拿銀子。」

鴇母兇悍的伸出手，羅巧手強持鎮定，面不改色：

「我買馬扣兒，讓她出來。」

「我賣香菱。」鴇母厲聲叫：「我數到三，不交銀子就把那個姑娘的耳朵割掉。」

鴇母說著轉手指向幃幔，幃慢拉開牆角綁著馬扣兒，慶貴看到聳身欲撲，扣兒身邊閃出一個婆子，拿刀抵向扣兒臉側，鴇母說：

「誰敢妄動，先在她臉上劃一刀。」

慶貴煞住衝勢，鴇母尖聲叫：

「一！」

慶貴情急掏出銀票：

「銀子有，在這兒。」

「丁貴，銀票不能給她。」羅巧手急喝阻止說。

「二！」

慶貴急得滿臉脹紅著：

「羅叔，幹我們這行臉就是飯碗，臉毀了生路就斷了。」鴇母追逼著再喊：

「好，我給……」慶貴被逼遞出銀票。

鴇母接過驗看，拿起桌上一張寫滿字跡的契約：

「這是過手契約，劃過押人就是你的。」她說著把契約丟給羅巧手，羅巧手狼狽得臉色陣青陣紅，手也抖了。這時候成棟從房頂躍下，輕捷如狸貓的閃進屋影，妓院茶壺跌撞著奔進向鴇母通報：

「媽媽，衙門捕快闖進來了。」

鴇母臉色微變，急轉眼珠沉吟，旋即向婆子揮手後衝出密室，院中遇到丁卯，聽丁卯吆喝說：

「奉提督九門恒老爺火籤，撿肅捉拿重刑要犯，良民百姓不要驚慌，安靜等候盤查，敢阻撓抗拒，就是要犯同黨……」

丁卯吆喝著向裡走，鴇母僵笑著張臂攔住；

「喲，丁頭兒，你捉拿要犯來得剛好。」她說著掩嘴悄聲：「後邊有個客人，冒充四川藥材商，我帶你去，一夥人惡形惡狀，你最好一刀把他砍了。」

丁卯推開她直闖前進，鴇母邊追邊在他身邊聒噪著喊：「他向我買個姑娘，叫香菱！」

丁卯腳步一滯，回頭望她，鴇母呲著金牙笑：

「壹千兩的身價，剛剛簽約劃押……」走到密室門外，鴇母遙指著羅巧手；「喏，就是他，那個粗壯矮子。」

丁卯愣住，鴇母拉過香菱推向羅巧手：

「嘿嘿，人是你的了，這夥衙門總爺剛好在場做個見証。」

她說著再推香菱：「去吧，沒想到妳還有這麼高的身價，買妳花五十兩，贖身卻有壹千兩，喏，這十兩銀子給妳花！」

鴇母掏出銀錠塞進香菱手裡：

「這些年妳替我賺進不少皮肉錢，這銀子給妳補身體。」

香菱驀地跳起抱住鴇母，張嘴猛咬住她脖子，鴇母負疼慘嚎，油錘想衝過去援救，被丁卯橫身攔住：

「她們臨別親熱，你滾遠點。」

香菱緊抱鴇母，把她的脖子咬出滿嘴鮮血，鴇母嘶嚎掙扎：「救命啊，油錘、油錘……」

油錘蠢動，丁卯長刀出鞘，退到香菱身邊，拉開她，香菱咬下鴇母一塊肉。「呸」地吐在地下，丁卯促聲問她：

「馬姑娘呢？」

「我不知道，問油錘！」

油錘衝過去抱扶鴇母，鴇母恨毒的摑打他：

「去，發訊號，弄死那個賤貨！」

油錘圈指塞進嘴裡吹哨，丁卯驚駭挺刀刺油錘制止，慶貴恨極抓椅猛擊油錘後腦，油錘被打得撲前摔倒，擦過丁卯刀尖，衣破溢出血跡，鴇母嘶叫：

「殺人了，官差縱兇殺人了，天子腳下沒王法……」

捕快以刀鞘撞她，鴇母負疼彎腰，丁卯囑咐捕快：

「看著，別讓她跑了。」

「跑？除非她脫殼長翅膀了。」

捕快一把抓住鴇母頭髮，丁卯向慶貴說：

「你去搜，馬姑娘一定在這附近，去、快！」

香菱搶著說：

「這裡我熟，我帶你們搜，有間夾壁牆暗房，馬姑娘前幾天就關在哪兒！」

香菱跟蹌衝出，丁卯、慶貴、劉四緊追在她身後。

茶壺早一步帶領打手奔進夾壁暗房，馬扣兒看到他們驚怖得要喊，被茶壺拉過棉被罩頭把她裹住，打手接著扛起衝出門外，剛出房門就撞到握刀等候的候成棟身上，候成棟搶抓棉被，打手抽刀抵拒，把棉被裹著的扣兒擲給茶壺，茶壺吃力的抱著想衝出去，這時香菱帶著丁卯等奔來，香菱指著被裹的扣兒急叫：

「棉被裹的可能就是馬姑娘！」

丁卯雙眼赤紅的舉刀指著茶壺喝：

「把棉被放下。」

茶壺驚懼的放下棉被後退，轉身就跑，香菱奔過拉開棉被扯出扣兒：

「馬姑娘，你受傷沒有？」

扣兒搖頭，看到丁卯眼淚奪眶湧出，丁卯痴望她，伸手把她攙起，扣兒衝口問：

「我師哥…我二哥，他平安嗎？」

「他很好，香菱，妳照顧馬姑娘。」丁卯憤恨的追望四散奔逃的茶壺和打手：「這夥吸血鬼不能讓他們跑了。」

丁卯說著要追，扣兒一把抓住他：

「丁大哥！」

「別怕。」丁卯輕撫她的手，眼光澀苦的望她：「慶貴在這兒，喏、慶貴。」

慶貴衝前，熱淚盈眶的喊：

「師妹…」

扣兒和慶貴淚眼相望，哽咽著說不出話，丁卯說：

「慶貴，你照顧她們，帶她們先走。」

慶貴答應，和香菱攙扶著扣兒離開。

在後房被慶貴打暈倒地的油錘逐漸甦醒，他摸後腦摸到鮮血，愣著追想，驀地跳起衝出房外，轉出屋角猛地看到扣兒、慶貴和香菱，他縮身躲進牆角隱蔽，從靴筒中抽出尖刀，等候他們走過。

慶貴和香菱攙扶著扣兒轉眼走近，油錘猛地從牆角跳出襲擊靠近的慶貴，慶貴中刀摔開，扣兒被油錘抓住。

香菱湧身撲抓油鍾，油鍾兇毒的揮刀砍她。蹲身扛起扣兒跑走，扣兒驚極嘶喊：

「三哥！」

慶貴拼起餘力竄起撲追油鍾，力盡摔倒抱住油鍾的腿，油鍾揮刀刺他，慶貴緊抱不放，向扣兒嘶喊：

「跑，快跑…」

扣兒踢打扭掙，掙不脫油鍾的手掌，陡地丁卯從背後擲來配刀，「哧」地插在油鍾背上，把他身體刺穿，油鍾被刀勢衝得前撲噴血，脫手鬆開扣兒，慶貴的手也被他衝勢猛急掙脫，他含恨回頭獰望丁卯，踉艙衝跌著摔倒地上，抽搐，氣絕。

丁卯、羅巧手和捕快等抓著茶壺奔到，扣兒和身撲到慶貴身上，抱住他哭號：

「三哥，你撐住啊。」

慶貴抹掉唇邊血漬，露出苦笑，嗆著血珠說：

「妳終於親熱的抱我了，從，從懂事我就做夢盼望妳能親熱的抱著我，我妒忌二哥，妳只對他好…」

慶貴咯血，扣兒悲痛得混身顫抖著，慶貴挺跳兩下，吐出最後一絲氣息，頭垂下，扣兒嘶呼著搖撼、妓院騷亂得狼奔豕突，雞飛狗跳。

翌晨，端華愁眉深鎖的坐在小廳和側福晉說話，婢女送進的奶茶仍涼著放在桌上，突然胭脂推門闖進，她進門就衝到端華面前撲地跪下，端華驚愕的瞠目呆住，側福晉急忙伸手拉住她：

「喲，乖女兒，妳這是幹嘛？」

胭脂掙開她的手掌，眼眶含淚叫：

「妳不要拉我，你們要真是我的父母，就聽我說話！」

側福晉回頭望端華，進退維谷，胭脂推她：

「你們都坐下，聽我說。」

側福晉和端華再對望，無奈退回坐下，端華說：

「有話坐下說，別跪著。」

「不！」胭脂強橫的說：「我跪著是求你們，無論如何耐心聽我說完話。」

「好，妳說。」端華難掩猜疑，兩眼凝注著望她，側福晉再伸出手：

「格格，有話儘管說，妳這樣讓我心裡害怕。」

胭脂膝行兩步躲開側福晉的手：

「我先問阿瑪跟二娘，我是不是真是你們女兒？」

「當然是。」端華和側福晉搶著答。

「既真是你們女兒，你們疼我嗎？」

「當然疼。」側福晉拍掌說：「妳是我們的獨生女兒，心肝寶貝呀！」
端華顯現怒容了：
「琥珀，妳到底想說什麼？」
「我想問。」胭脂神情堅決；「我寧死不嫁善保，你們還疼我嗎？」
「當然⋯」側福晉衝口說出，回頭見端華沒出聲，趕緊嘎住話，胭脂逼迫端華：
「阿瑪您說話呀！」
端華深深吸氣，沉聲說：
「琥珀，這樁婚事不是我們做主，是太后懿旨賜婚。」
胭脂擰頭扭身：
「我不管誰的旨意，要我嫁善保我只有死給你們看了。」
「善保人品雖不好，可是—」側福晉求援的望端華，端華沉痛堅決的向胭脂說：
「琥珀，妳嫁給善保，除了太后懿旨還有別的原因，妳非嫁不可，死，也得嫁。」
胭脂愣得瞬間霍地站起：
「好，那你們就嫁我的屍體吧。」
胭脂決絕的轉身衝出廳外，端華竄身站起，衣袖掃落變冷的奶茶。
胭脂回到暖閣憤怒絕望的摔砸瓷器，一時嘩啦爆響不斷，碎響中雜著咒罵：

「騙子，都是騙子！」

春桃在門外怯聲戰抖著喊：

「郡主，妳別氣壞身子，冷靜啊……」

胭脂猛向發聲處擲一花瓶，花瓶砸在屏門上破碎，春桃驚叫躲開，胭脂再罵：

「都是騙子！」

春桃在外哭著喊：

「郡主，妳饒了我們，別砸了。」

胭脂在地下撿起碎瓷片，尖聲叫：

「把門打開讓我出去，要不，我就用碎瓷片割臉了。」

門外驀地靜寂，片刻、門開了，側福晉臉色沉寒的跨進門內，春桃、夏荷趕緊超前擋在她面前，側福晉撥開她們說：

「妳們閃開，讓她砸我。」側福晉昂頭走向胭脂：「我雖不是妳親娘，可是打七歲起我就心肝寶貝的養妳，也嚐盡做父母的艱辛操勞，現在妳還沒報答過我，就拿盤子花瓶砸我吧，讓我的頭流血，看鮮血能不能流醒妳這個忘了父母的畜生！」

胭脂被她氣勢嚇住，不敢動，側福晉再叫：

「砸呀，妳手裡有盤子！」

胭脂把手裡瓷盤揚起，春桃、夏荷急喊：

「郡主，不能，千萬不能！」

側福晉怒目厲聲喝：

「砸？量妳也不敢！」

胭脂裂嘴哭，垂下手臂，盤子摔在地上，側福晉指斥：

「妳看看妳這樣子，狂悖粗野，哪像個郡主，難道妳離家這一個月，都跟強盜土匪在起嗎？」

胭脂憤怒的哭叫：

「我哥哥不是土匪強盜。」

「不是土匪強盜就該懂規矩，妳看看妳變成什麼樣子！妳以前的優雅謙退那裡去了？」

胭脂頂撞：

「我不懂什麼叫優雅謙退。」

「好啊，我講一句妳頂一句，妳要造反了。」側福晉說著衝前要打，春桃、夏荷跪下抱住她的腿攔住她，春桃說：

「郡主惹福晉生氣，都是婢子闖的禍，婢子掌嘴。」

春桃放鬆一隻手，自己掌嘴，夏荷也跟著掌嘴說：

「婢子沒有服伺好郡主，也是婢子的錯。」

側福晉喝住她們：

「好了，妳們的臉打腫打歪有什麼用，她會領情嗎？」側福晉怒瞪胭脂：「她連我這個做娘的都不認，還把妳們放在眼裡嗎？」她說著做作的掩臉痛哭：

「我白辛苦了近十年，白養她了，嗚嗚…」

胭脂手足無措，春桃懇求：

「郡主！」

夏荷也喊：

「郡主，您陪個罪吧。」

胭脂疑遲，側福晉尖聲說：

「用不著求她，從小到大我捧在手上哈著護著，誰感激過我一聲，誰安慰過我一句，我圖什麼？還不是看在王爺這點血脈，可我現在把她養大成人，她連父母都不認了，天吶…」

胭脂悲痛得裂嘴痛哭，雙膝一軟跪下了。

春桃和夏荷退出暖閣掩嘴偷笑，夏荷做著鬼臉要說話、春桃豎指噓她：「福晉吩咐進點心，快準備了。」

春桃、夏荷捧著點心再進暖閣，看到側福晉拉著胭脂的手親熱的坐在繡闈床沿，胭脂低垂著頭，淚痕瀅然的說：

「是我不好，惹二娘生氣。」

側福晉拍著她的手：

「妳惹我生氣也不是一次了，妳從小就執扭，阿瑪管不住妳，二娘也管不住妳，只聽東珠跟東珍那兩個丫頭的話。」

胭脂悲痛哽咽：

「她們都為我死了。」

「奴才為主子死，也是義之所至呀。」

胭脂垂頭半響，說：

「二娘，我死都不嫁給善保。」她抬頭揚臉，神情堅決：「我死都不會嫁給他。」

側福晉憂急嘆息：

「唉，二娘跟妳阿瑪能做主就好了。」她眼珠轉著想：「妳這樣吧、明天太后朝山到白雲觀燒香，叫妳隨駕祈福，妳到時候想法子討她歡喜，去求她！」

「求她？」

「是呀，是她下旨賜婚的呀。」

「好，我求她！」胭脂決然點頭說。

側福晉輕聲詢問：

「朝覲應對的禮儀，妳還記得嗎？」

胭脂綴眉搖頭，側福晉撫慰說：

「好，我教妳，從進宮開始。」

春桃在旁插嘴：

「福晉，點心涼了。」

芙蓉捧著熱騰騰的湯碗進門，杜慶鑫神情憔悴的坐靠在床上，芙蓉把湯碗端到床前，柔聲說：「來，喝碗熱湯。」說著拉慶鑫的手：「來，接著。」

慶鑫瞪眼揮手撥打，湯碗「砰」地摔到地上打破，他惡聲說：「妳少煩我。」

芙蓉憤怒得臉色脹紅了：

「你，你別不知好歹！」

「對，我不知好歹，妳乾脆拿刀來把我殺了。」

芙蓉壓著聲音怒叫：

「我是想救你。」

「我不要妳救，秋荷要殺我就讓她殺好了。」

芙蓉脹紅的臉色漸退，露出蒼白冷笑：

「哼，就因為聽說胭脂要嫁人，你就不想活？你連這個消息真假都不想追究？」

「我怎麼追究？妳肯放我走？」

芙蓉啞口無言，慶鑫冷嗤，輕鄙的轉開頭，芙蓉說：

「我放你走，你混身是傷也走不了。」她聲音放柔，誠懇的說：「你心平氣和一點，我是真心為你好。」

慶鑫再冷嗤，閉口不屑，芙蓉忍氣說：

「你想清楚，我要害你早就下手了，還等這時候？從我們認識我有多少機會？別說你身上的刺圖，要你的命我都是舉手之勞，我實在是愛惜你，我—唉，也許你認為我是殘花敗柳，是攀附權貴的牆頭籐葛，我跟恒祿並不是你想的那樣，不信去問秋荷！」

「我幹嘛要問秋荷？」慶鑫霍地轉頭說：「關我屁事？以前，我是登台唱戲的戲子，妳是捧場撒錢的闊客，現在，妳要我肩膀上這幅圖，我給妳，拿筆描，拿刀剝都隨便，只請妳—」他切齒吼叫，「別煩我。」

慶鑫怒瞪芙蓉，芙蓉忍淚沉靜的向他望著，片刻她移開眼光說：

「好，你厭煩我，我就不打擾你，不過，你自己身體要緊，總得吃點東西，儘快恢復。」

慶鑫握拳擊床怒叫：

「出去，妳滾了！」

門外走進冷森的秋荷，她譏笑說：

「妳求了半天，尾巴都快搖斷了，還是落得一句滾，嘿，真不害臊。」

芙蓉蒼白的臉又脹紅了，秋荷獰笑著望慶鑫說：

「告訴你確實消息，好讓你死心，胭脂確實是琥珀郡主，明天她跟太后到白雲觀進香，十天後出嫁，嫁姑善保。」

慶鑫臉色灰敗，胸膛一陣翻湧。「噗」地一口熱血噴出，芙蓉伸手欲攙，手臂被秋荷抓住，她態度囂狂的推開她，說：

「妳過來，姑姑有話讓我跟妳說。」

芙蓉默然點頭答應，跟她走出門外，秋荷陰森著臉，斬釘截鐵的指著屋內；

「姑姑說，圖燬了這個人就再沒價值，不能留他活在世上，免得機密洩漏！」

芙蓉頭垂得更低，沒說話，秋荷再說：

「姑姑說，妳對他動情已經陷溺得危險，要猛醒回頭戴罪立功，否則制裁得慘酷。」

「我遵照姑姑吩咐。」芙蓉輕聲說：

「好。」秋荷聲音轉厲：「姑姑嚴命，要妳馬上把他處死！」

芙蓉身軀陡震，抬起頭：

「馬上？」

「是，處死他斷絕線索，我們就儘快離開。」秋荷說著抽出短刀給她：「趕快動手，敢耍花樣我手裡蝕膚液就先把妳燬了。」

芙蓉接刀點頭，秋荷冷森的望她，推她進屋，芙蓉把刀藏在背後被秋荷推著走到床前，慶鑫感受到殺機，驚得退到床角，芙蓉伸手抓住慶鑫把尖刀揚起，閃電刺下，慶鑫驚恐猛掙側躲，尖刀從慶鑫臂旁刺過，電疾閃向背後，站在她身後的秋荷躲避不及，尖刀「哧」地刺進腰胸，秋荷厲聲尖叫，拔開瓶塞潑出瓷瓶溶液，芙蓉驚叫：

「慶鑫，拉棉被蒙住頭…」

慶鑫如響斯應的拉過棉被蒙蓋頭臉，溶液洒在棉被上騰起絲絲青煙，像被火燒鎔，芙蓉旋身如電，閃到秋荷身側，揮手猛拍插在秋荷胸肋間的尖刀，尖刀被擊再進，直沒至柄，秋荷挺跳踉蹌摔退，力盡撞翻桌椅摔倒，抽搐掙扎，轉眼氣絕。

芙蓉急喘著凝止瞬間，猛地跳起抓住慶鑫衝向屋門，慶鑫驚駭地甩開她，芙蓉急說：

「快走！」

慶鑫怒叫：

「妳不要拉我。」

芙蓉情急再抓他：

「快走，落在姑姑手裡你想死都難了。」

「妳姑姑是誰？」

「宮裡的，快走啊。」

芙蓉抓著慶鑫猛拖下床，慶鑫掙持著怒問：

「宮裡的？她幹嘛殺我？」

「以後再解釋，你抱住我，抱住我的腰！」

芙蓉抓著慶鑫的手圍抱住她，她再抓緊慶鑫的腰帶猛竄跳起，躍飛下樓。

一夜過去，曙色初透，雞鳴起落。

鄭親王府東暖閣宮燈明亮，胭脂端坐在粧台前，春桃，夏荷忙著替她塗粧梳頭，側福晉推門走進問：

「好了沒？過寅了，洋鐘也敲過五點了。」

「好了，就好了。」春桃答應著。

側福晉走到胭脂面前，彎下腰：

「要先進宮向太后請安，等太后鑾輿起駕，妳才能隨蹕登車，所以卯正宮門大開以前，各承旨官眷都得在宮門聽點，唱名三聲不到內務府列名參劾，就會有輕慢不敬之罪，現在過寅，得趕快了。」

春桃接口說：

「快，簪上花就好了。」

側福晉站在鏡前端詳，誇讚說：

「嗯，果然雍容高華，閨秀氣質，我那付銀寶石項鍊呢？」

夏荷捧過錦盒：

「在這兒。」

「給郡主戴上。」

「是。」

夏荷把銀項鍊戴在胭脂胸前，寶石映著燈光閃爍，璀璨耀目，側福晉問胭脂：

「我教妳的應對禮儀都記住了？」

「記住了。」

「小地方察言觀色獻殷勤，討太后歡心，求她的事她才會答應。」

「知道了。」胭脂點頭，頭飾金步搖顫抖著。

「太后崇道信佛，妳在廟裡神前奉承她準沒錯，別人都叫她老菩薩，妳也跟著叫。」

側福晉顯出沉吟，接著說：「要是太后問起這條項鍊，妳就說是妳週歲妳阿瑪給妳打的保命。」

胭脂詫疑：

「咦？妳不是說這是安南貢品，太后賞的嗎？」

「妳這孩子。」側福晉斥責：「教妳怎麼說妳就學著說就是了。」

胭脂嘟嘴：「幹嘛要說謊？」

側福晉沉下臉轉身走開說：

「快，手腳快點。」

春桃有點手忙腳亂、對胭脂髮飾衣物做最後整理，夏荷抓一條絲巾給胭脂拿著，側福晉寒著臉說：

「好了就快走，王爺在前廳等急了。」

胭脂深深吸氣，站起挺胸昂首走出暖閣。

在前廳踱步等候的端華向坐在一旁抹鼻煙的恒祿說：

「妓院那檔事，就當我不知道，你是九門提督，緝兇辦案是你的職權，你放手去做，有事找慶親王，只要你腳步站得隱，天大的事我們會給你撐著，不過！」

端華停步思索，恒祿難掩興奮的說：

「姐夫，這是反擊的機會。」

端華搖頭，目光稜稜的走到恒祿面前，伸指指著：

「打蛇打七寸，沒把握就別動手。」

「抓住安春喜，就掐住蛇的七寸了。」

「切記『機、密、準、狠』四字。」端華說過揮手：「好啦，今格太后朝山，你步軍衙門要衛戍御道，配合鑾輿沿途供應，夠你忙的，你去忙吧。」

「好，那我先走。」

恒祿退後打扦，轉身出門，門口遇著側福晉，胭脂等，恒祿退避到門邊，胭脂經過他面前站住，定睛望他一會，端華沉聲說：

「琥珀，不可對舅舅無禮！」

胭脂轉頭走開，滿臉餘憤恚怒，雙眼冒火，側福晉含笑招呼：

「大哥，你走了？」

「是，太后朝山，我警蹕衛戍，得先佈置清道。」

恒祿拱手退走，端華責怪的怒瞪胭脂，側福晉勸著：

「別責怪她了，免得影響情緒。」她說著問侍立的德良，「德良，車駕好了沒？」

「早候著了。」

「好，那就走吧。」她向門外喊：「春桃、夏荷！」

春桃、夏荷急忙答應，側福晉眼光冷厲的掃過她們：

「謹慎伺候。」

「是，婢子知道了。」

春桃、夏荷進門攙扶胭脂走出，端華、側福晉在後跟著，親眼望著她們登車。

黎明曙色中崔玉和在綺春園高喝：

「太后起駕！」

隨著喝聲親貴王公，宮眷命婦分班排列跪下，中庭紅毯鋪地迤邐直到門口，肅穆寂靜中響起簪環碎響，響聲逐漸清晰，太后扶著崔玉和的手臂走出寢宮，她雖病容難掩，卻仍強露著笑容。

崔玉和恭謹的扶持著太后跨著沉穩緩慢的步子，小猴穿戴整齊在太后身邊跟著，他們身後跟隨一群宮娥嬪妃，環珮的叮噹微響隨著酒杯跟的宮鞋震動著。

小猴邊走邊骨碌著眼珠向兩旁覷望，看到跪伏人的脖頸，他把掌心捏著一隻螞蚱輕悄夾出。

他捉狹的看準一個官眷的粉頸，想曲指彈進她的衣領內，手剛抬起猛地看到他父親恭親王奕訢也跪在紅毯路旁，不覺驟驚縮手，稍一瞻顧猶豫，已和太后的距離拉遠，他急忙追趕，剛追到太后身後就聽到其父奕訢高聲喊喝：

「奉懿旨，鑾輿直出綺春園上山，扈蹕儀衛前導，各王大臣、宮眷命婦車駕跟隨，按品階秩序不得爭先，沿途供應由內務府會同步軍衙門辦理，統籌調度概由本爵承旨辦事，鑾輿！起駕。」

樂聲齊鳴，跪伏的人紛紛撩衣起身，鑾輿衛的號角嗚嗚吹響，一時腳步沓雜，環珮細碎盡湧門外，園門旁排列的轎馬都騷動起來。

儀仗旗幟翻飛撲展著在前開道前導，虎槍營禁衛扛著火銃洋槍列隊衛護著，騎馬擎著一片旗海，控轡緩步行進的是身配彎刀長辮繞頸的蒙古哨子手，再後跟隨的是馬褂箭衣英武慓悍的藍翎侍衛。

侍衛身後是黃綾蓋傘下的鑾輿轎輦，太后蒼白著臉，強露笑容的坐在轎內，小猴扶著轎桿傍轎行走，他眼珠骨碌碌的刁鑽地轉著，張望四週人群。

轎後迤邐跟著王公官眷的車駕，路旁警戒著提督衙門的崗哨。沿路肅靜，只聞旗幟閃撲和轆轆輪聲。

恒祿繞小路先趕到白雲觀接駕，吩咐道觀在鑾輿抵達時鐘鼓齊鳴。

鑾輿來到觀外，鐘鼓震耳的響聲中觀主乾元道長率領道眾列站在靈官殿前迎候，他們都垂眉稽首齊聲誦經，觀內香客遊人都被趕出觀外，道觀肅靜空蕩，一條紅毯直舖到玉皇殿前。

觀外鑾輿落定，官眷盡皆下車下轎跪伏地上，崔玉和撩帘攙出太后，踏著紅毯走進山門，小猴緊隨在後，走到靈官殿前鐘鼓聲歇，十二音鐘接著敲響，鐘聲清脆悅耳，太后進殿捻香。

參過靈官殿王靈官，再進玉皇殿，殿裡玉皇大帝金身巍峨，氣象莊嚴，崔玉和伺候點香遞呈太后參拜，恭親王奕訢向前接過親扶太后跪倒在神座前。

太后氣虛的顫抖著跪拜，殿外廟庭裡也黑鴉鴉的跪滿了官眷。

這時鐘鼓再響，道眾高聲誦經，直到奕訢把太后攙起，插香再拜後出殿。

轉出玉皇殿，太后走向老律堂，奕訢戒於禮法抽身退開，太后仍由崔玉和攙扶，小猴早在玉皇殿就悄然溜開。

走到藥王殿前太后停步，崔玉和會意說：

「這藥王殿聽說祀奉藥王孫思邈，他醫術通神，老主子見見他，求支藥籤一定能藥到病除。」

太后虛喘著點頭，問：

「猴兒呢？」

「剛才還在。」崔玉和轉臉張望：「奴才叫人去找。」

小猴是看到胭脂，他驚愕得瞠目結舌。胭脂也看到他，衝他微笑，小猴溜到她身旁呲著牙問她：「妳真是胭脂？」

「是啊。」

「妳不是把什麼都忘了？現在想起來是鄭親王府的格格啊？」

「我不知道，她們都說我是。」胭脂說著望春桃、夏荷，她們都屈膝向小猴施禮：

「婢子見過王爺。」

小猴眼珠機靈的在她們臉上轉動，看得春桃、夏荷毛骨悚然的退避縮躲。滿院的王公官眷鵠立廟庭肅靜等待，悄聲細語的說笑著。

太后參過藥王孫思邈，出殿穿過廟庭走向對面救苦殿參拜太乙天尊，佇候的官眷王公都驚異的對望，顯得難以置信，悄聲談笑隨之一靜，都愣愣的注視太后背影。

這太乙天尊是道教救苦救難的神祀，騎九頭獅子，左手執甘露瓶，右手執寶劍，據道經記載，受苦難者若祈禱頌呼天尊之名，即能得到救肋，太后參拜救苦天尊，難道心頭有甚難解之苦？

眾人正愕異觀望，崔玉和出殿站在階前喊：

「奉懿旨，宣鄭親王府和碩郡主琥珀，進殿覲見。」

崔玉和喊畢張望廟庭官眷，等候回音，胭脂怔著沒出聲，春桃急忙促聲提醒她：

「郡主。」

「哦，遵旨。」胭脂驚醒的應著，小猴搶著說：

「我帶妳去。」

小猴拉著胭脂擠過人叢走到救苦殿中，背後一些命婦官眷望著胭脂竊竊私語。

鳳祥和善保都站在王公群中，善保望著胭脂驚悸忐忑，五指緊握，冷汗不覺滲出額際。

胭脂跨進殿門屈膝跪下：

「奴才琥珀叩覲老菩薩！恭請聖安，願老菩薩成仙得道，壽比天高。」

太后冷冷的望她：

「起來吧。」

「謝老菩薩恩寵。」

胭脂跪拜站起，怯懼的低頭退開一旁，太后從她頭臉看到腳下，點頭說：

「嗯，果然生得漂亮，想不到端華生這麼好個女兒。」招手露出笑容：「來，過來讓我瞧瞧。」

小猴插嘴：

「老菩薩、您嚇著人家！」

太后沉著臉，眼中卻露著笑：

「咦，猴崽子，你什麼時候兼差當鑣客了！」

「奴才是行俠仗義……」

太后斥責：

「去，一邊站著。」

小猴縮頭打扦退開，轉頭向胭脂擠眼呶嘴鼓勵，胭脂低頭走到太后座前，太后伸出手，嘴角露出笑容把她拉到膝前：

「妳十歲的時候我見過一次，記得當時賞了妳一個胭脂盒，珐瑯的，還在嗎？」

胭脂腦中閃過模糊影像，她追憶時又消失，太后見她神情痛苦，輕拍她：

「算了，丟掉就算了。」

胭脂驀地掙脫太后的手跪在地上：

「奴才求老菩薩開恩，廢除賜婚善保的懿旨。」

太后愕住，笑容僵在臉上，她蒼白的臉肤湧起紅潮，眼中迸出激怒：

「妳不願嫁他？」

「奴才寧死都不願意。」

「寧死？」太后激怒的眼中射出森寒的光，小猴想插嘴，嘴剛張開，太后就怒斥他：「你閉嘴！」

小猴縮縮脖子，臉色也變了，胭脂伏地叩頭說：

「求老菩薩開恩，奴才變牛變馬都感激！」

太后低頭定睛望她，顫抖著手抽出手帕擦拭嘴唇，輕輕吸氣把手放下：

「懿旨是明發的，廢除不可能，朝廷不能朝三暮四出爾反爾，除非⋯⋯」

胭脂抬起頭，驚恐的聽著，太后冷森的說：

「妳不願嫁善保，死倒是能解決⋯」

小猴忍不住插嘴：

「老菩薩、您慈悲⋯」

太后怒瞪他，小猴縮頭撫嘴，太后再低頭說：

「這樣妳就能不連累父母，否則忤旨抗命，死的就不只妳一個人了！」

「老菩薩⋯」小猴再插嘴說話，太后勃然暴怒：

「滾出去⋯」

小猴嚇得愣住，駭懼變色的溜出殿外，在廟庭枯候旨意的王公官眷見小猴神情都相顧愕異，善保輕悄移近鳳祥低聲驚恐的說：

「阿瑪，情況不對，我想溜到救苦殿聽聽⋯」

「你瞧這院子裡都是人，你擠過去也聽不到！」

「我心裡實在七上八下！」

「隨她去說，她提不出証據就不怕她！」

站在官眷群裡翹首張望救苦殿的春桃以肘輕推夏荷：

「郡主進去很久了！」

「嗯。」夏荷輕咳著說：「不知道好兆還是壞兆？」

站在觀前山門外的恒祿低聲向郝長功和丁卯吩咐：

「道觀後邊是荒僻山溝，觀左有幾戶人家，觀右是一片樹林，這三面都要派崗哨監視，五十步內不准閒雜人等靠近，要是人手不夠，就向虎槍營借調。」

郝長功點頭，恒祿再轉臉向丁卯說：

「丁卯、你帶人插樁佈哨。」

「是。」

丁卯答應著轉身奔去，恒祿眼光森厲的望著郝長功問：「姓安的怎麼樣？」

「派人盯住了，由慶昇戲班的人動手！」

「戲班的人行嗎？絕對不能讓他跑掉！」

「大帥放心，戲班的人恨他入骨。」

救苦殿前恭親王奕訢揚聲叫：

「兒子奕訢啟奏…」

殿內傳出太后的聲音：

「進來說吧！」

奕訢拂袖進門，趨前跪下：

「院子裡日晒如蒸，人多擁擠，兒子奏請母后施恩，降旨遣散隨蹕官眷，讓他們歇息用茶……」

太后醒悟的掩嘴說：

「啊，我都忘了，快，叫他們都散了，自由參拜，這觀裡神佛菩薩都靈得很，福壽財祿，隨他們去求，現在什麼時候了？」

「十點過了。」奕訢掏出懷錶看著說。

「好，咱們在觀裡用齋，吃過齋飯再回去。」

「遵旨。」

奕訢起身退出，突地一隻壁虎掉在他帽子上，他吃驚的仰頭看，瞠目失聲說：

「妳……」

樑上藏匿的黑影躍下地，是個混身黑衣的婦人，她鼻中冷哼著向奕訢瞪眼：

「哼，奕訢，你好沒規矩，連聲姨媽都不會叫了？」

「赫絲真姨媽！」

黑衣人冷森的說。

「我現在是絕塵子，無親無故，絕塵絕緣，赫絲真在二十年前就被先皇賜死，屍骨早已腐爛，現在的絕塵子是個寄生在黑暗裡的幽靈人。」她說著轉向太后：「太后老菩薩，我沒說錯吧？」

太后色厲內荏的寒著臉：

「妳鬼鬼祟祟不怕嚇著人吶？」

「活在黑暗的人，行動當然鬼祟了，奕訢，你出去，我要跟你額娘說話。」

奕訢驚疑的望太后，太后推著胭脂說：

「好，帶她出去吧」

「不，她留下。」

「妳留她幹什麼？」

「她是主角，沒她這齣戲能唱嗎？」

太后頹弱的向奕訢揮手，奕訢行禮退出殿外，他閃身門旁不敢離開，側耳傾聽殿內動靜，眼中滿佈驚怖神色，小猴眼光機靈的望他，心癢難搔的探頭向殿內望，殿內幽寂沉靜，只看到一幅飄動的黑衣下擺。

絕塵子黑衣飄拂的走到胭脂面前。滿眼恨毒的向她觀察打量，胭脂雍容靜默的和她對望，清澈的眼睛眨閃詫疑好奇的神情，絕塵子說：

「嗯，雍容高貴，比妳娘年輕時漂亮多了。」

「我娘？」胭脂果然眼睛一亮，想說話，嘴張張卻忍住了，絕塵子眼光冷厲的盯著她：

「妳怕不怕？」

胭脂輕輕搖頭，絕塵子逼近她：

「不怕我殺妳？」

「妳沒理由殺我，我不認識妳呀！」

「我認識妳父親端華，他——」

太后插嘴截斷她：

「妳的恨還不消嗎？」

絕塵子目瞪胭脂，切齒說：

「端華死了，我的恨就消了。」

胭脂霍地抬起頭，露出激怒衝撞的神情，太后急忙說：「琥珀，妳出去，今格的事不准向任何人提起！」

胭脂把頭低下，太后揮手向崔玉和：

「送她出去！」

崔玉和送胭脂出門，到門口胭脂又停步轉身撲地跪倒：「奴才求老菩薩開恩！」

太后怒聲喝：

「出去！」

胭脂含著痛淚施禮站起，轉身走出，絕塵子追望她。

「跟她娘一樣倔強，我剛才真想動手殺了她！」

「妳殺她只會讓事情更棘手複雜，再說報復端華，坤良就能死後復生嗎？」太后說著吸氣嘆息，從袖中扯出綾帕拭眼：「我這條和親計，就是想消弭仇恨，冤家變親家。」

絕塵子冷嗤：

「聽妳說這話，坤良冤死好像跟妳不相干啦！」

太后激憤，握拳擊椅說：

「坤良是我的親弟弟，朝野誰不知道？他監守自盜庫銀，被抄家處死證據確鑿…」

「證據確鑿？捉賊捉贓，他既監守自盜，贓銀呢？」

「贓銀被他侵吞了！」

絕塵子含憤揮手，勁風掃處地上青磚崩裂：

「妳說這話讓我好恨！」

「妳恨什麼？」

「我恨人心險惡，手足情薄，當初是妳跟大哥鳳祥慫恿二哥坤良挪用庫銀，緊急接濟我們博爾濟錦氏族人挨過寒冬飢荒，事發戶部庫銀短缺四百陸拾萬兩，在漠北察哈爾荒原的族人，卻沒得到半點口糧，錢呢？坤良一家為錢罹禍，卻便宜別人…」

「妳指誰？」太后氣急的衝口問。

「我指知道這筆錢下落的人。」絕塵子神情憤恨：「我要追出這筆銀子，也要報復端華，消解殺弟之恨！」

奕訢在殿外聽得悚然動容，他挪動身體再移靠門邊，想傾聽仔細，廟院官眷已逐漸散盡，他眼角餘光看到小猴正牽著胭脂走向白雲觀西路角門。不覺喉中輕咦，凝目眺望，轉眼間小猴和胭脂的身影在角門裡隱去，奕訢駭異的喃然自語：

「怪事，他們倆怎麼會在一起？」

小猴親熱的牽著胭脂的手，問她：

「這間道觀妳來過？」

胭脂瀏覽觀察，頻頻縐眉：

「好像來過，有點熟悉！」

進門不遠看到一尊銅獸，小猴指著說：

「瞧，它騾身、驢面、馬耳、牛蹄、叫四不像，是當年乾隆祖爺爺紀念愛馬鑄造的，所謂千里馬、萬里特，這獸就叫『神特』！」

胭脂怔忡馳想，沒誇獎他，小猴有點洩氣，問她：

「幹嘛，想什麼？」

「這裡是不有個地方叫『會仙福地』？」

「有啊，不在這道觀西路，在丘祖殿旁邊…妳，幹嘛？」

胭脂綰眉馳想，露出掙扎痛苦：「我腦子裡想到『會仙福地』這個地方，別的卻都想不起來！」她眼眶湧聚淚光的望著小猴。「你最近，見過戲班的人嗎？」

小猴狡猾的撩撥她：

「妳想我見到誰？杜慶鑫是吧？」

胭脂連連點頭，期盼的眼色讓小猴都心軟不忍再逗她：「好啦，我明天專程去找，妳放心了。」

小猴說著拉她回頭走出角門，轉向丘祖殿，胭脂問：

「你要去哪？」

「去『會仙福地』，妳剛不是問『會仙福地』嗎？」

在救苦殿，絕塵子陰森詭譎的聽著太后說話，太后虛頹的靠在椅上，聲音瘖啞孱弱：

「大哥說，他懷疑唱戲的杜慶鑫就是坤良的小兒子寶麟，後來我叫他查証確實，又說寶麟被抱出辛者庫時就死了，杜慶鑫不是寶麟…」

絕塵子決斷的說出：

「杜慶鑫就是寶麟！」

「嗯？」

「我說杜慶鑫就是寶麟。」絕塵子點頭，從齒縫迸出聲音：「我要殺他⋯⋯」

太后驚得霍然挺直身軀。

「妳說什麼？妳瘋了？知道是寶麟救他都惟恐不及，妳還要殺，他是坤良僅有的一脈血胤⋯⋯」

「坤良的血胤善保可以兼祧，寶麟活著不能復姓歸宗，倒不如處死，免得他忍辱偷生沾污父祖，他肩膀上刺著一幅獸圖，獸圖裡隱藏著四百陸拾萬兩銀子的窖藏地點。」

太后瞠目：

「妳怎麼知道這些？」

「在黑暗裡活動的幽靈，發掘的機密當然多，可惜他肩膀上那幅藏鏹密圖被善保的鷹爪毀了。」

「善保？」太后失聲了。

善保正在背後鬼祟的追蹤著胭脂和小猴，他遙望著他們走進丘祖殿旁的『會仙福地』，不敢跟近，正自猶豫瞻顧，見道土鶴翅走過，橫身橫住他：

「鶴翅、鶴足呢？」

鶴翅前後張望，撫嘴低聲說：

「鶴足被觀主關起來了。」

「關在那裡？」

「在後山。」鶴翅再驚惶張望：「貝勒爺、您知道關在哪也沒用，鶴冠負責看守，他法術武功都強…」

善保截斷他：

「這你別管，只告訴我他關在哪兒？」

「在後山紫霞洞。」

鶴翅勉強說出，轉身要走，善保伸手抓住他：

「等會，你幫我辦件事。」

鶴翅掙拒推辭：

「貝勒爺…」

善保掏出一張銀票塞給他，在他耳邊低語數句後推他：

「快去…」

善保說完急步走開，鶴翅抓著銀票的手顯出抖慄。

一頂小轎吱吱的抬進暗巷，安春喜坐在轎裡輕鬆的哼著小曲，小轎跳閃著抬進死胡同，安春喜驚怒揚手就拿手裡的煙袋向轎夫後腦勺敲去：

「混蛋，找死啊，往那兒抬？」

「往鬼門關抬，抽你的筋，剝你的皮…」抬轎的劉四一把抓住煙袋，猛掀把安春喜掀翻下地，安春喜被摔得滾地葫蘆，抬轎後槓的侯成棟竄過去伸手扭住他的胸衣，安春喜認出他，嚇得混身一哆嗦，癱得像一灘泥：

「侯…侯爺…」

侯成棟拉起他，嘶聲說：

「姓安的，感謝你照顧我們馬老板，把她推到一個火熱滾燙的地方，羅青峰羅頭兒也感謝你一刀送他上西天，兩杯酒都等著要敬你，走，跟我走吧！」

安春喜雙手亂搖的懇求：

「不不，侯爺、您誤會，我是受命辦差，都是善貝勒…」

侯成棟提起他向巷底門戶裡拖拽，安春喜掙扎著抓住門框嘶喊爭拒，劉四搶過去在牆角抓一把泥土塞進他嘴中，安春喜呑嚥泥土嗆咳，喊不出聲音。

他被拖進門，門戶旋即關閉。

鶴翅在『會仙福地』張望尋覓，轉進一道角門險險和迎面攔路的丁卯撞到，鶴翅心虛驚慌的跳開，丁卯眼光森寒的逼視他，挺步衝前，逼得鶴翅踉蹌後退，退到牆邊始靠牆站住，丁卯把手裡拿的包裹塞給他，鶴翅驚恐接住，丁卯說：「我是提督衙門的捕快，受命保護太后鑾輿，我在你懷裡搜出圖謀炸燬鑾輿的火藥，不但你要凌遲處決，這白雲觀也要夷為平地！」

鶴翅茫然的聽他說話，丁卯拉開他手裡包裹，露出綑紮的火藥和引信，鶴翅驀地會意驚得混身一抖，火藥包裹拋下，臉如死灰，丁卯指著地下火藥說：

「我問你話你實說，這地下火藥我自己撿，就當沒見過你…」

鶴翅抖戰著猛點頭：

「好好，我說…」

「善貝勒剛跟你說什麼？」

「他、他、他叫我騙開小恭王，騙琥珀郡主到金牛祠…」

「金牛祠在哪？」

「在道觀後邊，地方很偏僻！」

「還說什麼？」

「他還問我鶴足關在哪裡。」

「關在哪？」

「關在紫霍洞。」

丁卯獰瞪他、推他走、鶴翅跳起狂奔跑走，丁卯撿拾火藥包裹塞進懷中，走出『會仙福地』看到胭脂的侍女春桃、夏荷焦急的站在丘祖殿前，丁卯沒理她們逕自離開，春桃張望在廟庭穿梭的官眷貴婦，著急的跺腳。

「郡主跑到那去了、真急死人…」夏荷滿臉焦灼的自語。

丘祖殿內道眾誦經。誦經聲傳進『會仙福地』，攜手漫步的小猴和胭脂走到一堆火燼瓦礫前，胭脂驀地站住腳，小猴驚愕的望她，胭脂望著眼前用蘆蓆覆蓋的火場餘燼，臉色起著劇烈變化，她嘴裡歇斯特里的喊出：

「火，火…」

嘴裡喊著，腦中「轟」地火光閃耀，火光裡有破碎的片斷影像顯出，熊熊的火燄，灼身的炙熱，劈啪的爆裂聲，頻死驚怖掙扎的嘴臉，片斷影像漸漸組合凝聚，顯示出模糊的輪廓，一張年輕猙獰的臉，是善保扭曲的臉形，善保的臉幻化出一幅畫面，一個花信年華的姑娘被兇狠的毆打，抓撕著她的頭髮摔撞桌椅，桌上器皿墜地碎裂的暴響…年輕女子鮮血濺飛倒地，胭脂驚極撫臉發出嘶喊：

「啊，他殺人…」

胭脂摀臉駭叫，顫抖，突地一雙臂膀輕柔的抱住她，胭脂驚抖著抬頭看，驀地駭極呆住，抱著她的人竟是善保，她呆得瞬間猛地掙脫善保臂膀，跌撞跳開，驚極指著他語不成聲的喊：

「你、你殺人…」

善保笑著趨前抓她：

「我殺誰了？」

胭脂飛快的躲到小猴身後，戟指他：

「我想起來了，我看到你殺人，你殺死一個姑娘再放火……」

善保神情平靜的向小猴：

「王爺，太后派崔總管找你呢！」

胭脂驚恐的抓住小猴：

「他騙你，你別走……」

「我去瞧瞧，他敢騙我，就有他受的。」

胭脂驚恐的抖著：

「我、我跟你一起走！」

「好啊，走啊！」

小猴說著牽扯胭脂繞過善保離開，善保追望他們說：

「胭脂，我有杜慶鑫的消息。」

胭脂身軀一震站住，小猴見胭脂站住也停住腳，胭脂猶豫瞬間再啟步，善保又說：

「他現在跟芙蓉老九在一起。」

胭脂再站住，小猴拉她：

「妳別聽他胡扯。」

善保搶著再說：

「芙蓉老九淫蕩得很，早就對杜慶鑫不懷好意，聽說他們在一起兩天，都是雙宿雙飛。」

胭脂鬆開抓小猴的手說：

「小猴、你走吧」

小猴明白的點頭：

「嘿，有杜慶鑫的消息，我看殺了妳妳也要弄明白。」

胭脂點頭，小猴故意說：

「妳等我、我馬上回來！」

小猴橫眼瞪視善保，轉身跑走，善保發出嘿嘿笑聲，笑中滿含恨毒的妒嫉：

「杜慶鑫真有兩把刷子，幾天時間就迷得妳這麼死心塌地。」

「他沒有迷我，只疼惜我。」

善保嗤笑：

「哼！知道妳是郡主才疼惜妳吧？不過，祖宗規矩親族宗室不准跟漢人通婚，恐怕他這夢是白做了。」

胭脂面目冷木的問他：

「你說他跟芙蓉九爺在一起，是真的？」

「千真萬確，不過這都是廢話，還有九天妳就得嫁給我，杜慶鑫跟誰鬼混，已經跟妳沒關係。」

胭脂神情堅決的說：

「我不會嫁給你，我要向太后舉發你殺人放火……」

「嗤，我殺人，我殺誰？」

火場廢墟的矮牆後響起丁卯的聲音：

「你殺丁娟……」

善保臉色驟變，厲聲喝叫：

「誰在說話？」

「丁娟的哥哥。」

善保衝過去怒叱：

「出來……」

矮牆後再沒聲息，他衝過去隔牆望，牆後已無人影，轉回身，胭脂也失去蹤跡。

小猴奔到救苦殿，看到父親站在門外，他恭謹的放輕腳步怯聲喊著：

「阿瑪……」

奕訢嚴厲的斥責：

「你跑哪去了？太后召喚，到處都找不到你！」

「我跟琥珀郡主逛會仙福地。」小猴恭謹的回說。

崔玉和聞聲走出殿外：

「老菩薩等急了，澂主子請進吧！」

小猴顧忌的躲著奕訢跨進殿門，太后看到他寒著臉，小猴急忙趨前跪下，太后含怒說：

「有事就找不到你！」

「奴才跟琥珀郡主在一起。」小猴轉頭張望：「赫絲真姨婆呢？」

「走了。」

小猴膝行到太后椅前，攀著椅子問：

「老菩薩朝山燒香就為跟她見面？」

「別胡亂說。」

「赫絲真姨婆住在哪？為什麼只能跟她在這裡見面？」

太后臉色憂沉的扳過小猴的頭，拉他靠近，俯身低聲說話，小猴聽著不住點頭，眼珠轉著驚疑。正說著奕訢抖袖闖進，愴惶跪倒：

「兒子啟奏，宮裡飛報，法英聯軍攻破大沽海防，炮台被燬，親王僧格林沁戰敗，洋兵逼臨天津，皇上請鑾駕回宮。」

太后愣住。顫萎萎站起，崔玉和趕忙扶住，太后抓著他的手臂撐著：
「好，咱們回城！」
奕訢退出殿外高喊：
「奉懿旨，鑾駕即刻回城，各王、大臣、官眷命婦皆不必隨扈，行止悉便。欽此。」
喊聲甫畢，散處觀內各地的王公官眷都相顧愕然，善保和鳳祥低聲商議，神情惶惑憂急。恒祿臉色陰沉的站在山門下思索，郝長功胯刀站在他身側。
春桃和夏荷在會仙福地廢墟找到胭脂，她正呆痴的向廢墟望著苦思，春桃忘形的抓著她歡呼，夏荷笑說：
「郡主，太后回鑾，咱們跟太后一起走吧？」
胭脂搖頭，沉凝的望四週：
「我剛才片片斷斷想起了一些事，妳們陪我在道觀各處走走，看能不能再想起什麼？」
春桃、夏荷對望，胭脂凝目思索，顯出痛苦神情，觀前又有鐘聲響起，鐘聲中有崔玉和的聲音叫：
「太后登輿⋯⋯」
隨著喊聲廟庭老律堂前眾王大臣和官眷命婦跪倒恭送，太后扶著崔玉和的肘臂踏著紅氈走向山門，觀主率領道眾演奏仙樂和誦念經文以顯尊崇，小猴緊隨在太后身後，他邊走邊回頭張望，走在他身後的奕訢輕聲斥責，要他舉止莊重。

太后在山門外登輿，登輿時腳軟欲倒被崔玉和橫身擋住，奕訢驚駭失色的趨前欲攙，太后推開他，跌進鑾輿，奕訢駭呼：

「額娘…」

太后在鑾輿內輕踢數下，鑾輿隨即啟動，嗚嗚的號角吹出雄渾森嚴的角聲。

從麻袋裡抖出安春喜，他驚怖的眨眼張望，看到處身在提督衙門的黑牢，嚇得失聲呻吟，站在他身旁的侯成棟扭著他辮子讓他轉過頭，指點牆角讓他看，安春喜看到血污滿佈的牆角，吊著披頭散髮暈死的金鴇兒。

侯成棟森冷的在他耳邊說：

「老鴇子都說了，你還不招？」

安春喜混身抖著：

「好、我說，我從頭到尾都說…」

侯成棟鬆手推開他，安春喜癱在地下抖索，劉四在旁瞪望著他，怒恨得牙齒咬著。

鶴翎走著猛地站住腳，驚駭得瞠目結舌、他低頭閃身躲向路旁，迎面走來的胭脂愕疑的望他，走到他面前問說：

「我不久以前來過，記得…」她說著指院中一排房屋：「那邊房子是什麼地方？」

「是、是祈夢房。」

「祈夢房？」

春桃在旁插嘴：

「就是求神祈夢的地方，以前福晉常來跟……」她陡地警覺失言，急忙住口強笑、摀住嘴。夏荷嚴厲地瞪她，被胭脂察覺。鶴翎乘機溜走，胭脂轉身走向祈夢房、喃然說：「祈夢房、名字好熟！」

她說著剛要舉步，驀聽身後一聲慘哼，胭脂聞聲迴身驚看，見身後屋角踉蹌退出鶴翎道人，他撫著胸前鮮血迸湧的傷口後退，沒退幾步就摔在地上。

胭脂驚恐的扭頭摀臉，春桃嚇得護著胭脂尖聲嘶叫。

胭脂顫抖著被挾進齋堂，丁卯和觀主聞訊急步奔進，衝到她面前，觀主惶恐的驚問胭脂：

「郡主受驚，貧道願領責罰。郡主看到兇手嗎？」

丁卯搶著說：

「卑職是提督衙門捕快丁卯，提督恒老爺跟隨鑾輿回城，嚴囑卑職保護郡主，卑職疏失，累郡主受驚！郡主看到是誰行兇？」

胭脂驚恐的搖頭、望丁卯：

丁卯再問：

「郡主還記得丁卯？」
「記得，剛才好可怕，那個道士，他剛跟我講過話，就被殺了！」
「您跟那個道士說什麼？」
春桃怒聲喝斥：
「丁卯、你放肆！」
胭脂搖手阻止春桃、向丁卯說：
「我問他祈夢房的事。」
丁卯猛咬一下牙根，憤恨的說：
「不錯，兇案就是在祈夢房發生的。」
「嗯？」胭脂愕疑的詢問，丁卯恭謹的說：
「兇手是怕鶴翎道士多嘴，才殺他滅口。」丁卯說著轉身向觀主說：「老仙長請便吧。這案子提督衙門接手了。」
觀主唯唯稽首說：
「是是，萬請衙門差爺明察秋毫。兇案跟本觀無關！」
丁卯阻止他：
「我知道，跟道觀不牽扯，您放心了。」

觀主稽首退出，丁卯向春桃、夏荷說：

「請兩位到門口守著，在下跟郡主有話說。」

春桃慍怒憤聲叫：

「你憑什麼？」

胭脂寒下臉：

「出去，都出去！」

春桃、夏荷忍憤退出，丁卯追望她們說：

「她們不是妳的親近丫頭吧？」

「不是。」胭脂搖頭。

丁卯凝望胭脂片刻，深深吸氣，說：

「不久前，在祈夢房發生的兇案，妳能想起來嗎？」

胭脂臉露痛苦的搖頭：「只想到一些片斷。」

「好，我簡單給妳一點提示。」

胭脂神情駭異：

「你知道？」

「我知道前因，結果就不知道了。」丁卯深深吸氣抑制激動：「我有個妹妹，叫丁娟，在綺春園太后身邊當差，善保朝覲太后，見到丁娟，就勾引她，勾引不成，就用金錢買通我乾媽齊嬤嬤設計！」

「齊嬤嬤？」

「對，妳見過，就是她。」丁卯緊嚼牙根，繼續說：「齊嬤嬤是遣退的老宮女，宮裡熟，常偷偷摸摸進出，她設計騙出丁娟讓善保糟踏，嗣後半年，發現丁娟懷了身孕⋯⋯」

丁卯憤恨悲痛的閉上眼，嘴角牽出痙攣抽搐，胭脂愣望他，顯出驚心動魄，片刻，丁卯再發出顫抖的聲音：

「這時候太后頒旨把妳賜婚給善保，善保害怕生出禍變，就想用錢割斷和丁娟的這段孽緣，丁娟懷孕不肯，要求迎娶，不計婢妾名份。並且威脅若不應承，就拼死到太后面前告發，和善保同歸於盡⋯⋯」

丁卯熱淚盈眶，悲痛得語不成聲，胭脂屏息凝氣的聽著，腦中晃惚閃過少女被殺時痛苦扭曲的臉龐，丁卯接著說：

「善保當時被逼著勉強答應，後來騙她來白雲觀夜宿祈夢！」

「他在祈夢房殺了她！」胭脂衝口叫。

「不錯，善保殺她的時候，被妳看到⋯⋯」

胭脂霍地站起：

「對，我看到善保殺了一個年輕姑娘，後來就起火，火、火……」

胭脂滿臉驚怖的愣著想，痛苦的撫頭說：

「只想到火，後來，後來——就想不起來了……」

「也許後來的事，被殺的鶴翎道人知道。」

胭脂身軀震動的抬起頭：

「對，剛才鶴翎看到我，好像嚇一跳。」她說著惶恐的抓住丁卯：「丁大哥，我現在該怎麼辦？」「太后一定讓妳嫁給善保？」

「嗯！」胭脂無助的點頭。

「王爺跟福晉呢？」

胭脂含淚搖頭：

「丁大哥，你要幫我——」

「我想幫妳，可恨我官卑職小……」

房門被「砰」地踢開，善保衝進，春桃、夏荷張臂攔著：

「貝勒爺——」

「滾開！」

善保強橫的推開春桃，把她推得踉蹌摔倒，夏荷衝前再攔他，善保站住了，他獰笑著望胭脂：

「剛離開杜慶鑫，馬上就另結新歡了。」

胭脂沒說話，平靜的向他望著，善保冷嗤：

「很鎮定啊，敢情是有持無恐了。」他輕鄙的望丁卯：「妳眼界也算高，去了戲子換捕快，倒也攀高枝了。」

丁卯猛地衝過去揮拳狠擊，善保被打摔退，撞得桌翻椅倒。丁卯撲上一把叉住他的脖子提起，善保窒息掙打，丁卯把他推抵在牆上，牙齒咬得格格響著：

「我姓丁，叫丁卯，是丁娟的親哥哥，丁娟，這個名字你還記得吧？」

善保臉色大變，停住掙打，丁卯恨毒的臉湊在他鼻尖上：「早晚有一天我要親手宰你！」

丁卯猛推把善保摔開，善保摔在地上爬不起來，丁卯衝過去怒瞪他，善保驚恐撐退，邊嘶叫著：

「你，你好大膽子！」

丁卯飛腿踢得他翻倒慘叫，滿嘴噴出鮮血，他連滾帶爬的衝出門，臨出門，恨毒的眼光掃過胭脂。

回到鄭親王府，春桃、夏荷詳細的向端華和側福晉稟明隨太后晉香在觀中遭遇的經過，端華聽著臉色蒼白，稀疏的鬍鬚簌簌抖著，側福晉追著問：

「她跟那個捕快在房裡說什麼？」
「聲音低，聽不清楚。」夏荷說：
「總聽到幾句呀？」
春桃囁嚅，望著夏荷：
「好像郡主說，看到善保貝勒殺了誰了？」
側福晉和端華對望。端華憂急的說：
「妳去問琥珀，問詳細！」
「她會說實話？」
端華瞪眼，側福晉急忙站起：
「好，我去，我去！」
到了西暖閣，側福晉進門就喊：
「琥珀。」
暖閣裡燈光昏黃，羅帳低垂著，側福晉走到床前伸手撩帳，帳裡的胭脂煩厭的說：
「我睡了。」
側福晉向跟在身後的春桃、夏荷示意，讓她們退守門口，然後撩開羅帳在床沿坐下說：
「不是還沒睡著嗎？二娘跟妳說句話。」

胭脂翻身朝裡躺了：

「我很累，想睡了。」

側福晉替她掖掖被角，說：

「二娘只想問一句話。」

「問吧。」

「聽說妳看到善保殺人，真的嗎？」

胭脂沒說話，側福晉輕推她：

「妳說話呀？」

胭脂聲音僵硬：

「要是真的，妳跟阿瑪能替我做主？」

「當然能替妳做主。」

胭脂霍地掀被坐起：

「能幫我向太后舉發，逼太后撤銷賜婚懿旨？」

側福晉說不出話，胭脂哼著再倒頭睡下，拉被把臉蒙起，側福晉僵坐半響，放下羅帳站起走出。

慶昇戲班裡白燭閃撲飄搖，廳堂正中祖師爺案前停放著屍床，床上白布蓋著僵硬的慶貴。

扣兒眼眶紅腫的坐在廳中椅上，呆望著慶貴青灰的頭臉出神，暗間隔屏的床上睡著香菱，她鼻息粗濁，不時輾轉發著呻吟，門前台階上愣坐著慶香和慶奎，他們都把頭低垂在肩膀上。靜寂，夜風在低咽呼嘯，屍床前的白燭閃撲欲熄，慶香瑟縮顫抖著輕扯慶奎說：

「師哥，我好冷。」

「坐過來，靠著我。」

慶香移坐靠過去，緊偎著慶奎，突地聽到院外有腳步聲進門，見丁卯和候成棟，劉四等走進院中，丁卯邊走邊說：

「這裡目標大，不安穩，我接馬姑娘跟香菱到鄉下住幾天，我有個乾媽在鄉下。」

「好，太麻煩你了。」

「馬姑娘跟安春喜一樣，是活口証人。抓安春喜多謝候師傅幫忙。」

「對付安春喜我們是報仇雪恨，不干衙門的事。」

慶奎、慶香淚眼迎接，候成棟緊嚼著牙根回應，扣兒衝出去痛喊：

「候叔！」

候成棟撫慰的拍她肩膀說：

「丁頭兒接妳跟香菱姑娘到他鄉下乾媽家住幾天，妳收拾收拾。」

扣兒悲慟得抽噎不止，候成棟摧促：

「去收拾吧，現在不是哭的時候。」

候成棟眼光轉到慶貴的屍體，他悲痛閉眼，輕推著扣兒走進房門。

總管太監崔玉和來到鄭親王府，站在廳前階上唱喝：

「奉太后懿旨：『和碩郡主琥珀，仰體聖恩，承慰慈懷，隨旨賞賜東珠兩串，波斯寶石拾顆添粧陪嫁，顯父榮祖以增光寵。』欽此。」

「端華率女伏地領賞，謝太后恩寵厚賜。」端華和側福晉，胭脂都跪在階下叩頭，崔玉和接過太監捧盤遞給端華，端華捧接高舉過頂後遞給德良接住。

崔玉和說：

「王爺，恭禧呀。」

「崔總管辛苦，請稍坐奉茶。」

「叨擾了。」

端華請崔玉和進廳，側福晉和胭脂轉身退走，回到後廳胭脂沉鬱不語，側福晉指著桌上黃綾舖底的珠寶說：

「琥珀，我們過去看看。」

胭脂眼光掃過珠寶，神情漠然，側福晉拉著她的手走到珠寶盤前，胭脂低頭不語，一顆珠淚滴在黃綾上。

側福晉嘆息，拉她坐下，問她：

「妳在白雲觀，跟太后說了？她肯撤銷懿旨嗎？」

胭脂淚水流到唇角，搖頭。

胭脂悲鬱的離開後廳，走過迴廊，迴廊上懸掛著鳥籠。籠裡跳著畫眉鳥，她走到鳥籠前站住腳，愣著望鳥，畫眉鳥也沉靜的和她對望，春桃、秋菊急步追來，胭脂摘下鳥籠打開籠門，把鳥放出去飛了。

春桃、秋菊不敢說話，胭脂走出迴廊，走進花圃，花圃繁花盛開，飛舞著蝴蝶蜜蜂，胭脂坐在石凳上神馳的望花，淚翳在眼眶氤氳。

春桃、秋菊不敢靠近，遠遠站著，飛出鳥籠的畫眉，卻站在假山上鳴叫宛囀。

「春桃。」胭脂喊。

「婢子在。」春桃急應趨前。

「我以前，都喜歡做什麼？」

「郡主以前喜歡逗池裡的鯉魚跟蕩鞦韆。還喜歡刺繡。」

「對、郡主心靈手巧、繡得花艷麗極了。」秋菊也搶著說。

「好，帶我去蕩鞦韆。」

鞦韆架在後園，春桃和秋菊帶領胭脂來到鞦韆旁，胭脂移步坐到鞦韆上，春桃在後輕推，秋菊在前護著，胭脂輕盈的擺蕩，髮絲迎風飄揚。

漸漸，擺蕩的幅度增大，春桃吃驚想要拉扯，卻抓拿不住韁繩，正想叫喊，卻見前邊秋菊被撞倒，鞦韆蕩幅更大，衝向半空，春桃驚喊：

「郡主，小心！」

喊聲中胭脂突地離座飛出。「砰」地摔到地上，春桃魂飛魄散，嘶喊：

「郡主！」

她喊著和秋菊撲到胭脂身邊，見胭脂臉色慘白，嘴角鮮血溢流到頸上。

潮濕的地窖，靜寂昏暗。

躺在乾草堆上的杜慶鑫慄然驚醒，瞠目四望，見週遭石壁長滿青苔，一些雜物傢俬堆在牆角，他凝目想，縐眉強忍著傷口疼痛，伸手摸傷處，摸到沾黏的污血，他瘖聲喊：

「芙蓉。」

芙蓉沒應，他撐身坐起，忍痛扶牆站立，移步走向地窖木梯，到梯口，見地窖門打開，強光透進，光影裡看到芙蓉提著藥包，她驚疑的問他：

「你幹嘛？」

「我要出去。」

慶鑫拉開芙蓉登梯攀爬，芙蓉拉他：

「你到底想幹嘛？」

慶鑫不說話，撥開他的手，芙蓉再追抓他，慶鑫咬牙猛竄爬上梯去。

地窖門外是一座荒園，園裡茂草及腰，斷垣殘壁，慶鑫拂草奔跑找尋路徑，芙蓉在後緊追，慶鑫奔過一堆斷垣瓦礫差點被一塊木板絆倒，他低頭看，見是一塊朽腐斷裂的刻著「戶部侍郎府」的匾額，芙蓉追著促聲急喊：

「慶鑫，你要去哪？」

她喊著滿臉焦急驚恐，慶鑫不理她。

慶鑫踉蹌的衝撞著奔到鄭親王府，停住腳，芙蓉驚惶焦急的在他身後跟著，慶鑫站在府門邊牆角觀望，見府門內列站著配刀的兵勇和武官，芙蓉向前拉他，埋怨：

「你別衝動，門禁不會讓你進去。」

「我不進去，我只想問一聲！」

一頂小轎快步奔馳著來到門前，德良慌急的從門內迎出，攙扶御醫下轎，恭敬的說：

「穆大夫，您走好。」

「聽說郡主摔著了？」穆御醫輕聲問著。

「是，從鞦韆架上摔下來，怕傷了骨頭，王爺跟福晉急等著呢，您請。」

德良攙扶御醫進門，杜慶鑫臉色灰敗，搖搖欲倒，芙蓉急忙扶住他，懇勸著：

「御醫都來了，捧著應該不礙事，走吧，你滿身傷——」

「妳走開，我死不了。」

慶鑫推開芙蓉欲衝向府門強闖，突聽蹄聲驟至，芙蓉乘機拖住他，見是恒祿帶著隨扈奔到。恆祿跳下馬丟開韁繩，直衝奔進府內、隨扈牽馬在門外守候。

穆大夫被領進暖閣，端華和側福晉焦急的留在廳內，端華憂急的踱步，側福晉坐在椅上心亂神馳，條桌上自鳴鐘嘀嗒的響，時間在寂靜中溜過。

片刻，夏荷、秋菊撩起布帘，穆大夫提著醫箱走出，端華心急的迎過去，穆大夫臉上露出笑意：

「王爺放心，郡主沒傷到筋骨，只是皮肉擦傷。」我留點藥粉，早晚洗淨傷口吹敷，幾天結疤了就沒事，還有一劑內服藥，和酒送，讓淤血慢慢散開。」

「是是。」端華喊：「德良。」

德良應聲奔進，端華示意他：

「送穆大夫。」

德良護送穆大夫離去，端華、側福晉慌急衝進暖閣，暖閣臥榻上躺著胭脂，望見他們，轉臉向壁把眼睛閉上了，端華斥責：

「琥珀！」

「唉，她混身是傷，你就別責備她了。」

「不責備她就罰跟隨伺候的丫頭，誰伺候郡主？」

春桃、秋菊撲地跪下，端華喝叫：

「德良！」

春桃、秋菊驚懼叩頭：

「王爺，饒了婢子。」

德良奔進內堂，隔屏揚聲：

「稟王爺，舅爺到府，有急事相商。」

側福晉插嘴：

「王爺，丫頭的事我處置，大哥說有急事，您別耽擱，琥珀傷得不重，您就別煩她的事了。」

側福晉說著推端華到門外，端華、德良匆促離去。

到了書房，恒祿迎住他們，問：

「姐夫，琥珀她怎麼了？」

「她尋死！」

「尋死？」

「已經沒事了。」端華說著揮手：「你說有急事？」

恒祿轉頭望德良、端華向德良點頭：

「你到門口守著。」

德良答應著退出，把門關上，恒祿趨近端華，低聲說：

「慶昇戲班的人趁善保隨鑾輿朝山，設計抓了安春喜，他招實前後幾樁命案都是善保教唆行兇，白雲觀祈夢房火場的女屍，是善保親自動手殺死，然後放火焚燒，以前誤以為死的是琥珀，現在查實，是我手下一個捕快的妹妹，叫丁娟，在綺春園做宮女，羅青峰被殺是善保教安春喜設的連環計，他想以屍嫁禍利用金鴇兒栽贓給我！」

端華緊鎖眉尖思索，恒祿再把話聲厭低：

「現在，他又在白雲觀殺人，出手抓他，是時候了。」

「不行。」端華截聲說。「要動手，就得一擊致命。」

「憑這些罪証，絕對可以抓他。」

「不能定死罪，就絕對不要打草驚蛇。」

「他不但殺官，還姦殺太后身邊的宮女。」

「他是近支宗室，這些都有辭可辯，罪不至死，要有謀逆欺罔的証據。」

「有那種証據他就要抄家了。」

「要就連根拔除，否則就別輕舉枉動。」
「姐夫的意思是—」
端華猛地吸氣，瘖聲：
「忍著，等機會。」
夜，屋角淒冷枯寂，慶鑫抱頭蹲在牆根，身軀抖慄著瘖哭，芙蓉站在他身旁痴望著他、眼中也含痛淚。片刻，她深長嘆氣說：
「唉，你回去吧，我去。」
慶鑫抬起頭：
「我只想知道她摔傷得怎麼樣？」慶鑫霍地站起：「妳告訴她，絕對不能嫁給善保，善保人面獸心……」
芙蓉心頭悲苦咬牙吞忍，她離開慶鑫直奔鄭親王府，轉過街角正要竄躍上房，突地面前閃出絕塵子，迎面猛擊摑她，打得她跌撞後退，她驚怖脫口喊：
「姑姑—」
「妳敢殺秋荷，好大膽子。」
芙蓉曲膝跪下，絕塵子鬼魅般站到她面前，聲音冷森：
「妳還是迷上他。」絕塵子轉身離去：「跟我走！」

芙蓉乖順的站起跟著她，心頭悲嘆著：

「慶鑫，我不能照顧你了，來生再見了…」

夜半，月黑風高，一頂小轎抬到大興縣一處農家門前停住，丁卯向前拍門，齊嬤嬤惺忪著眼把門打開，丁卯促聲說：

「乾媽，徜門送兩個人給妳照顧，一個妳見過，就是慶昇戲班的馬姑娘，另一個是重案的苦主鐵証，暫時安置在妳這兒。也麻煩你照顧。」

齊嬤嬤掃望門外小轎，點頭：

「進來，讓她們進來。」

轎夫抱著香菱進門，扣兒在後跟著，齊嬤嬤領著她們到內間，轎夫把香菱放在床上離開，丁卯急著說：

「我走了。」

「等會兒。」

齊嬤嬤拉著丁卯走出門外，情急的說：

「善保的父親鳳祥，剛才來找我。」

「啊！」丁卯瞪目驚愕；「他想幹嘛？」

齊嬤嬤從衣袋裡掏出銀票：

「他給我這個。」

丁卯見銀票寫著貳仟兩，駭異的抬頭，齊嬷嬷說：

「他問我丁娟的事，說拿這個賠你。」

丁卯嘿嘿冷笑數聲，把銀票塞給齊嬷嬷，說：

「哼，想用錢解決，他想得大如意了。」

齊嬷嬷勸說：

「他們是皇親國戚，你鬥不過他們。」

「鬥不過也要鬥，妳以前說我是螞蟻撼樹，這隻螞蟻也許搖不動樹幹，卻也快把這棵樹蛀空了，這銀票妳收著，夠妳養老了。」

齊嬷嬷羞愧的把頭低下，丁卯冷森的說：

「妳把馬姑娘他們照顧好，我就感激不盡了。」

夜半，香菱傷重死去，扣兒以為她睡熟，替她蓋好棉被後悄然離開，她摸黑走到父親馬懷卿的墳上，見慶奎跪在墳前痦哭，扣兒跪在他身邊，心頭悲痛翻攪，卻哭不出。

慶奎看到她，忍著哭問：

「丁卯不是把妳安置在鄉下了？」

「我耽不住。」

「唉，師父辛苦一生，卻這樣滿腹冤屈的走。」

「二師哥，有消息嗎？」

慶奎沉痛搖頭。

慶鑫在戶部侍郎廢園的地窖裡枯等芙蓉，已過一天一夜，沒有絲毫訊息，他耐不住走出地窖，外邊正下著濛濛細雨，細雨迷濛的荒園更增淒冷破敗，雨點打著荒草，讓人錯覺是私語。

他拂草走出荒園，在細雨中漫步走過街道，衣服淋濕了，髮辮濕濡著雨水，街旁行人車馬錯身交臂，他混然不覺。

走著很久，他下意識的邁步，猛抬頭，見回到慶昇戲班的巷口，他在這裡成長，熟息這裡片磚塊瓦，一草一木，巷口拐角的磚牆稜角被他們進出撫摸得圓滑光亮，有塊磚，他和丁貴還刻上自己的名字。

他記得很清楚，他們師兄弟在這衚衕口的啼笑吵鬧，歡聲吼叫和翻跟頭。

他站在巷口呆想，戲班被踢破的大門，在風裡閃動的碰撞聲把他驚醒，他怯懼的向戲班走，心裡期望著能碰到一張笑臉，又怕碰到憤恨的怒目，心裡忐忑，腳步虛浮，等推門跨進院內，見慶香蜷縮著靠坐在堂屋的廊柱旁，眼光無神的望著虛空。

慶香聽得門響轉過臉，看到慶鑫，他挺身坐直，稚嫩的嘴臉痙攣得扭曲著，慶鑫啞聲喊他：「慶香。」

慶香沒說話，站起僵硬的走進屋內，堂屋中祖師爺聖像前新立兩個靈位，靈位上寫著馬懷卿和丁慶貴的名字，慶鑫看到靈位駭異失聲；

「丁貴！」

「三哥死了，是為救師姐死的。」慶香站在幽暗中說：「師姐被善保強姦了賣進窯子，多虧三師哥把她救出來，今格師父滿七，大師哥到師父墳上去了，這裡只剩下我。」

「你剛說扣子——」慶鑫聲音抖慄。慶香聲音裡滿是激憤說：

「她心急想救你，自己去貝勒府，想用身體換取你的自由。善保扣留她，強姦她，還把她賣進窯子，慶貴跟候叔捨命救出她，你卻樓著胭脂！」

慶鑫心頭悲憤絞痛的屈膝跪下，捧頭哀呼：

「天吶，這是什麼世界！」

數日後，胭脂沉鬱煩燥的在魚池邊站著，她撕著饅頭餵魚，池中魚群擁擠搶食，翻攪得池水混濁，夏荷、秋菊遠遠站著伺候，胭脂瞟眼望她們，煩燥得嘟嘴瞪眼，把整塊饅頭都扔進池中了。

魚群驚散，胭脂扭身走開，兩婢隨後遠遠跟著，胭脂站住腳瞪她們，夏荷陪笑站住，胭脂憤聲叫：

「妳們別跟著我。」

「婢子奉命伺候郡主。」夏荷說。

「妳們這樣睜眼盯著我，是伺候我還是折磨我？」

「郡主可憐婢子。」

「離我遠點，別讓我看到。」

胭脂扭身續走，眼光掃過圍牆，突見圍牆攀著一個人向她招手，竟是扣兒，胭脂心虛的回頭望侍婢，裝出怒容瞪眼，夏荷、秋菊果然不敢近前，胭脂閃身到屋角隱蔽，扣兒翻進圍牆奔向她，胭脂抓住她，拉她躲進一堵假山暗影裡。

「哥哥叫妳來？」胭脂興奮的問。

扣兒搖頭，憔悴瘦峭的臉擠著笑：

「不是，是我自己來找妳。」

「找我有事？」

「嗯。」扣兒點頭：「有重要的事。」

胭脂正要再問，突地聽到側福晉和夏荷的話聲：

「她不讓婢子跟著。」

「人呢？」

「剛看到她到假山後邊去。」

「快去找。」

胭脂聽著急聲向扣兒說：

「妳躲在這裡別走，我晚上過來。」

扣兒點頭，胭脂走出假山，夏荷看到她慌急煞住腳，胭脂怒目瞪她，側福晉迎上說：

「琥珀，妳最愛吃的冰糖燕窩，燉好了。」

胭脂喝過燕窩就推說睏倦，上床睡了，側福晉雖疑惑卻沒追問，只吩咐夏荷、秋菊悉心侍候。初更後府邸各房都相繼熄燈，在暖閣外輪班守望的夏荷、秋菊也都瞌睡矇矓，這時胭脂輕悄起床，摸索著推窗跳出窗外，忍著撞傷疼痛，熟練的沿牆疾走，藉著夜黑暗影迅快的走向假山背後。

假山後的陰洞漆黑，她焦急喊著：

「馬姑娘！」

扣兒應聲閃出洞外，猛見胭脂身後有人，驚得再縮身躲回。

「妳後邊有人。」

胭脂回頭看，看到抽身想躲的夏荷，激怒喝斥：

「夏荷！」

「婢子侍候郡主。」夏荷急忙跪下解釋。

扣兒在胭脂身後促聲：

「妳先回房，躭會我去找妳。」

胭脂跺腳，含憤轉身走開，夏荷趕緊站起追出，回到暖閣，胭脂摔上門，夏荷、秋菊站在門外不敢進去。

胭脂氣憤的在床頭呆坐，門外響起側福晉的喊聲：

「琥珀。」

「我睡了。」胭脂憤聲說，說著站起把琉璃燈吹熄，房內頓時黑暗，胭脂回坐床上，突地有隻手從後拉她，嚇得她失聲叫。

叫聲傳到房外，夏荷驚聲問。

「郡主，怎麼了？」

胭脂床角扣兒輕悄說：

「別怕，是我。」

夏荷敲門；

「郡主！」

胭脂急忙回答：

「沒事，我摔了一跤。」她說著稍停：「我要睡了，別吵我。」

她轉過頭望扣兒：

「妳怎麼進來的？」

「趕在妳前頭從窗戶爬進來，躲進被窩。」

「好，等我把羅帳放下來，我們躲在被窩裡說。」

胭脂摸黑放下羅帳，兩人並坐床頭，竄進被窩，胭脂吹氣在扣兒臉上，悄聲說：

「妳瘦了很多。」

扣兒苦玀的牽動下嘴角，胭脂再問：

「哥哥，他好嗎？」

「我不知道，我好久沒見到他了。」

胭脂驚心的挺身坐起：

「妳說好久沒見到他，是什麼意思？」

「我以為，妳知道他在哪裡。」扣兒細聲說：「我聽說，妳們一起逃出貝勒府，還聽說，你們…已經結成夫妻了？」

「是。」胭脂堅定的點頭：「後來他逼著我回王府，就分開了。」

門外夏荷再敲門：

「郡主，側福晉親自送來燕窩粥！」

「我不吃。」胭脂怒聲：「吵死了。」

「琥珀。」側福晉喊她，胭脂尖聲叫：

「煩吶，我要睡覺！」

側福晉臉色陰晴變幻，想推門衝進，又猶豫退縮、半響放下食盒，轉身走了。

小猴尋到丁卯家，攀窗向裡張望時被丁卯看見，認出他，心裡雖吃驚，卻不動聲色，故意說：「想偷東西，找錯門了。」

「胡說，我找人。」

「找誰呀？」

「找—這裡以前關過個叫胭脂的姑娘。」

「不是關過，是住過。」

「那就對了，我找，我找杜慶鑫—以前戲班唱花臉的。」

「你認識他？」

「認識。」

「找他幹嘛？」

「你是誰呀？」

「我叫丁卯。」

「哦，我聽戲班的人說過，你在提督衙門當差，是吧？」

「是。」

「那好，你幫我找到杜慶鑫，我保你升官。」

丁卯笑了：

「你找他幹嘛？」

「不是我找他、是─」小猴陡地警惕；「咦，你不問我是誰呀？」

「我知道你是小恭王，說吧，是誰找杜慶鑫？」

小猴愣了，他鬆手跳下地，丁卯在屋裡追問他：

「王爺，到底誰找杜慶鑫啊？」

小猴沒回答，愣著片刻伸頭說：

「是太后找他。」

丁卯找到候成棟，把太后要小恭王找慶鑫的話告訴他，候成棟陰沉的聽著，並不顯出意外，丁卯心頭猜疑，卻不說破，只冷眼觀察，候成棟也透露另一樁讓丁卯駭疑的傳言，善保利用京城黑道廣發索命帖，要賞一萬兩銀子買慶鑫的頭。

丁卯變色驚心了。

夜靜，滿天星斗，房裡羅帳喁喁細語，像星空下草叢的窸窣和蟲鳴唧唧。

羅帳裡胭脂驚怒的望著扣兒，扣兒眼淚流到枕邊，嘴唇咬得慘白，胭脂憤怒得握拳，緊抓著錦被。

「善保該死，這麼狠毒卑鄙，他欺侮妳還把妳賣到那種地方，真、真是——」胭脂不寒而慄顯出抽抖，她憤恨得切齒說：

「我要向太后舉發，我寧死也決不嫁給這種痞子。」

胭脂因怒極不覺提高聲音，扣兒驚駭摀住她的嘴。

屏門外廳堂裡側福晉側耳到槅窗上傾聽，暖閣悄無聲息，她回頭詢問的望夏荷：

「剛聽秋菊說，裡邊有人說話？」

「我沒聽到。」夏荷驚懼的搖頭。

側福晉轉望身後的秋菊，秋菊辯說：

「有，也許是說夢話。」

側福晉揮手摑她，秋菊撫臉痛呼、側福晉怒聲喝止，秋菊含淚撫臉低頭，側福晉掃望她們，從齒縫裡說：

「看好，有差池妳們誰都別想活。」

綺春園，肅穆寂靜，迴廊上朝靴沓雜急步走過，驚得廊外樹稍雀鳥聒噪。恭親王奕訢和端華帶領，後邊跟著載垣、肅順、柏葰和徐鴻達等，他們的鬍鬚上都凝聚著露珠，低頭垂袖，凝氣歛聲的走向堂屋。

崔玉和在堂前階上等候，遙見他們走來，急步下階相迎：

「跟王爺，大學士，各位老爺請安。」

他說著屈膝打扦，被恭親王拉住，悄聲問：

「皇上到了嗎？」

「剛到，正跟老菩薩喝奶茶呢。」

「我們現在就進去？」

崔玉和退後朗聲喝：

「恭親王奕訢，鄭親王端華，大學士戶部尚書肅順，怡親王載垣、大學士柏葰、大學士徐鴻達奉詔進覲，堂外候旨。」

堂屋裡傳出太后應聲：

「宣，讓他們進來吧。」

「領旨。」

奕訢等低頭抖袖敬謹進內，堂外牆角小猴閃縮著窺望，他眼珠轉著找尋偷窺的位置，躡足趨近窗前。

櫺窗玻璃反光，看不清楚殿內情況，小猴哈氣抓袖擦拭，然後湊眼細看，影綽綽的看到太后和咸豐皇帝坐在椅上，奕訢等行過大禮列站兩旁，太后滿臉病容卻仍堆滿笑意，她掩嘴咳嗽兩聲說：

「明天就是鄭親王端華，跟盛京將軍鳳祥的聯姻吉期，皇上特旨召對你們幾個心腹近臣，想就祖宗體制跟倫理親情上商量一件事。」

咸豐接口，臉色有些蒼白：

「有關坤良盜庫一案─」

太后點頭截斷他的話：

「是、坤良一案審決至今，已經過去廿年、廿年來滄海桑田，人事變幻，先皇崩逝，皇上登基御極，坤良一家也屍骨早寒，這件案子當時由鄭親王端華審理決罪，坤良的親朋故舊難免對端華遷怒懷恨，積聚仇怨。我為了消弭端華和鳳祥兩家的嫌隙，想攝合他們聯姻修好，希望從此能和樂共濟，戮力報效朝廷。鳳祥無子，善保是坤良的兒子，衡情度理總覺美中不足，所以我想─」

太后住口，眼光掃望列站眾人，目光凝注在徐鴻達臉上，她掩嘴輕咳。啞聲：

「徐鴻達，你是皇上的師父，教忠教孝是朝裡望重德劭的鴻儒，就聖人名教的說法，你看該怎麼好？」

徐鴻達老態龍鍾的跨步向前跪倒，太后體恤，急忙揮著手叫：

「站著說，崔玉和！」
「在。」
「扶起老先生。」
「者。」崔玉和攙扶徐鴻達站起：「大學士，榮寵呀。」
「徐鴻達感激太后榮龍，太后垂詢，謹述愚見上奏，孝經說；『教民親愛，莫善於孝，教民禮順，莫善於悌，移風易俗，莫善於樂，安上治民，莫善於禮。』我朝開國以孝倡天下，列祖列宗莫不諄諄訓戒，天地萬物，無尊於父母，是故，應於兩家聯姻之日，赦免坤良之罪！」
「臣肅順啟奏。」肅順阻斷徐鴻達的話聲叫，太后滿臉笑容的聽徐鴻達說話，驟聽肅順插嘴，顯出慍怒錯愕，咸豐點手指向肅順：
「你說。」
「坤良伏誅，是以盜庫匿贓，貪瀆欺罔獲罪，先皇明詔頒佈天下，以正官箴並警來茲，坤良罪証確鑿不宜輕赦，以免遺毒政風，落民口實。」
「臣奕訢啟奏。」奕訢趨前說：「本朝列祖御臨天下，皆以仁孝倡導，飭行聖賢名教，廿年前坤良獲罪，只因庫銀短缺，並無事實確証是坤良所盜，時坤良任職戶部，監管庫鑰，庫銀盜失當然責無旁貸，不過這是職責疏失於人格無損，故臣以為衡情度理，坤良應該赦！」
「臣柏葰上奏—」

太后抬手阻止柏葰說話，向端華：

「鄭親王當時任宗人俯宗令，曾親審決罪，罪責輕重自然瞭若指掌，你說，能赦嗎？」

端華顯出痛苦掙扎，聲音乾澀的說：

「臣端華回奏，衡量坤良罪案，卷証山積，罄竹難書，我朝律法，懲貪嚴酷，故坤良不宜言赦，老臣肺腑忠忱，萬望皇太后，皇上垂鑒。」

太后聲色不動，嘿嘿低笑兩聲：

「這麼說，坤良罪孽深重，是不能赦了。」

恭親王奕訢激憤得臉色脹紅：

「臣奕訢再奏，端華此說偏頗，意在挾嫌—」

端華搶話，激動得雙手抖顫：

「老臣據實回奏，捫心自門，決無絲毫挾嫌循私。」

太后指柏葰：

「你想說什麼？」

「奴才附議恭親王所奏，對端華挾嫌攀誣，深覺不齒。」

太后冷笑出聲：

「哼哼，端華至今啣恨不消，我苦心要你們聯姻解怨，倒像是做錯了。」

端華急憤衝前撲地跪倒，叩頭觸地：
「老臣披肝瀝膽，伏懇明鑒。」
「好了。」咸豐喝斥；「坤良既罪在不赦——」
突地殿前傳進哀慟哭聲，咸豐慍怒地叫：
「誰在哭？」
「崔玉和，你去瞧瞧。」太后緺眉說。
崔玉和奔出殿外，見階下鳳祥匍匐跪著哭號，崔玉和返身奔回殿內跪奏：
「奴婢回奏，盛京將軍鳳祥匍匐階前，求皇上開恩！」
「他哭什麼？」咸豐厭煩的緺著眉頭。
「唉，想是聽說坤良恩赦無望，傷心悲痛。」太后接口說。
「宣他進來。」咸豐揮手。
「者。」
崔玉和轉身奔出，在殿前喝：
「萬歲爺旨下，盛京將軍鳳祥檢肅朝覲。」
鳳祥涕淚滿臉的衝進殿內，撲地跪伏，肅順默察咸豐皇帝神色跨步衝前：
「臣肅順啟奏，祖宗律法，朝廷體制不能——」

「住口。」太后厲聲怒喝，「肅六，你太囂張了，皇上宣進鳳祥尚未詢問，你倒囂張跋扈的先下了定案，你眼裡還有祖宗律法，朝廷體制嗎？來人，給我搯出去。」

「者。」崔玉和答應著向肅順，「六爺，您請到外邊涼快吧？」

肅順嘿然，跪下叩頭退出殿外，太后瞟望咸豐，怒問鳳祥：「鳳祥，皇帝駐蹕之處應檢肅敬謹，你在殿外號哭，驚擾聖聽，獲罪遭譴，你有幾個腦袋承當？」

鳳祥叩頭：

「奴才悲痛難忍，號哭出聲，行為放肆，求皇上開恩。」

太后再側望咸豐，怒聲問：

「你哭什麼？」

「奴才悲痛坤良不能蒙恩，也悲痛貝勒善保娶妻不能跪叩靈前慰告爹娘，更悲痛太后——」

「痛我什麼？」太后聲音哽咽的問：

「奴才悲痛太后，貴為國母，卻形格勢禁不能為幼弟執言。」

太后悲酸忍淚，喝斥：

「鳳祥放肆。」

「奴才領罪，願受責譴。」

太后，鳳祥相對痞哭，奕訢、柏葰、徐鴻達出列跪倒，齊聲懇求：

「求皇上開恩。」

端華和載垣也無奈跪下，端華叩頭：

「伏懇皇上明察。」

咸豐轉頭望太后：

「皇額娘，赦了吧。」

「你是皇帝，你斟酌做主吧。」

咸豐輕喝：

「恩赦坤良，准祀宗人府，蔭嗣繼承准由貝勒善保兼祧。」

鳳祥叩頭顫聲喊：

「謝主隆恩。」

在窗外窺望的小猴抽身退開：

「乖乖，這齣戲演得還真累人吶。」

夏荷捧著食盤用肩膀頂開屏門，嘴裡喊著：

「郡主，婢子侍候早膳了。」

錦帳裡熟睡的胭脂和扣兒驀地驚醒，胭脂愴惶的叫：

「等等！」

夏荷聞聲腳步停住，聽得羅帳裡傳出穿衣的窸窣，夏荷驚疑，突地望見床前一雙髒污的繡鞋，胭脂撩帳伸出頭，眼見夏荷神情，也看到繡鞋，她急忙抓起繡鞋藏進帳內，夏荷攔阻，輕聲說：

「給我。」

她說著放下食盤搶過繡鞋塞到腳凳底下，秋菊捧著漱口水進來：

「水太熱，婢子調溫，耽誤了。」

「好了，妳們都出去吧，耽會我再叫妳們。」

夏荷、秋菊對望後退出，胭脂縮回頭緊張的向扣兒：

「ㄚ頭看到妳的鞋子。」

「糟糕，我睡過頭…」扣兒慌亂下床：「我現在就走。」

「不行。」胭脂拉住她：「妳現在走會耽誤事。」

扣兒神情堅決：

「不會耽誤，我們決定的事也不會改變，我得向我爹祭告，才能心安理得。」

胭脂凝望她：

「妳千萬別耽誤。」

「不會。」

扣兒撩帳竄出，胭脂找鞋給她，扣兒穿鞋，躍出窗去。

在王府書房，恒祿和側福晉私會，冬梅站在門外把風，難掩緊張神色，書房裡傳出話聲，是側福晉嬌嗲的聲音：

「前天遞信給你，今天才來。」

「我得找機會，防他懷疑。」

「你這麼怕他，當初就不該—」

「我現在是靠他吃飯吶，姑奶奶，沒他撐腰，我這個九門提督能坐得穩嗎？」

恒祿說著把她抱進懷裡，雙手任意撫摸，側福晉嚶嚀著磨蹭，媚眼迷濛著，恒祿咬她耳朵，輕聲問：

「這裡行嗎？」

「不行。」側福晉驚慌推他：「別讓他回來碰上…」

「他一時回不來，昨晚他告訴我說今格一早要去綺春園的。」

「那也得提防下人。」

恒祿說著伸手進側福晉衣內：

「妳不是讓丫頭在外邊守著嗎？」

「嗯，不要…」側福晉混身癱軟，眼珠翻白了。

接著衣衫盡開，恒祿把側福晉抱到書桌，扯開自己褲腰，躍馬挺槍，馳騁戰場。側福晉發出撩人的呻吟聲。

片刻煙消雲散，兩人扭纏著急喘，側福晉顫抖著整衣，臉色酡紅，鼻尖見汗，她媚眼輕瞟恒祿，埋怨：

「恁麼猛，不怕閃了腰。」

「上回在白雲觀祈夢房，到現在快一年。想了這麼久，今格才如願。」

恒祿整理好衣服，意猶未盡再伸出手，側福晉推開他：

「你坐著，咱們說話。」側福晉斂容凝色：「明天琥珀出嫁，可不能再出岔子。」

「放心，我防範得滴水不漏。跑不了她。」

杜慶鑫離開戲班時已天黑，他藉黑穿走暗巷，想到丁卯家去找扣子。

胡同裡冷寂黑暗，零落的在門前掛著燈籠，映出他傴僂的影子，他腳步拖曳沉重，足音虛幻不實，他心頭痛苦翻攪，咬牙從齒縫說出聲音：

「我不能再讓善保糟踏胭脂，我要拼，拼掉這條命也要阻止…」

牆腳枯葉飛旋，在夜風裡窸窣，街角飲食攤的燈光，飄搖明滅，他失魂落魄的邁步，喉中再擠出痛苦的聲音：

「可是扣子，我得想法子安置…我不能不管她，她為我才下這種地獄…」

他驀地挺腰振奮，神情堅決的說出：

「有命活著再報答她，先拼著救胭脂，不能讓胭脂再被蹧踏，我利用戲班混進貝勒府的迎親喜宴，乘機救胭脂…」

話沒說完，「唰」地一個人影在他身後躍落房下，慶鑫驚悚迴身，見黑影手握鋼刀，刀刃閃耀著光華，前面又有落地聲響，慶鑫急忙回頭，見一個拿鍊子錘的人，攔在前邊。

「杜慶鑫，我們從慶昇戲班跟你到這裡，向你借樣東西。」

在他身後的握刀人暴聲叫：

「併肩子，速戰速決。」

「反正他跑不了，咱們就當玩鵪鶉，捏捏逗逗。」

「要逗等提著腦袋拿了錢再逗。」拿錘人鍊子錘揮起猛擊慶鑫，握刀人詭如鬼魅的從後劈向慶鑫肩膀，慶鑫被前後夾擊驚得魂飛魄散，刀錘勁風臨身，激起慶鑫求生意志，他蹲身閃躲出腿疾掃，陡覺衣領被人抓住，旋即身軀騰空，躍上房頂。

不久，慶鑫被摔在潮濕的山洞內，他失去知覺，混身癱軟，摔他在地上的絕塵子，轉眼望著瑟縮在角落的芙蓉說：

「杜慶鑫帶來了。」

芙蓉身軀震動，掙扎爬起，絕塵子冷笑：

「妳為他殺人，為他受苦為他死，告訴他，你被錯骨移筋折磨的滋味，看他會不會心疼愛妳！」

芙蓉爬到慶鑫身旁，瘖聲喊：

「慶鑫。」

「我弄暈了他，耽會他會醒。」

「姑姑。」芙蓉哀求，「求你別殺他。」

絕塵子鼻中冷哼：

「我兩個時辰後回來，好好把握吧。」

絕塵子轉眼不見，芙蓉悲慘的喊出：

「慶鑫…」

慶鑫眼瞼蠕動，慢慢睜開眼，看到臉前的芙蓉嚇得撐身縮退，卻覺得下身痲痺，不能移動，他驚駭得拉自己雙腿，芙蓉呻吟著說：

「是姑姑…帶你來的，她禁制了你脊椎的穴道。」

慶鑫凝望芙蓉，見她形容憔悴，頭髮蓬亂，混身髒污，驚疑的問說：

「芙蓉，真的是妳？」

「我現在又髒又醜，是我自作自受……」芙蓉痛苦得面容扭曲：「倒是你，我給你推拿，看能不能把禁制的穴道解開。」

芙蓉以手指關節作椎，用力鑽按慶鑫的腳底，慶鑫咬牙忍痛，熱汗迸流。

「很疼嗎？」芙蓉問。

「妳儘管用力，我挺得住。」

「你提聚丹田真氣，以心御氣衝關，要專心一致，不能心有旁鶩。」

慶鑫吸氣聚力，雙腿顫跳抖慄，驀地他嘶聲慘叫，叫後臉色立轉灰白，身軀癱軟靜止，芙蓉驚痛的撲抱他，慶鑫強忍疼痛轉過臉，神情軟弱艱澀：

「芙蓉，謝謝妳。」

「覺得怎麼樣？」

「腿有感覺了，整條腿像爬滿螞蟻……」

芙蓉急聲催促：

「趕快讓腿恢復機能，離開這裡，等姑姑回來，我們都沒命。」

「我走了，她一定不會饒妳。」

「你活得好就好。」

「我辜負妳，但我會感激妳。」

慶鑫坐起伸腿活動，強撐站起：

「我得救胭脂，我這條命也豁出去了。」

鄭親王端華進門腿軟，差點摔倒，德良及時伸手扶住，端華推開他說：

「你別管我，去招呼客人。」

「者。」德良回頭恭身：「肅六爺，怡王爺請。」

肅順，載垣跨進花廳，推讓落座，肅順嚷著：

「唉，我真恨！」

載垣噓他：

「多言肇禍，有話直接跟皇上說。」

「你看奕訢那個架式，根本不把皇上擺在眼裡。」

端華接過熱巾擦臉，掩飾激動：

「皇上是感激太后撫育恩重，不忍拂逆也是出於孝思。」

「我最噁心的是鳳祥撒潑撒賴。」肅順氣恨得把擦過臉的熱巾丟在桌上：「真讓我開了眼界。」

載垣轉向端華：

「二叔，時間緊迫，有話就說吧。」

端華端茶，手有點顫抖：

「既然撕破臉就得籌謀自保，我目標大，行動受制，老六雖機敏靈活但鋒芒大露，看奕訢的眼神，就知道他忌你入骨。」

「我不怕他。」肅順微哂說。

載垣搖頭：

「朝廷政爭，瞬時萬變，勝則王候，敗則橫屍菜市口，千萬不能輕敵怠忽。」

肅順冷笑：

「聽說西宮那個小娘們最近跟奕訢走得很近？」

「誰呀？」載垣錯愕的問。

「懿貴妃・那拉氏。」端華接口。

「她憑著替皇上生了個阿哥，你看囂張得，連皇后都不放進眼裡了。」

「這是題外話，懿貴妃現在不成氣候，我們商量眼前的難題，老六，你說。」

肅順乾咳清喉，說：

「我想這樣——」

端華和載垣都注目向他望著。

側福晉帶領春桃、夏荷走進暖閣，撩開羅帳，胭脂睡眼惺忪的被驚醒，她怒聲叫：

「幹嘛？」
側福晉站到床前，笑說：
「中午了，還睡，明天吉日，辰時上轎，有很多事要準備，起來了。」
「準備什麼？」胭脂抗拒的轉身向裡，側福晉在床沿坐了：
「點驗嫁粧呀，檢點首飾呀，主要還是婚嫁禮儀，我要詳細跟妳說。」
「我要睡覺。」
側福晉沉下臉，挺身站起，向春桃吩咐：
「春桃，侍候郡主穿衣服。」
「是。」
春桃伸手攙扶胭脂穿衣，胭脂把她推開：
「走開了，我自己穿。」
胭脂搶過衣服要穿，見她們都仍站在床前，怒聲：
「你們都出去。」
側福晉強忍恚怒僵立片刻，轉身走出，春桃、夏荷跟著，突地胭脂叫：
「夏荷幫我穿襪子。」
夏荷停步望側福晉，側福晉點頭，夏荷回身走向櫥櫃，開櫃拿出布襪，侍候胭脂穿起，胭脂以眼神向夏荷詢問，夏荷搖頭，眼光向門外偷窺。

粧扮停當，胭脂隨夏荷來到廳上，見滿廳紅櫃彩粧一片耀眼，喜燈喜幛一團喜氣洋洋，廳堂裡櫥櫃嫁粧堆得滿坑滿谷，櫥櫃打開，櫃中紅綾襯墊擺著珠寶首飾和綾羅衣裳。

側福晉帶著胭脂逐件檢視，胭脂沉默不語，抑鬱不歡。

「這些都是我們自家準備的。」側福晉說：「太后還賞得有金四件，銀四件，珠四件跟拾色寶石，有顆貓兒眼比雞蛋還大，聽說是暹邏國寶，非常稀罕⋯」

側福晉說得口沫橫飛，胭脂沉鬱索然。

在花廳說話的三人，都把話聲厭到最低，德良站門外守著，肅順的話聲雖低卻清晰：

「琥珀照嫁，這是著險棋，他們設伏，我們就將計就計，琥珀嫁過去我們擺低姿態順應，鬆懈他們設防，我們再製造機會做致命一擊。」

「就怕皇上心軟，不能當機立斷。」

肅順搶著說：

「皇上脾氣我最清楚，我會抓恰當時機。」

載垣縐眉：

「怕他們先下手，措手不及。」

「這時候我們就使殺手鐧。」

「殺手鐧？」

「是啊，你忘了善保的命攥在恒祿手裡。」

夜，王府院裡掛滿了喜字燈籠，在堂前階上，側福晉正對成群的僕婦婢女囑咐：

「明早大喜的日子，今格誰也不准睡覺，要睜大兩隻眼盯著，郡主要是逃婚誤了佳期，別說妳們，連我都別想活命，明天皇上，皇太后、親王大臣都到場觀禮，鄭王府嫁不出女兒，誰有腦袋頂著？我也不睡，有動靜別慌，先稟報我。」

僕婦婢女等都點頭答應，側福晉再說：

「寅正服侍郡主起床梳洗，夏荷、秋菊侍候早膳，記住，別讓她喝水，口渴，給她兩顆酸梅。」

「是。」

「冬梅跟春桃輪流守門，不准瞌睡。」

「轟」地火盆裡旺火竄起，火光熊熊中鄭親王府門前張燈結采一團熱鬧，德良在火盆前喊：

「火旺人祿旺，火熱情義熱。」他喊著轉頭喝：「張采。」

隨著喝聲僕役拉繩，兩團彩球懸吊在簷下張開，德良再喝：「鳴炮。」

拖地長鞭點燃，團團火花爆起，炮聲震耳欲聾，鞭炮聲中恒祿帶領捕快來到，德良迎住他低聲，然後相攜匆促走進大門。

到書房，恒祿向端華打扦：

「給姐夫賀喜－」

端華神情難掩焦惶：

「都佈置了？」

「都照姐夫囑咐。」

「好，卯正辭祖，准辰時起轎。」

恒祿審察端華神色，見他焦慮徬徨，問他：

「姐夫煩什麼？」

「我擔心，半路會有人劫轎。」

「劫轎？」

端華怒斥：

「你不要裝糊塗，這還不懂，你是木頭？」

恒祿變色陪笑：

「我被姐夫的話嚇著了，一時驚慌失措，姐夫擔心對方會半路劫人，然後倒咬一口，說您空轎逆旨，蒙騙戲弄。」

端華煩亂的坐下，恒祿說：

「姐夫放心，我親自沿路護轎。」

貝勒府燈火通明，僕婢張燈紮采，穿梭忙碌著張羅，洞房裡彩闈粉帳，紅燭高燒，善保站在錦被羅帳的繡床前，他眼光森寒，正望著繡床羅帳幻想著。

繡床上坐著穿戴鳳冠霞披的胭脂，蒙頭紅巾覆蓋在她臉上，她低垂粉頸，含羞帶怯，善保站在她面前，心裡燃燒著嫉啖妒火。她居然跟一個戲子要好，也許，他們已肌膚相親，也許她已經是殘柳敗絮，污穢不堪了。

「我要折磨她，用折磨來消解憤恨，明天，她就是我掌中的玩物了，我要折磨得她求饒……」

善保呢喃著馳想，想到得意處，他眼中迸射出獰笑。

在跨院樹木森森的花園裡，有間幽靜獨立的水榭，鳳祥和絕塵子在水榭裡密談，緊閉著門窗，只燈光外洩，水榭門外有老僕守望，嚴防有人偷聽偷窺。

燈光下絕塵子仍然黑衣黑巾，露在黑衣外的雙手，細緻白嫩難掩她女性的肌膚。鳳祥神情興奮，滿臉欣喜的說：

「皇上赦了坤良的罪，准祀宗人府，奕訢說過了這關就有文章做了。」

絕塵子黑巾蒙臉，穩坐不動，鳳祥望她，續說：

「奕訢說皇上既赦坤良的罪，我們就在短缺的庫銀上做文章，當初端華審決坤良，為什麼不追贓？是瀆職放縱還是蓄意隱藏？既沒追出贓銀，就沒贓証，沒贓証遽而決罪，必是挾嫌報復羅織入罪了！」

絕塵子輕鄙冷嗤：

「幹嘛兜這麼多圈子費事？」

「這不是兜圈子。」

「依我就棄繁就簡，直擊要害。」

「怎麼直擊要害？」

「用杜慶鑫引誘琥珀逃婚，到時端華嫁不出女兒，忤旨欺罔的罪名，就夠奪爵抄家的。」

鳳祥愣著望她，臉色有點蒼白：

「我聽說，杜慶鑫就是寶麟。」

「是寶麟他更應該捨命替父親報仇雪恨。」

「寶麟知道自己是誰嗎？」

「眼前還不知道，我會告訴他。」

「妳？妳知道寶麟他在哪？」

「他讓我抓住囚禁了。」

鳳祥霍地站起身：

「他是坤良的兒子。」

「坤良有善保承祧，還要兒子幹什麼？」

「妳？」鳳祥激憤得臉色脹紅。

絕塵子站起：

「你們兜圈子寫文章雪恨報仇，我追藏鏹圖找出四百六十萬庫銀，給漠北的族人充飢禦寒。」

絕塵子聳身離去，鳳祥愣立，頹然跌坐椅上。

酉正，雞鳴三遍，夏荷輕敲槅門喊：

「郡主，是時候了。」

暖閣裡寂無應聲，站在門外的側福晉臉色驚變，她衝前拍門，驚聲喊：

「琥珀！」

暖閣仍寂無動靜，側福晉驚恐慌亂，臉色大變：

「撞門。」她厲聲喊：「撞門！」

春桃、夏荷作勢撞門，剛退後衝步，槅門輕悄打開，胭脂站在門內，滿臉惺忪睏倦。

「吵什麼，討厭吶。」

側福晉閉眼舒氣，勉強擠出笑臉：

「大喜的日子，該起來梳洗了，夏荷，侍候郡主梳洗穿衣，卯正辭祖，辰時起轎，不要誤了吉時，夏荷、秋菊隨侍陪嫁，也一併梳洗準備。」

「是。」

夏荷、秋菊走進暖閣，側福晉帶著春桃轉身離去，走到門外側福晉凝目思索，春桃站她身邊，輕聲喊：

「福晉—」

側福晉撫胸：

「我心裡發慌，像有事要發生似的。」

「您一夜沒睡，太累了。」

「唉，願神明保佑，撐過今天吧。」

窗外曙色漸露，庭院樹梢盡是唧喳鳥鳴，胭脂蹙額望窗外，夏荷趨近她：

「婢子侍候郡主梳頭。」

胭脂扭頭望她，突然說：

「我換衣服，秋菊到門口守著。」

秋菊愣愣，仍聽命退出門外，胭脂焦燥的到窗前窺望，夏荷追過去、胭脂一把抓住她的手臂說：「夏荷、妳要幫我。」

夏荷驚駭退縮：「婢子，怎麼幫呢？」

「過來！」胭脂拉著她到床沿要她坐：「來坐下聽我說。」

夏荷微掙著跪在床前腳凳上：

「婢子跪著聽，婢子不敢坐。」

胭脂俯首在夏荷耳邊，低聲急促說話，夏荷臉色驚恐得蒼白了。胭脂凝目望著她，夏荷淚水蓄聚，身軀因驚恐而顫抖，驀地她跨下腳凳退跪到地上，叩出響頭，胭脂驚問：

「妳不願意？」

「婢子家裡有父母，怕連累他們。」

「噢。」胭脂嗒然：「我原以為妳會幫我。」

「婢子願意幫郡主，只是…」

「妳不要說了，我不怪妳，妳別洩漏秘密就好了。」胭脂伸手攙扶夏荷：「起來吧。也許東珍，東珠在就好了。」

夏荷內心掙扎，神情劇烈變幻，片刻，她眼光由驚恐變堅定，臉色也綻露堅決：

「既然郡主把婢子視為心腹，婢子就豁出命了。」

胭脂難以置信的望她，夏荷膝行向前：

「婢子盡忠死了，求郡主照應婢子父母。」

胭脂堅定點頭：

「妳若遭難，我一定替妳盡孝。」

夏荷感激叩頭，胭脂攔住了。

肅順和恒祿一早就到了鄭親王府，德良把他們延到書房待茶，端華修整得雍容體面，聞報即刻迎出，肅順看到他，臉露驚心的說：

「二哥，剛才我接到個奇怪消息。」

端華錯愕：

「剛才？」

「剛才我離家往這兒來，有人攔轎遞給我一張紙條，簡單明瞭的寫著前任江寧將軍桂山被殺，割了腦袋用石灰醃漬了送進京裡。」

「送給誰？」端華神情驚慄。

肅順答非所問，滿臉困惑：

「當年坤良案發，我記得是桂山引起的。」

端華點頭，肅順轉向恒祿：

「當年桂山就幹你現在這個差事。」

恒祿瞠目：

「他幹九門提督，怎麼跟坤良案發扯上關係？」

肅順轉眼望端華，端華臉色蒼白無語，肅順問他：

「是道光十九年的事吧？」

「廿年，林則徐在廣東焚燒英國人鴉片闖了禍，朝廷派琦善署理兩廣總督，議和罷戰，事情就發生在琦善赴任的前一天晚上！」端華神情驚悸，語音沉寒：「那天晚上幾個盜匪闖到琦善床前，架刀向他威嚇，要他公忠謀國，勇於任事抵禦外侮，那時候琦善剛卸任直隸總督，在天津塘沽和洋人交涉，表現得顢預懦弱，琦善在刀尖之下，唯唯應付，盜匪割了他的辮稍以做警告，聲言若喪權辱國，就定取頭顱，事後琦善嚇出一場大病，改走海路去廣州。」

「這番週折我倒不知道。」肅順說。

恒祿悄聲問肅順：

「桂山不是琦善的兒子嗎？」

肅順點頭望端華，說：

「聽說桂山就是為這事跟江湖人結了樑子。」

「對！桂山因為父親被驚嚇，非常惱怒，就嚴令巡檢五營搜捕掃蕩，狠殺了一些人，當時有個幫會首腦被抓，幫會裡有姓候的跟坤良有淵源，向坤良求助救援，坤良轉向桂山求情，桂山不賣交情反密摺奏報皇上，先皇道光非常嫌惡江湖幫會，嚴旨徹查，才查出坤良盜吞庫銀的事。」端華說。

德良叩門喊：

「稟王爺，郡主辭祖，請王爺後堂受禮。」

端華開門走出書房，德良在門外迎住。

在後堂暖閣，胭脂金堆玉繞花團錦簇的從鏡前轉過身，夏荷、秋菊攙扶，婆子丫頭圍繞著走出，春桃在門外喊：

「侍候郡主辭祖行禮，鳴炮！」

院裡懸掛的鞭炮點燃，胭脂在煙屑火花中被扶掖著，跨著紅地氈走上迴廊。鞭炮爆響得震耳欲聾，煙屑在晨霧裡瀰漫，假山亭榭一片矇矓，胭脂低頭邁步，身軀僵硬，夏荷，秋菊心急，腳步微快，胭脂激怒：

「不要拖嘛。」

夏荷在他耳邊悄聲：

「王爺，福晉都在等了。」

「讓他們等。」

「郡主，忍吶。」

胭脂勉強邁步，她焦燥鬱抑的緊抓衣角，扯得吉服發出響聲，春桃搶前奔進後堂稟報，端華和側福晉官服頂戴的坐在堂上，嘴唇強持的擠出笑容，側福晉低聲說：

「女兒出嫁就是成人了，教訓的話少說，勉勵的話多說幾句吧。」

端華點頭抬眼望門外，胭脂被攙扶著走進堂中，她低頭走到端華面前，跪下哽咽：

「女兒叩辭阿瑪，二娘。」

端華站起：

「起來吧，跟著我祭拜叩辭祖宗。」

端華帶領側福晉，胭脂向堂上靈牌跪叩，拜罷端華夫婦歸座，胭脂再向他們叩頭哽聲：

「女兒叩辭，日後不能晨昏定省，膝前侍奉，萬望爹娘善自珍懾，免得女兒掛心……」

胭脂哭泣，噎不成聲，端華也老淚縱橫：

「妳更要珍惜自己，凡事忍耐思量往開處想，阿瑪是逼不得已，實在也不想把妳嫁出去。」

側福晉出聲攔阻他：

「咳，這時還說這種話，說點勉勵祝福的，琥珀福大命大，說不定花轎抬出王府，面前就是另一番世界了，琥珀，自今而後生死榮辱都抓在妳自己手裡，妳要咬緊牙根堅忍奮鬥啊。」

胭脂哭著叩頭，夏荷、秋菊攙起胭脂，側福晉伸出手，胭脂低頭走到她身邊，側福晉緊抓住她的手：

「琥珀，妳雖不是我懷胎親生，可我養育的艱辛卻說不勝說、親也好，養也好，我都只有妳這一個女兒，千秋百年後，我跟妳阿瑪也就只妳這一脈香煙承祧，琥珀，妳要咬牙撐住，嗯？」

胭脂點頭，熱淚再湧出，端華顫抖著手拭淚，側福晉以絲帕拭去胭脂淚漬，柔聲說：

「好了，回房更衣補粧，等候辰時起轎。」

胭脂撲地跪下，放聲痛哭了。

胭脂眼眶紅腫的回到暖閣，推開身邊的夏荷、秋菊在床沿坐了，頹弱的說：

「妳們都出去。」

夏荷、秋菊對望，胭脂指夏荷：

「秋菊出去，夏荷留下侍候。」

秋菊退出，胭脂伸手向夏荷：

「把衣服拿給我。」

夏荷從床後拿出布包，疑遲著不敢遞給胭脂，胭脂一把搶過打開，正要拿出包內衣物，突聽門外側福晉喊：

「琥珀。」

胭脂驚得跳起，下意識的逃避，搶步躲進床側廁幃中，夏荷嚇得魂飛魄散，臉都白了，側福晉推門走進，後邊跟著一些官眷命婦：

「琥珀，辰時到了，我請了幾位福壽滿盈的太太來給妳送行，她們都財慧福祿豐滿，子孫興盛——」側福晉說著看不到胭脂驚駭變色：「郡主呢？」

夏荷驚恐口結：

「郡、郡主⋯⋯」

側福晉厲聲激怒：

「郡主呢？」

「在在⋯在裡邊⋯⋯」夏荷驚恐的指廁幃，側福晉搶步衝過去把幃幔揭開，胭脂在幃幔裡尖聲怒叫：

「不要進來。」

「嚇死我了，這孩子⋯⋯」

側福晉一口氣懸在胸口，慢慢吐出縮回手：

幃幔裡的胭脂尖聲喊：

「出去，都出去！」

「好好。」側福晉強笑：「我們都出去，妳得快一點，時辰到了。」

側福晉帶領貴婦等退出門外，夏荷蒼白的臉漸漸湧現血色，她衝到幃幔喊：

「郡主？」

幃幔撩開，胭脂向她招手，夏荷竄進幃內，見有個纖弱背影在胭脂身邊站著，胭脂神情燦爛，歡欣的說：

「等她等得急死我，她卻躲在這裡，趕快給她換衣服，就在這裡換，我到外邊守著。」

胭脂說著走出廁幃，捧著彩衣頭飾送進幃內，然後回身到鏡前盤髮改粧整飾自己，一陣忙亂過後趁著黑暗跳出窗外，消失在黎明晨曦裡。

門外側福晉的喊聲再叫：

「琥珀，時辰到了，夏荷！」

「好了。」

夏荷答應著撩幃攙出新娘，新娘穿戴鳳冠霞披，滿身珠圍翠繞，頭上覆蓋蒙臉紅巾，低頭垂手的被攙到床沿坐下，側福晉和貴婦等都推門湧進來了，她笑著說：

「吉日吉時，讓這四位福慧圓滿的太太送妳上轎，希望妳嫁出王府，也像她們一樣，福慧圓滿，福祿壽永」

側福晉說著和貴婦齊湧向前，簇擁新娘出屋，花轎停在庭院階下，紅氈舖路、滿院歡聲笑語，樂聲炮聲震耳欲聾，行到轎前，轎帘揭開，四位太太牽扶著新娘登轎，忙亂中她蒙臉紅巾下墜的銅錢繞到轎帘流蘇，紅巾險被扯下，夏荷驚駭，急忙抓住重新幫她蓋好。官眷命婦爭相摸她沾喜，並把手上戒指，手鐲褪下塞進新娘手中。

一陣亂過，夏荷急急放下轎帘，側福晉在轎前撥出一杯清水，司禮喊出：

「起轎。」

花轎抬起，夏荷、秋菊扶著轎桿在兩旁站立，樂聲炮聲喧鬧沸騰，花轎緩慢抬出後庭，站在廊下目送花轎出門的端華，眼淚流下，流到嘴角、滴到前胸。

貝勒府的內廳上鳳祥和善保對坐，善保披紅插花穿戴整齊，滿臉興奮嘴角噙著笑容，鳳祥神情陰鬱，顯得心神不寧。

「依禮，你應該去迎娶。」鳳祥說。

善保斂去笑意，眼光迸出陰冷：

「既是太后賜婚，我們就不必主動，萬一路途有變，我們也有理能講。」

「路途有變，你是說新娘逃婚？」鳳祥凝目思索，剛要說話，新總管谷六奔進稟報：

「稟報爵爺，花轎離開鄭親王府。」

「誰送親？」鳳祥急聲問。

「新娘的舅舅恒祿。」

鳳祥再急問：

「恒祿是官服還是便服？」

「探報的人沒說。」谷六惶然說。

「快去打聽。」善保指斥：「探確實了再稟報。」

「者。」

谷六施禮退出，鳳祥雙眉深鎖，善保問他：

「阿瑪煩什麼？」

鳳祥沉重嘆息，說：

「我擔心你小姑！」

谷六再進門稟報：

「稟爵爺，太后鑾駕到府。」

鳳祥驚駭站起：

「這麼快就到了？」

鳳祥和善保迎出門外，鼓樂齊鳴中跪地叩頭：

「奴才鳳祥率子善保叩迎國母皇太后。」

太后輕鎖眉尖扶著崔玉和的手臂跨出轎外，恭親王奕訢和小猴也跟隨下轎，太后面容顯得蒼老憔悴，揮手說：

「都起來吧，我今格是來湊熱鬧喝喜酒，讓大家都放鬆吃喝，盡情歡樂，別拘束。」

太后踏著紅氈進門，鼓樂熱鬧的演奏，穿廊盡舖紅氈掛彩，鳳祥等簇擁太后走進正堂，堂上懸掛御筆親書的巨大喜字，案上點著盤龍描鳳的喜燭，滿堂舖錦飾釆一團富貴喜氣，案頭鮮花一片姹紫嫣紅。

太后被攙扶著在椅上坐下，椅旁侍立著奕訢和小猴，善保趨前跪地，說：

「奴才善保沐恩深重，給老菩薩叩頭。」

太后滿臉欣悅的微笑：

「起來吧，今格你大喜，耽會新娘進門拜過天地祖宗，我再受你的禮，跟大家熱鬧，一起喝喜酒。」說著轉向鳳祥：「皇上不來觀禮了，他不來也好，免得拘束。」

她下意識的望身邊，轉頭尋找：

「咦，猴子呢？」

大家都轉頭找小猴，小猴果然不見，奕訢臉色尷尬，沉寒了。

小猴潛進荒僻的跨院，到處探頭探腦，跨院荒涼，磚縫長出青草，院角有數間破舊矮房，房外有個壯僕守著。

寂靜，隔鄰喜樂陣陣傳來，間歇處、似有痛苦的呻吟隱約，小猴閃縮著向院內觀察，眼珠轉著籌思誘開壯僕的招數，片刻靈光一閃，他嘴角露出捉狹的微笑。

他掏出腰間碎銀，制錢，拿錢輕輕敲叩院門，然後迅快躲開，把碎銀制錢散散落落地撒在地上，自己躲到牆角，壯僕聽得敲門開門察看，猛見地上碎銀，駭疑驚愕，他轉頭張望，見寂靜無人，用腳撥弄碎銀，踩按虛實，彎腰撿了。

撿銀裝進懷內，正要轉身，眼光又掃到另一塊，他搶步衝過去撿起，這樣連續撿拾銀錢，慢慢走離院門，小猴機靈得抓住空隙竄進院內，壯僕專心搜尋銀錢，沒有發覺。

小猴循著呻吟聲推門探頭向屋中窺望，昏暗中見牆角倒著齊嬤嬤，她混身血污，被綑綁著手腳。小猴急步走到她面前，細看她，問：

「咦，妳不是丁卯的乾媽嗎？」

齊嬤嬤驚懼的抬眼望他，小猴再問：

「善保把妳抓來？」

齊嬤嬤虛弱的點頭閉眼，說：

「我認得你，你告訴丁卯，善保要用我做餌害他，叫他防著，善保要殺我滅口……」她氣機斷續：「叫他別管我……」

管事歡呼著奔進貝勒府：

「快傳報，花轎到門了。」

隨著叫喊樂聲炮聲轟然乍響，門旁號炮「咚咚」連聲震得天搖地動。煙屑瀰漫中花轎抬到貝勒府門外，門內衝出喜娘媒伴等齊湧到轎前，張開紅綾羅傘迎接新娘。

炮聲、樂聲、人聲一片鼎沸，喜娘吟詩唱頌著揭開轎帘，攙扶新娘，夏荷推開她，和秋菊把新娘攙出轎外，賓客圍觀爭睹，捕快握刀圍護轎旁，新娘踩著轎前紅氈移步緩走，喜娘媒伴持傘在旁簇擁。

丁卯官服扶刀站在氈旁警戒，新娘經過他腳步微顯遲滯，丁卯軒眉，似受感應。

新娘被扶持著登階，門內善保笑嘻嘻的迎出，喜娘媒伴拉著紅綾花結塞在善保和新娘手內，院裡鞭炮點燃，響如雷鳴。

善保和新娘互牽花結，踏著紅氈穿院走進堂內，喜樂吹打著在後跟隨，贊禮呼喊著按規行禮對天地祖宗跪拜，拜後恭請太后上座，跪叩謝恩，贊禮者唱詩頌讚著並喝：

「懿旨賜婚結親眷，兩家合成一家人，新郎、新娘參拜國母皇太后，叩謝賜婚！」

新郎、新娘伏地叩頭，贊禮再唱：

「恭請國母致頌賜福。」

太后滿臉含笑說：

「願你們白頭偕老，天長地久，子孫綿延，根深葉茂。」

「新郎、新娘謝恩。」

善保和新娘再伏地叩頭，崔玉和喊：

「太后賞。」他從宮嬪手裡接過錦盒打開：「西域和闐軟玉鐲子一對，上鐫銘文：『福禍與共，偕老白頭。』」

崔玉和捧盒到善保面前俯身說：

「貝勒爺，這幾個字可是用心良苦，您千萬記著，別辜負，來吧。左邊的是乾鐲，您帶上。」

善保微顯疑遲，拿鐲套在腕上，崔玉和再拿到新娘面前：「郡主，這是坤鐲，給您。」

新娘接鐲，夏荷幫她戴上手腕，衣袖掩映間，露出手腕被綑綁的傷痕，善保看到驚愕聳眉，轉臉凝望新娘。

小猴剛走出跨院，谷六迎面攔住打扦：

「參見王爺。」

小猴嚇了一跳，瞠目望他，谷六陪笑：

「今格府裡大喜，請王爺避諱不吉。」

「你是誰呀？」

「奴才谷六，總管貝勒府裡的差事。」

「你總管府裡差事，那安春喜呢？」

「安總管奉差離京辦事，眼前不在府裡。」

「噢。」小猴親熱的扯他：「我問你，跨院裡綑著個老太婆，我瞧著可憐，把她放了。」

「放了？」谷六驚駭變色。

「你剛才說得好，府裡大喜，避諱不吉，把她放了給你們貝勒爺積德，他一定會重賞你！」

谷六臉色青灰得說不出話，驀地跳起衝進院內，衝到矮房前，壯僕驚得跳起。

「總管。」

谷六衝進房中，見地下堆著繩索，齊嬷已不見蹤影，恨得回頭對壯僕拳打腳踢：

「你該死，看貝勒爺剝你的皮。」

小猴回到太后身邊，新人婚禮已成被簇擁著要送進洞房，混亂推擁中新娘的蒙臉紅巾被扯開一角，善保適時轉頭錯過，夏荷急忙伸手把紅巾拉正，驚出冷汗，秋菊看到新娘的臉嚇得魂飛膽裂，夏荷擰她，輕叱警告：

「想死嗎？」

秋菊險喊出聲的嘴，慌急摀住，低下頭。

喜娘媒伴推擁著新郎、新娘走出堂外，小猴出聲喊：

「新娘子送進洞房，新郎暫請留步。」

善保停步回頭，太后斥責小猴：

「猴子，你別攪活。」
小猴跪在太后膝旁，攀著太后膝頭說：
「老菩薩，奴才辦了您吩咐的事，現在來覆旨。」
太后顯出錯愕，小猴微搖她膝頭：
「您忘了，丁娟的事。」
善保臉色驟變，但瞬間就恢復鎮定神色，太后縐著眉頭問：
「噢，娟，你查到什麼？」
「她死了，死的時候有三個月身孕，殺她的人就是她孩子的父親。」
太后蒼白的臉湧現紅潮，旋即變得肅殺冷森，小猴眼光移向善保，顯出輕鄙厭憎的說：
「兇手殘殺丁娟母子，還放火燒屋焚屍，他行兇殺人被一個小姑娘無意撞到，兇手又想把撞見的人拖到後山斷崖屠殺滅口，那個証人拼死淨扎摔下斷崖，兇手以為她摔死了，才放心離開，還好她沒摔死，只摔到腦袋，把姓名家世貓爪子，旮旯子都一股腦兒的忘了。」
恭親王奕訢寒臉斥責：
「載澂，表叔今格大喜，你少胡扯這些事。」
鳳祥手指顫抖著接口：
「是是，這件事改天說。」

太后森冷的屈指敲桌：

「不，讓他說。」轉臉問小猴：「這個兇手是誰？撞破殺人的又是誰？」

「這倆人都在您面前。」

太后厲聲：

「誰？」

小猴挺身站起，眼光掃望堂內眾人，被他眼光掃到的都毛骨悚慄，瞠目結舌，他眼光望到善保，善保心頭驚濤翻騰，但力持鎮定，反露出笑容，小猴緩步走到他面前，笑說：

「表叔，今格您娶媳婦，我給您賀喜。」

他說著要跪地打扦，善保急忙攔住。

「別別，善保承太后蔭庇，托爺們的洪福！」

「還有一樣您沒說，就是靠著你的心狠手辣，手段殘暴，才有今天的喜事。」

「王爺這話我聽不懂。」

「你聽不懂才怪。」小猴輕鄙哂笑：「沒有你的心狠手辣，丁娟還活著，你哪能娶到郡主？」

善保激怒得臉色脹紅：

「王爺，你這話欺人太甚，我要向太后抗告。」

小猴閃開身做個延請的手勢：

「你請，太后在這兒，她嫉惡如仇，最能主持公道。」

善保搶步衝向太后，撲地跪倒，太后神情森冷，眼光噴火，善保叩頭觸地，呼號：

「老菩薩，小恭王侮辱冤枉奴才！」

小猴也搶前指著門旁說：

「老菩薩，鐵証在這裡，您瞧她是誰？」

被指的是個穿太監服飾的人，她抬起頭，是齊嬤嬤。

齊嬤嬤抖顫著走到堂中跪下，摘掉頭上帽子叩頭：

「奴婢齊銀兒叩見老主子。」

太后瞇眼向她細看，驀地認出。

「銀子？你是以前在延禧宮當差的銀子？」

齊嬤嬤哭著叩頭：

「正是奴婢，太后還記得。」

「你怎麼傷成這個樣子？」

「是——」齊嬤嬤轉身恨指善保：「是善貝勒打的。」

善保臉如死灰，鳳祥情急怒指：

「善保，我已經跟她說好了，你，你怎麼還把他抓來？」

太后怒瞪鳳祥、鳳祥吞聲，手抖得更劇烈了，太后問齊嬤嬤：

「善保為什麼打你？」

「他要我寫字條騙我乾兒子來。」

「你乾兒子是誰？」

「是丁娟的哥哥，叫丁卯。」

「哦，他要你騙你乾兒子幹嘛？」

「丁卯知道善貝勒殺了丁娟，想報仇。善貝勒叫我把丁卯騙進府裡暗殺，我不肯。」

太后轉臉問小猴。

「我好像聽你說過這個人。」

「是。」小猴說：「他跟杜慶鑫是朋友。」

太后再回頭問齊嬤嬤：

「你怎麼攬進這件事的？」

「回老主子的話。」齊嬤嬤哽聲說：「丁娟，丁卯從小孤苦，是奴婢照顧他們長大，丁娟進宮當差，在太后身邊服侍，善貝勒進宮朝覲迷戀她，托奴婢媒介撮合。」

太后怒聲責備：

「你不知道這種穢亂宮女的事，會被嚴厲追究嗎？」

「善貝勒說，他願娶丁娟做側室，奴婢聽信他的話現在後悔不及。」

太后怒氣略平，指著善保問：

「他知道丁娟有孕嗎？」

「知道，就因為他知道丁娟懷孕，又奉懿旨賜婚，才心裡發慌，要丁娟拿掉孩子跟他斷絕，丁娟不肯，威脅要向老菩薩舉發，善貝勒害怕，就在白雲觀祈夢房把她殺死。」

太后詢問小猴：

「撞見他行兇的人是誰？」

「剛才跟他拜過天地祖宗，是他的新娘子。」

「啊！是琥珀？」

「老菩薩不信，馬上叫來問、就能證實。」

太后欲傳旨，鳳祥衝前跪倒：

「奴才冒死奏聞！」

太后強抑怒氣點頭：

「好，你說。」

「此事恐有內情，請准善保解釋。」

「好啊。」太后冷笑：「善保，你說。」

善保失神愣著沒回應，鳳祥厲聲喝叫：

「跪下。」

善保驚跳，應聲跪倒，鳳祥顫抖著向他示意：

「說，你自己說！」

「我，當時⋯⋯」善保慌亂支吾著：「很，很害怕，是一時失手⋯⋯」

太后輕嘆，向崔玉和點手：

「傳懿旨，宣琥珀郡主。」

崔玉和喝叫：

「太后懿旨，宣琥珀郡主。」

喝聲中幾個太監奔出堂外，善保臉如死灰，混身抖索，太后嘆氣說：

「善保，你真不成材，枉我疼你了。」

善保伏地叩響頭求饒：

「老菩薩開恩，奴才改過。」

「你是我們博爾濟錦氏一族的希望，我從小栽培你，巴望你成材成器為博爾濟錦族人爭取榮耀，你真讓我痛心失望啊，沒想到你壞到這種地步！」

善保伏地號哭：

「老菩薩開恩⋯」

太后滿臉虛頹憔悴，神情蒼老：

「你太膽大妄為了，竟敢蹧踏我身邊的人，蹧踏了還殺人放火，今天幸好皇上不在，要是皇上知道我博爾濟錦族人除了坤良盜佔庫銀，他兒子又淫亂宮女殺人放火，連我都沒臉活了。」

恭親王奕訢跪地叩頭：

「老菩薩息怒。」

小猴也跪下：

「早知道老菩薩這麼傷心，我就不敢舉發了。」

太后沉痛的說：

「古語說『養癰貽患。』都是我姑息，容忍他寵壞了。」她陡地挺直身軀振奮精神，眼光威稜，神情堅決，「不過，養癰既成，壯士斷腕也能解決。」

鳳祥連續叩頭，發出「咚咚」響聲。

「求太后開恩。」

太后轉臉望他，激怒得指斥著：

「孩子變成這樣，你瞞著我不說！」

門外太監喝喊：

「琥珀郡主宣到。」

夏荷、秋菊抖慄著攙扶新娘進門，新娘推開她們緊行數步到太后面前跪倒：

「民女馬扣兒叩覲太后。」

太后失聲驚噫，馬扣兒揭開蒙臉紅巾叩頭：

「民女馬扣兒，不是琥珀郡主。」

太后呆住，堂裡眾人皆結舌瞠目，小猴脫口叫：

「哇，奇峰突出，妙極了。」

太后茫然問他：

「你認識？她是誰？」

「她叫馬扣兒，是梨園坤伶。」

扣兒堅定的說：

「也是善貝勒的結髮妻室。」

善保兇暴的怒叫：

「胡說，妳是個妓女！」

「我進過妓院，是你把我賣進去的，不過我守身堅貞，並沒玷染任何污穢。」
太后抬手指善保，手臂抖顫：
「你，你把她賣進妓院？」
「不是我，是安春喜！」善保說著嘎然住口，太后轉問小猴：
「安春喜是誰？」
「是他的總管，長隨。」
扣兒叩頭堅決的說：
「民女已經跟善貝勒拜過天地祖宗，也受過太后賜福頒賜頌詞，生是他的人，死是他的鬼。」
善保暴怒衝身站起：
「不對，她是妓女。」
恭親王奕訢喝斥：
「善保放肆。」
善保再跪下，以頭撞地：
「老菩薩，奴才冤枉，奴才被小人算計……」
小猴白眼上翻：

「喲，那小人一定是指我。」

太后氣得戰抖，痛淚盈眶，哽咽自語說：

「養出這種後代，真讓我死不瞑目…」

崔玉和慌忙遞上水煙，輕聲勸：

「老主子，有話慢慢說，別著急。」

太后撥開水煙，深深吸氣，怒望扣兒：

「琥珀郡主呢？出嫁的應該是她，她人呢？是你們私下調換，還是鄭親王端華跟你們串謀的？」

「鄭王爺不知道。」扣兒冷靜的說：「是民女哭求郡主調換，因為我懷了善貝勒的孩子，不能讓孩子變孤兒。」

善保厲聲吼叫：

「妳胡扯，孩子不是我的！」

「住口。」太后勃然激怒：「崔玉和給我掌嘴。」

「者！」

崔玉和捲起袖子衝到善保面前，「嗶拍」地連摑十幾個嘴巴子，善保被打得滿嘴流血，崔玉和甩手說：

「貝勒爺，您老慈悲，出門在外沒帶皮手套，掌嘴施刑可憐我這雙肉掌跟著受罪。」

他哈著手心走回向太后打扦：

「奴婢覆旨。」

太后嚴厲地怒瞪善保：

「再放肆無禮就拖出去打殺你。」

善保以袖抹嘴，恐懼得把頭低下，扣兒移近他，用絲帕替他揩拭，善保嫌惡的把她推開，鳳祥痞哭著伏地抖顫，太后憐惜，悲痛的說：

「鳳祥，奕訢留下，別的人都出去。」

堂內眾人謹肅退出門外，善保、扣兒欲起身，太后峻聲說：「善保跟馬扣兒拜過天地祖宗，已經是結髮夫妻，我主婚親証，誰也不准反悔，嗣後你們要互敬互愛終身伴隨，福禍與共，相關休戚。出去吧，婚禮繼續進行，一切按規矩。」

馬扣兒叩頭被夏荷，秋菊攙扶著退出，善保在後望著她憤恨切齒。

太后轉望小猴；

「你也出去。」

小猴不甘願的挨蹭著出門，崔玉和隨後把槅門關閉。

小猴走出後宅，走到前院，喜樂熱鬧的吹奏，僕婢賓客歡聲喧鬧，門房裡幾個捕快坐著喝茶，丁卯看到小猴急忙趨前打扦；

「王爺。」

「咦、丁卯，你怎麼在這兒？」

「回王爺，卑職奉派護蹕太后。」

小猴拉他走開一旁，悄聲問：

「找到杜慶鑫沒有？」

丁卯搖頭，小猴著急，衝口說出：

「糟糕，打鐵趁熱，涼了就費事了。」

「卑職剛聽說府裡出事，善貝勒獲罪遭譴，新娘子不是琥珀郡主？」

「喲，消息還真快，你猜新娘子是誰？你認識的？」

丁卯愣愣，小猴耐不住心癢，搶著說：

「是馬扣兒！」

丁卯臉色頓時慘白，小猴興奮得眉飛色舞的說下去：

「沒想到吧？馬扣兒在太后面前慷慨訴說，一點都不瞻顧猶豫，太后欣賞她的理直氣壯，替她做主。」他驟見丁卯的慘白臉色驚愕住嘴，「你怎麼回事？」

丁卯搖頭，長長吐氣：

「馬姑娘置之死地而求生，我佩服她的勇氣。」

小猴回頭張望說：

「我到處逛逛，快找杜慶鑫，現在是他的機會。」

小猴走開，丁卯滿臉驚疑。

在正堂秘密會商的太后陰沉著臉，鳳祥滿臉淚痕，恭親王奕訢機靈的察望太后臉色，崔玉和守護在門旁警衛。

「這是最寬厚的辦法了。」太后沉痛的說；「我們自己處置總比讓皇上處置好，這些事要是讓肅順、載垣、端華他們去做文章，不但我這張老臉沒處擱，要再一次奪爵抄家，我們博爾濟錦一族別說壯大興旺，恐怕連喘息的機會都沒有了。」

奕訢謹慎措辭，跟著說：

「皇額娘說得不錯，肅順、端華他們早就積極佈署，把善保的總管安春喜秘密拘禁在提督衙門大牢，他們不動聲色，只想待機而動，一擊致命的把善保毀了，別說善保賣良為娼，單就姦殺丁娟淫穢宮眷這件事就能鬧得天翻地覆了。舅舅，我看，您就捨了吧。」

「怎麼捨？」鳳祥聲音瘖啞。

「送宗人府，奪爵出藉。」

「唉！」太后深長嘆息。

鳳祥嘶聲：

「我們族裡就剩下這一脈血胤了。」

「還有寶麟。」太后截然說：「儘快找到寶麟，廢掉善保，讓寶麟襲爵。」

「可是，今天喜事，朝野皆知！」

「喜事照舊進行。」太后神情堅決，「還當娶了琥珀郡主，暫不拆穿，善保跟馬扣兒婚姻既定，喜宴過後一齊圈禁高牆，沒我的旨意，誰也不准放他自由。」

「者。」奕訢答應著顯出囁嚅：「有件事兒臣覺得憂心。」

「什麼事？」

「婚後三日回門省親，端華藉故不見琥珀，向咱們要人，咱們如何因應？」

太后瞠目緺眉，嘿然無語。

貝勒府外牆邊幾棵大樹上、杜慶鑫吃力的攀爬，強忍身體傷處的疼痛，院內燈光照見他的臉，他面目扭曲，冷汗如雨。

他藉著樹枝攀過牆頭，躍落地下，重摔摔得他岔氣，不得不倒在地上緩氣忍痛，前不久他曾潛進這裡救出胭脂，已經熟息路徑，不過他想起府裡狼犬，仍心悸脊冷。半響輕悄爬起，不敢弄出絲毫聲音。

他藉著假山叢樹掩蔽身形，潛進內宅，一路雖有僕婢穿梭，尚幸沒有引起驚動。

沿路彩飾宮燈，迤邐直到新房，杜慶鑫隱在屋角向新房偷窺，心頭翻攪如焚，見房內紅燭高燒，晃動著一些婢女的身影，他心急想要衝進房內，走到窗下，聽得窗內婢女悄聲私語：

「秋荷，看妳失魂落魄的，快打起精神！」

「夏荷姐，我好害怕。」

「怕什麼，橫豎一死，剛才太后都替姑娘做主了，姑娘沒事，我們自然也沒事。」

另有聲音頹弱的說：

「都是我連累妳們。」

杜慶鑫嚇一跳，他馬上聽出這是扣兒的聲音，不覺寒毛都豎了，他身不由己，縱身衝進新房，夏荷，秋菊看到他滿身血污的模樣，嚇得呆住，杜慶鑫衝身撲到扣兒面前、一把抓住她：

「扣子，妳怎麼在這兒？」

扣兒頓時臉色慘白瞠目無措，夏荷衝前攔阻杜慶鑫，被他粗暴的推開，扣兒慌急的說，

「二哥，你快走！」

「妳怎麼在這兒？胭脂呢？」

「我換了她，她沒嫁過來…」

「這到底怎麼回事，她哪去了？」

「二哥，你快走吧，胭脂沒事，她是金枝玉葉，對你誠心實意，你絕對不能辜負她，你快

走，切要保重自己！」

杜慶鑫痛淚溢湧、抓著扣兒搖晃、扣兒驚恐悲痛的推著他：

「你快走。」扣兒說：「爹從小把你當兒子，你到他墳前燒柱香，磕個頭，他會高興，你快走！」

兩人淚眼凝望，陡地撲前相擁，緊緊互抱，這時房外傳進混亂鼓噪、扣兒猛地把慶鑫推開說：「快走！」

慶鑫轉身竄出新房、扣兒虛頹癱軟的搖搖欲倒、夏荷衝前扶住。

當日晌午，端華和肅順在書房裡傾聽恆祿敘說送嫁的經過，都驚駭得瞠目結舌：

「真是離奇，花轎抬進貝勒府，當著太后跪拜天地祖宗，婚禮過後才發現新娘不是琥珀。」

「是誰？」肅順駭疑得衝口問說。

「是慶昇戲班的坤旦馬扣兒。」

「那琥珀呢？」端華衝身站起：「琥珀呢？」

「我不知道。」恒祿無辜的叫：「花轎在路上換人不可能，我派人在轎兩邊監守，要就在府裡早換人了。」

肅順把端華按著坐下，勸他：

「別急，讓我問。」肅順再問恒祿：「那太后呢？太后什麼態度？」

「太后默認了。」恒祿說：「據說太后嚴旨不准聲張，婚禮繼續，喝酒、唱戲。」

肅順在窗前踱步思索，片刻興奮的叫：

「好，好機會！」

「什麼好機會？」端華顯出錯愕。

「二哥，你頭腦被攪亂了，走，咱們馬上去圓明園，你跪請皇上到善保家參加喜筵，筵畢新郎新娘必定向皇上叩頭謝恩，你看到新娘不是琥珀，就當場向鳳祥要人！」

「可是，皇上不肯參加喜筵才避到圓明園的。」端華愁苦的說。

「聽我的話，我包準能請來，別猶豫，馬上走。」

「可是，琥珀呢？」

「先別管琥珀，這事要緊。」

肅順扯著端華走出書房，端華邊走邊向恒祿囑咐：

「恒祿，找琥珀！」

肅順也喊著：

「找到琥珀把她藏起來，別讓她露面。」

杜慶鑫被谷六率領的惡僕抓住，他被繞著辮子扭著手臂拖進地牢，谷六急報善保處置。

惡僕拿著寒光森森的刀尖抵著杜慶鑫的脖子，讓他驚悸的後仰閃躲，善保狂奔衝進地牢，杜慶鑫裂嘴獰笑，迸露滿眼殺機：

「你終究落在我手裡了，我要把你的臉割成爛西瓜，叫你到陰間唱花臉黑頭去。」

善保說著奪過惡僕手裡尖刀，他握刀挺刺杜慶鑫的臉陝，小猴追到跳前推開刀尖，怒喝：

「善保，他是太后要找的人，你敢傷他，除非你不想活了。」

善保把刀尖刺在杜慶鑫臉上，牙縫嘶出聲音：

「太后找他幹嘛？你少造謠。」

「你明知故問，他是你親弟弟寶麟。」

善保怒極，面目猙獰著：

「胡扯，他是賤民，是畜生！我怎麼會有這種弟弟？」

善保說著刀尖下滑到杜慶鑫脖子，肩臂微動用勁出力，眼看杜慶鑫脖頸鮮血噴湧，小猴情急抓刀，卻見身旁人影疾閃，善保手裡鋼刀已被奪走。奪刀的是絕塵子，小猴看到她驚駭瞠目，適在此時前院傳進呼喊：

「皇上駕到！」

隨後樂聲喧嘩俱寂，恭親王奕訢帶領鳳祥等王公國戚俱都列跪在庭院，舖地紅氈上覆蓋黃綾、咸豐高瘦孱弱的身材跨出輦外，走進大門，背後跟著端華、載恒、肅順等和一些穿黃馬褂的藍翎侍衛。
咸豐在伏地跪迎的臣僚和賓客面前走過，他臉色陰沉嘴唇緊閉。大門外牆角，擠著一堆被捕快兵勇擋開的圍觀民眾，看熱鬧民眾後邊站著穿寬大長袍的半椿小子，他縮頭袖手，帽沿壓得很低，但露出的半截臉蛋，卻細皮嫩肉讓人印象深刻。
她是胭脂，改粧溜出鄭親王府後，心裡記掛扣兒的遭遇，趕到這裡來窺探，以消除心頭的忐忑恐懼。
監視圍觀群眾的丁卯，一眼就認出她，輕悄走到她身後，扯拉她衣袖，胭脂驚駭的回頭望，丁卯低聲說；
「跟我走。」
胭脂愣著望他，丁卯焦急抓她手臂：
「貝勒府鬧得天翻地覆了，妳還看熱鬧，快跟我走，耽會被認出來就不得了。」
胭脂猛地掙脫他，衝身就跑，變起突驟，丁卯愣了。
胭脂狂奔跑進暗巷，巷內靜寂，她急喘著躲在牆角，陡地丁卯跳到她面前，胭脂嚇得尖叫，丁卯情急一把摀住她的嘴：
「別叫，我是丁卯啊，你不認得我了。」
他慢慢放開摀她嘴的手，胭脂滿臉驚恐的瞪他，丁卯急著說：

「我是丁卯，妳忘了？」

「你想把我怎麼樣？」胭脂驚懼的說：「你放我走。」

「妳要去哪兒？」

「我—」

「妳要找杜慶鑫，我知道他在哪兒。」丁卯說：

胭脂驚喜急切，混忘恐懼，一把抓住丁卯：

「他在哪兒？」

「在貝勒府。」

胭脂的臉沉了，丁卯說：

「妳別不信，他真的在貝勒府，他以為嫁過去的是妳，拼命闖進貝勒府想救妳，結果——」

「怎麼樣？」胭脂的聲音顫抖了。

丁卯嘴唇蠕動沒說出話，胭脂臉色迅即蒼白。丁卯說：

「他進去很久都沒消息，怕是陷住了。」

胭脂呆愣著：

「陷住是什麼意思？」

「就是可能被抓住了。」

「被…被善保抓住？」

「現在還不知道，我是擔心。」

胭脂癱軟得萎蹲在地下，喃喃說：

「善保會殺他，一定會殺他…」

她急痛哭出，丁卯焦急的張望巷口，說：

「妳別著急，我只是擔心，走吧，我在這附近找個地方安頓妳，這兒不能久耽，有人認出妳，禍就闖大了。」

丁卯把胭脂帶進附近一條僻巷，巷底有間仍亮著燈的破屋，丁卯進門即喊：

「帽兒，帽兒在嗎？」

燈影裡摸出瞎眼的張媽，她應著：

「帽兒不在，他出去了，您是？」

「我叫丁卯，是衙門當差的。」

「噢，丁爺，找帽兒有事嗎？」張媽變色的問：

丁卯招手讓胭脂進門，說：

「有個姑娘暫時躲在這兒。」說著向胭脂示意：「這是張帽兒他媽。」

胭脂囁嚅著沒出聲，丁卯再囑咐：

「有消息我會來告訴妳，妳安心耽著別亂跑。」丁卯到張媽面前，說：「跟張帽兒說，我是提督衙門的丁卯，他就知道了。」

「噢。」張媽翻著眼珠「瞪」胭脂，胭脂露出驚慄害怕，轉臉望丁卯，丁卯已經走了。

咸豐走進正堂，抖袖趨前跪下，後隨的端華等也都跪倒。

「兒子給皇額娘請安。」

「奴才等叩覲太后。」

太后露出笑容，說：

「都起來吧，皇上不是去圓明園了嗎？」

崔玉和給皇帝搬椅子，咸豐坐下，說：

「是，肅順、載垣他們說今格喜事熱鬧，兒子應該來承歡湊趣，討皇額娘歡喜。」

「噢，肅六倒想得多。」

肅順跪地應說：

「奴才慣常提醒皇上，承歡討喜就是孝道。」

太后掃視端華、載垣：

「好，既然大家都湊趣討喜趕熱鬧，咱們就好好熱鬧一陣子。」說著森寒的沉下臉：「誰要想藉故生事，攪風弄雨，我就砍他的腦袋瓜子。」

咸豐，肅順變色錯愕，太后轉臉喊：

「崔玉和，傳旨鳳祥，好酒好菜多準備，戲台提早開鑼，叫他們呈戲摺子，咱們點一齣熱鬧的。」

「者。」

戲台鑼鼓震耳敲響，戲台下，紅氈上黃綾舖地處擺著龍鳳交椅，太監宮女等忙著整飭軟墊坐褥，準備茶點。

戲台廊柱上掛著欽點「龍鳳呈祥」戲碼，鑼鼓聲裡琴琶調音，後台伶角梳粧穿衣，描眉勾臉。

扮劉備的鬚生是慶奎，鏡前描眉塗彩的旦角是慶香，候成棟、羅巧手等在後台衣箱間隱隱現現，劉四站在慶香身後幫他梳頭貼片子。

在急敲的鑼鼓聲裡，正堂氣氛沉悶拘謹，太后雖面露微笑，但微笑的紋路後也隱現冷森，咸豐皇帝沉靜默坐，肅順向怡親王載垣遞眼色，載垣乾咳著清清喉嚨，想說話，太后轉眼瞪他說：

「載垣想說什麼？要見新娘子？」

「奴才——」載垣愣住了。

太后斥責說：

「新娘子會出來見皇上，你急什麼？」太后說著轉眼瞪肅順：「肅六，你吃飽喝足給我老實點，興風作浪會淹死自己。」

肅順拂袖跪下叫：

「太后冤枉奴才了。」

太后哼一聲喊鳳祥：

「帶新郎新娘到御前謝恩。」

「者，遵旨。」

鳳祥臉色痙攣著退出，太后驀地望咸豐，臉罩寒霜：

「皇上，新娘子不是端華的女兒琥珀。」

「啊？」咸豐錯愕：「不是琥珀？」

咸豐回頭望端華，端華衝前跪地叩頭：

「奴才親送女兒琥珀上轎，送親粧奩也都由步軍統領恒祿親隨護送，花轎一路不停送進貝勒府，怎麼新娘子會不是琥珀？求皇太后，皇上替奴才做主！」

太后厲聲喝斥：

「住口，我還沒追究你欺蒙逆旨，你倒反咬一口。」

「奴才只求太后賜告琥珀下落。」端華抗聲叫：

太后森森冷笑：

「好，你們想鬧，咱們就鬧。」說著怒叫拍桌「鳳祥。」

鳳祥應聲奔進，太后指斥說：

「傳旨，叫武衛營把送親的恒祿給我提溜來。」

「領旨。」鳳祥轉身欲走，咸豐抬手阻止：

「慢著。」咸豐轉臉斥責端華：「你越老越糊塗了，太后懿德慈懷苦心告誡，無非是要你們親和融洽，熱鬧歡快，新娘不是號珀，其中必有緣故，你急什麼？肅順。」

「奴才聽旨。」肅順應著。

「你去查，務必查出因果，公諸於世。」

「者。」

咸豐溫聲轉向太后：

「皇額娘，您別生氣，臣子們無狀，別壞了您的聽戲興緻。」

太監在堂外傳呼：

「多羅貝勒善保攜新福晉朝覲謝恩。」

咸豐轉臉望堂外，善保、扣兒並肩低頭的進門，端華目不轉睛的向扣兒盯望，扣兒低眉斂目驚恐怯懼的跟隨著善保跪拜，頭上金釵步搖也膽怯的頻頻搖顫。

「奴才善保叩謝皇上隆恩。」

「善保，你忘記提你媳婦的名字了。」咸豐說：

「他媳婦叫馬扣兒。」太后在旁插嘴。

咸豐顯出愕異，轉頭問太后：

「漢人吶？」

「嗯。」太后點頭。

咸豐縐縐眉頭沒說話，太后說：

「我知道這不合祖宗規矩，我會處斷，你放心了。」太后說罷轉臉叫：「馬扣兒，頭抬起來。」

扣兒柔順驚怯的抬起頭，咸豐看過悄聲說：

「溫柔婉約，很有氣質，皇額娘，賞他們吧？」

太后點頭說：

「皇上體恤你們，你們謝恩跪安吧。」

「謝皇上，皇太后隆恩。」善保說著叩頭起身，扣兒不知仍低頭默跪，善保踢她，眾人瞠目相覷，太后暗嘆，崔玉和知機提醒說：

「老菩薩，戲開鑼了，請降旨，去聽戲吧？」

太后點頭站起，一夥人都簇擁著跟隨她。到戲台前，鑼鼓驟然停住，戲台文武場等原地跪伏，肅穆的靜寂中靴聲細碎，王公臣僚等隨侍著咸豐和太后在舖著黃綾的龍鳳椅上坐好，咸豐揮手，跪伏的文武場站起，隨侍的王公也都尋椅坐了。

鑼鼓再響，戲台出將的門帘後，羅巧手從縫隙中向外窺視，候成棟在旁輕聲問他：

「怎麼樣？」

羅巧手搖頭，驀地門帘掀開，龍套從他身旁衝出，候成棟退開門旁，向慶奎、慶香遞眼色，鼓勵的點頭。

善保和扣兒回到洞房，秋菊和僕婦等都跟著，洞房裡坐著絕塵子，杜慶鑫和小猴，善保把僕婢都逐出房外，鐵青著臉在椅上坐下，眼光毒恨的向杜慶鑫瞪著，扣兒驚恐怯懼，眼光不離杜慶鑫和善保。

沉默冷僵，前庭的鑼鼓響著，絕塵子向小猴說：

「我教你的話記住了。」

「記住了。」小猴說，「姨婆幹嘛不自己向太后說？」

「我不能在皇帝面前露臉。」絕塵子說著轉向善保：「惡孽是你自己造的，明理見機還能保命，再胡行蠻幹就是自尋死路了，馬姑娘跟太后、皇上都見過，嫁娶已成鐵的事實，誰也無法改變了。」

她說著站起抓過杜慶鑫向小猴說：

「我把他帶走，太后要問，你就說我跟她的想法一樣就行了。」

「慢點。」善保橫身攔著：「侄兒痛悔覺悟了，日後生死榮枯都聽命姑姑跟太后的裁奪。」

絕塵子戒慎疑惑的望他，等他說出下面的話，善保轉身走到櫥櫃前說：

「我跟琥珀無緣，有樣東西我想給她。」

「你想給她什麼？」

善保驀地轉過身，手裡握著一把鐵胎強弩，毒恨切齒的對著杜慶鑫：

「姓杜的，你去死吧！」

絕塵子驟驚猛推杜慶鑫閃避，「淨」地箭響，鐵箭「哧」地射在絕塵子胸上。

絕塵子驚怒踉蹌，神情激怒獰厲，善保驚怖的丟掉鐵弩奪門衝出去。

他奔進自己臥房，衝到櫃前，閅屜抓拿珠寶金銀塞進衣袋，一些珠寶因慌亂撒落滿地，婢女殷勤撿拾，被他粗暴的推開，婢女撞到牆壁暈死過去。

他愴惶奔進後院，衝出角門狼狽逃走，被站在牆外的丁卯瞧見，黑夜裡認不真切，他沒追蹤。

張帽兒家的門被推開，胭脂驚得跳起，進門的張帽兒看到她驚駭瞠目，愣在當地，張媽問：

「帽兒啊？」

「是我，媽。」

「不進來，你愣在門口幹嘛？」

「我、我嚇一跳，她是誰呀？」

「噢，是丁卯帶來的姑娘，叫胭脂。」

胭脂向張帽兒擠出笑容，張媽摸索著走出：

「你怎麼回來得這麼快？」

「嗯…事情辦得不順暢，我怕您著急。」

「噢，進房去說吧。」她轉臉向胭脂：「姑娘，妳坐會兒。」

張帽兒隨母親走進裡間，邊走邊回頭看胭脂，胭脂心裡疑惑忐忑，不覺跟到門邊偷聽，裡邊說話聲音低，只聽到「鄭親王府」幾個字。胭脂駭疑變色的伸頭續聽，聽得張帽兒母子喁喁細語：

「你沒認錯？」

「不會錯。」張帽兒語氣堅決：「太后朝山到白雲觀進香，我抬鑾輿，到廟裡太后特旨傳見她，進出都看得清楚，我一見就認出是她。」

「怪不得我總聞到她身上有股香味，洋香水的香味，果真是琥珀，那老天就睜眼了。」張媽翻著森森白眼斷然說：「帶她走，回蘇州。」

胭脂聽得心驚膽戰，退開門旁急轉身想衝出門外，不小心撞倒矮桌，嘩啦暴響中她忍著腿痛奔出。

胭脂狂奔，張帽兒在後猛追，兩人在暗巷追逐，張帽兒熟息地形，繞路超前躲在牆角埋伏，等胭脂奔到，他猛然衝出阻攔，胭脂躲避不及撞進他懷裡。

胭脂掙扎踢打，一隻繡鞋遺落在地上。

太后正神馳的看戲，小猴輕捷的走到她身邊，悄聲在她耳邊說話，太后驚怒的衝身站起，抓著小猴離座走向後庭，咸豐和臣僚等都瞠目錯愕，頓起騷亂驚疑。

恭親王、崔玉和和鳳祥都慌忙追趕，太后牽著小猴含怒衝進洞房，小猴急喊：

「太后駕到，跪迎。」

癱坐椅上的絕塵子，臉色青灰，胸前鐵箭深插肉內，傷處一片血污，杜慶鑫、馬扣兒聞聲跪在地上，太后衝到絕塵子面前疊聲喝叫：

「傳醫，快，傳醫。」

「者。」趕到的崔玉和答應著傳醫，太后恨聲說：

「善保真是喪心病狂，他瘋了。」

絕塵子虛弱的指慶鑫：

「善保本意想殺他，我替他擋了這一箭。」

「他是誰？」

小猴輕聲說；

「他就是您急著要找的寶麟。」

「寶麟？」

太后急轉身凝望慶鑫，眼眶頓時湧積淚水，慶鑫痴愣，神情愕然，太后哽咽著喊：

「寶麟，可憐的孩子⋯⋯」她喊著向鳳祥招手：「鳳祥，你過來看，這孩子神情跟當年的坤良多像，不錯，他就是寶麟，一眼就能認出來這是坤良的孩子。」

她驀地湧起滿臉憤怒：

「善保呢？他找死嗎？」

正自擾攘，出外傳醫的崔玉和匆忙進來，向太后說：

「老菩薩，萬歲爺回宮了，臨走說他改天到綺春園請安，不來辭行了，皇上離開時御座前發現一只錦匣，匣上柬帖寫著，鳳祥老爺的名字。」

「匣子呢？」

「在這兒。」崔玉和向門外招手，太監捧進錦匣，太后轉望鳳祥：

「給你的，可能是賀禮。」

鳳祥接過錦匣審視，開匣嚇得拋匣跳起，匣中滾出石灰醃漬的人頭，滾在地上，面目猙獰。

太后驟驚嚇得瞠目結舌，恭親王奕訢情急扯落椅披把人頭蓋住：

「快，趕緊拿走。」

太監抱著人頭奔出房外，太后搖搖欲倒，崔玉和趕前扶住，房外喝報：

「御醫到。」

隨著喝聲御醫拎著醫箱進門，在太后面前跪倒：

「叩覲太后。」

太后臉色煞白的在椅上坐下，向奕訢說：

你照顧赫絲真姨媽，我頭暈，支撐不住了。

丁卯推開門一愣，屋中昏黑，一片寂寥，他喊：

「張媽、張帽兒！」

沒有絲毫聲息，丁卯驚駭跳起衝進房內，他急喊：

「點燈，快。」

跟隨的捕快劃火找燈點亮，屋中一團零亂，丁卯急怒衝出門，他憤恨的叫：

「留個人守在這裡，其餘的人在附近搜，快！」

黑夜裡人影在暗巷奔跑，靜寂的巷弄，奔跑的腳步驚起狗叫，丁卯狂奔猛衝穿過暗巷，踢著胭脂遺落的繡鞋，繡鞋被踢到牆邊，他沒察覺。

在不遠另一條曲巷中，一頂小轎匆促疾走，張帽兒、張媽揹著包袱跟在轎後，轎帘搖閃，胭脂昏睡著坐在轎中。

恭親王奕訢在西暖閣詢問鳳祥，鳳祥痴愣，神情恍惚，奕訢峻聲說：

「舅舅，善保拿著一些金銀首飾跑了。」

「噢，跑了。」

「舅舅想，他會跑到哪去？」

「跑到哪去？不知道，我不知道啊！」

鳳祥臉色灰黃，手指抖慄，奕訢逼著問：

「舅舅，你怕什麼？」

鳳祥被刺著似的仰起頭，抗聲：

「我怕？我幹嘛要怕？我問心無愧，當時不是我故意退避，實在是情況復雜我無能為力，這哪能怪我？坤良也心知肚明，都怪赫絲真！」

他燮地住口，像猛地驚覺瞠目，奕訢追逼著：

「你說是赫絲真姨媽，她怎麼樣？」

鳳祥低頭退縮：

「你去問太后。」

「太后剛受驚嚇正在歇息，你把事實真象跟我說，我也好做緊急處置，桂山的人頭倒底怎麼來的，誰下的毒手？送給你幹什麼？」

鳳祥不答，舉袖抹淚，手顫抖，奕訢著急，懇聲說：

「舅舅，現在是關鍵時刻，隱瞞解決不了，等對頭抓著把柄向皇上揭發，只怕太后都壓制不住，還有——」

奕訢攤開手握的一張紙條，唸著：

「坤良冤死，禍首桂山，兄妹闖禍，要弟承擔。」這張字條是桂山嘴裡含著的，兄妹闖禍指誰？闖什麼禍？」

鳳祥以袖拭淚，啞聲說：

「兄妹是指我跟赫絲真……」

「闖得什麼禍？」

鳳祥深嘆，挺胸抬頭說：

「廿幾年前，坤良做京畿順天府尹，任內他救過一個江湖漢子，叫候成棟，姓候的感念恩德，自願為僕追隨他當侍衛，盜庫一案罪發，坤良被拿問抄家，候成棟漏網逃走，等罪眷打進辛者庫，候成棟千方百計把寶麟救出…」

「兄妹闖禍，要弟承擔，難道當時盜庫是你跟赫絲真姨媽所為？」

鳳祥艱困的點頭。

「當時為勢所逼，實在不得已…」

老僕進門稟報：

「稟爵爺，戲散了，是開賞遣退，還是再點戲碼續唱？」

鳳祥揮手：

「開賞，叫他們走。」

老僕答應著轉身，奕訢欄住。

「等等，以前您說姓候的搭班唱戲撫養寶麟，把寶麟改名杜慶鑫，桂山的人頭送得奇突，戲班難脫嫌疑。」他轉頭向老僕說：「把戲班管事看住，耽會我有話審問，唱戲的伶工和文武場，一個也不准放出去。」

「是。」

奕訢對鳳祥的語無倫次有點無奈，轉身回到暖閣，探望太后，這時雞鳴起落，天色已經濛亮。他輕悄進門，驚起崔玉和、奕訢問他：

「睡著？」

「那兒睡得著？睜著眼睛發呆，眼淚沒停過。」

「好，我進去請安。」

房裡燈光昏黃，太后靠坐在床上，一個宮女捧著水煙侍候，奕訢拂袖跪在床前：

「兒子給皇額娘請安。」

太后抹淚嘆息著：

「唉，桂山死得可憐。」

奕訢膝行到床沿，仰望說：

「兒子會責成京畿緝盜衙門緝兇，廿年前盜庫一案，據說背後隱情複雜，舅舅不肯明講，只說當時為勢所逼，實情究竟，請皇額娘賜告。」

太后嘴唇蠕動卻沒說出話，片刻她頹聲問：

「你赫絲真姨媽，傷得怎麼樣？」

「傷到臟腑，說不容易好。」

「唉，善保呢？」

「跑了，抓把金銀珠寶跑了。」

「真不成材，我們疼他，卻造就一個壞坯子，寶麟雖生得威武雄壯，不知心性是好是壞？」

「這事我們得斷然處置，堵住對頭的嘴，不能讓對頭借題發揮。」

「那依你，該怎麼辦？」

「快刀斬亂麻，割舊肉，長新肌，廢掉善保，讓寶麟襲爵承嗣，皇上已經答應赦免坤良舅舅，並准恢復宗藉，寶麟復出襲爵，應該不會有阻力。」

奕訢說畢目注太后，太后深長嘆氣：

「我跟你舅舅、姨媽再商量，你把寶麟叫來。」

「者。」

「熬了一夜，你去睡一下吧。」

「兒子還不能睡，要審問戲班的管事，追出姓候的。」

太后虛弱的嗆咳搖手：

「姓候的養大寶麟對咱們有恩，戲班不一定跟他有關係，你這一審，引起的是非謠言不得了，別難為戲班的人，婚禮的週折都別洩漏出去。」

「者。」

奕訢退門外，太后湧淚唏噓。

黎明城門剛開，一輛馬車即要馳出城去，城門衛戍的兵勇盤查進出商民，把馬車攔在城門洞裡。

駕車的張帽兒諂笑著跳下車，盤查的兵勇臉色冷木的挑開車帘向車裡探視，車裡坐著張媽，和擁被昏迷躺著的胭脂，張帽兒笑得僵硬，在旁解釋：

「小的妹妹生病，送她回鄉下去。」

胭脂轉側發出呻吟，兵勇一臉冷漠：「城裡醫生不看病啊？」

「看，藥錢貴，咱們出不起。」

兵勇指著胭脂：

「掀開棉被讓我瞧瞧。」

張帽兒手抖一下，笑說；

「總爺，我妹妹得的是寒病，怕風，你高抬貴手。」

「不行，上邊嚴令查察，我沒腦袋承當。」

張帽兒把一錠銀錁塞進他手裡：

「請總爺高抬貴手。」

兵勇抓銀還沒拿隱，陡地兩匹健馬急奔馳過，兵勇驟不及防被撞得原地打個旋轉，銀錁噹地掉在地上。

兵勇脫口要罵，張帽兒急噓攔阻：
「噓，那是善保貝勒。」
兵勇驚駭變色：
「善保貝勒？你認得？」
「認得。」
兵勇臉色變換，彎腰撿起銀錁還給他：
「走走，快點走，銀子留著看病。」
「謝謝總爺。」
張帽兒跳上車抽鞭急馳出城，車行顛簸，車內再傳出胭脂痛楚的呻吟聲。
張帽兒的馬車馳出不久，丁卯即帶領捕快趕到，他跳下馬喝問：
「誰當值？」
「我。」當值兵勇向前迎住。
「剛才是不有個年輕姑娘出城？」
兵勇剛要搖頭驀地想起：
「有輛馬車，一個年輕姑娘，說生病——」
「車上都有什麼人？」

「一個男的駕車，車上還有個瞎眼老太婆……」

丁卯情急欄住：

「出城多久？」

「半個時辰。」

丁卯推開兵勇搶過韁繩上馬，向捕快等點頭：

「是郡主，留一個回衙門向恒老爺報訊，其餘的跟我走。」

一個捕快圈馬奔回城內，其餘在蹄聲暴響中衝出城門，消失在塵土飛揚中。

馬蹄狂奔，沙塵滾滾，丁卯控轡策馬，滿臉焦灼憤恨，曠野無疇，前路彎曲，一蓬叢樹擋住視線。

轉過叢樹，驀見前路一輛馬車疾馳，丁卯抖聲暴喝：

「站住，張帽兒你狗膽…想找死！」

他喝叫著猛抽健馬追趕，健馬潑風飛馳，他邊抽馬邊喊：

「張帽兒，你給我站住。」

前車聞聲轉頭看，陡地揮鞭趕馬，馬奔馳，車加速，帶起一陣塵煙，前逃後追競相馳逐，矩離逐漸拉近，丁卯，捕快等追到車後暴喊：

「停車，站住。」

前車不理，繼續抽馬奔馳，丁卯提轠踢馬，健馬馳竄追過馬車，探手抓住馬轠，馬車續衝，險險煞住，丁卯回鞭抽擊，駕車的鄉民嚇得跳車飛奔。

捕快縱馬追捕，抓住鄉民提著衣領拖到車前，鄉民跪地求饒：

「大爺饒命，小人沒錢，只車裡幾包糧食拿去好了。」

丁卯錯愕瞠目，跳下馬奔到車後掀帘尋找，車箱空蕩，只幾包糧食堆放，捕快踢鄉民問他：

「你跑什麼？」

「大爺喝叫停車，小人害怕，只有逃跑。」

捕快氣結的向丁卯說：

「他把咱們當強盜了。」

丁卯跨蹬上馬馳走，捕快等追隨，鄉民嚇得癱軟，一屁股坐在地上。

婢女把貝勒府側廳的宮燈吹熄，崔玉和峻聲叱喝：

「進門檢肅、低頭。」

杜慶鑫低頭跨進門檻，跪地伏叩，太后嗔怪的輕斥崔玉和：

「小聲點、別嚇著孩子。」說著向跪伏的杜慶鑫說：「寶麟，抬起頭。」

杜慶鑫跪伏，渾如不覺，恭親王奕訢在旁喝：

「杜慶鑫、抬頭。」

慶鑫震動，挺身抬起頭，太后慈靄的向他望著招手：

「別怕，跪過來點。」

慶鑫應命膝行向前，太后仔細端詳他，眼中激蕩流露著悲喜：「像，就是你父親當年的模樣，一雙眼睛憂沉內斂，寶麟，對父母的事，你還記得嗎？」

慶鑫搖頭，奕訢喝斥：

「回奏。」

「不記得。」

奕訢再峻聲喝：

「要稱奴才。」

慶鑫霍地挺起胸脯：

「草民自幼孤苦，習藝娛人，雖操賤業，但刻苦奮勵，昂藏俯仰，決不卑屈為奴作婢，太后稱我為寶麟，不敢相欺，草民不叫寶麟，叫杜慶鑫。」

「大膽。」奕訢怒喝。

太后搖手阻止：

「不要嚇他，我喜歡有骨氣有膽量的孩子！」她說著深深吸氣：「好小子，你膽敢這樣說話，竟是一棍子打翻一船人，嗯，跟你阿瑪一樣，骨頭硬，打落牙齒和血吞。」
奕訢勸阻：
「皇額娘，不能縱容，將來——」
「他跟善保是兩樣人，這裡沒你的事，你跪安吧。」
「者。」
奕訢施禮退出，小猴一改拘謹，露出刁鑽，太后憐愛的望著慶鑫說：
「起來吧，崔玉和，給他搬凳子坐。」
慶鑫站起，崔玉和搬凳，小猴推著慶鑫坐下，拍著他肩膀說：「你有福啊，我阿瑪在太后面前都不一定有坐位，瞧，我只有站的份。」
太后笑罵：
「就你這猴崽子嘴刁，要坐自己搬凳子。」
小猴高興得跳起搬凳，坐下後扯衣整冠正徑八百：
「可熬出頭了。」他向慶鑫擠眼，「我得謝你。」
太后乾咳，問慶鑫：
「要怎樣才肯承認你是寶麟？」
「草民若是寶麟，自會承認，若不是寶麟，勉強承認違背良心。」

「很好，這麼說你要証據。」

「是，認祖歸宗一定得要確實憑據。」

「侯成棟把你養大的，他作証，你可以相信了？」

慶鑫低頭默不做聲，太后再說：

「你學戲，有齣戲叫「八大錘」總該知道，王佐說明陸文龍的身世，費了很多心機，我也給你說段前朝的故事，小猴，你聽了說給你阿瑪聽，他也不曉得。」

小猴心癢難搔的扭腰移凳，太后臉露悽愴，瘖聲說：

「道光十九年巳亥，那年蒙古大旱，因為枯旱，很多牲口都渴死餓死在荒原上腐爛，博爾濟錦族人生機斷絕，當時湖南，台灣，廣東都有內憂外患，耗資糜餉國庫十分空虛，先皇道光生性儉吝，加以國庫艱窘，雖明知博爾濟錦一族敖敖待救，卻裝聾作啞詐作不知，當時坤良任職戶部，也曾上摺懇求撥款賑災，奏摺都被批駁，族人生死關頭挺而走險，越區到別處搶劫，沒想到搶到的竟是一批解庫的餉銀…」

「餉銀？不是說庫銀嗎？」小猴愕疑的問。

「其中有週折，你慢慢聽。」

小猴閉嘴轉望慶鑫，見他蕭索落寞，神情鬱沉，太后喝水潤喉，深望慶鑫：

「餉銀是從蒙古各旗徵集來撥給豐台大營八旗官兵的，餉銀中途被劫已經震動朝野，誰想到劫銀情急，又胡亂殺了押解的欽差錫奇，這錫奇是有爵位的貝子，鄭親王的第五個兒子，端華的弟弟，肅順的哥哥，當時肅順年輕，先皇卻指派剛襲鄭親王爵位的端華兼領宗人府，來嚴審嚴追這椿案子，這擺明了是要端華報仇，也擺明了要株連一些人的死罪，那時候我側居西宮無權無寵不敢說話，鳳祥遠居關外，官卑職微——」

小猴心急插嘴：

「老菩薩，到底是誰劫了軍餉？」

「你赫絲真姨婆。」

「她？」

門外傳進奕訢的喊聲：

「兒子奕訢奏報。」

「進來說。」

奕訢進門施禮說：

「舅舅上吊尋死。」

太后驚得衝身站起，奕訢再說：

「已經救下來，正在恢復。」

太后怒恨的坐倒說：

「沒用的東西，早死倒好。」

奕訢錯愕驚詫，太后激動得手腳發顫，崔玉和趕緊捧茶遞過，勸著：

「您喝口茶，舅爺想不開，他心裡也有苦楚。」

太后接著茶杯，手抖杯響，喃喃說：

「他早死倒好……」

太后顫萎萎的讓崔玉和攙扶著跨上東暖閣台階，僕婢伏在階下跪迎，小猴、杜慶鑫，恭親王奕訢跟在身後，走進暖閣屏門，見鳳祥臉色青灰的躺在床上，一個婢女在床邊服侍。

太后走到床前，鳳祥掙扎坐起，婢女跪地後退出，太后怒望鳳祥，聲音抖慄：

「你膽小懦弱，竟想以死解脫，既要尋死為什麼不在廿年前搶在坤良前頭？為什麼落個兄不顧弟的惡名以後再來尋死？」

鳳祥痛哭：

「奴才，奴才愧對……」

「你愧對良心，死，就能了結？大哥、坤良的罪名已經被恩赦，現在是翻案的時候了，你愧對良心，誰不是？今天當著這些後輩，我要把事情都說清楚。」

「您，這是想逼死赫絲真。」

「坤良不是她逼死的嗎？」

太后、鳳祥淚眼凝望，奕訢滿臉困惑錯愕，慶鑫沉鬱怔忡，緊縐著眉頭，小猴機靈的轉著眼珠游移在太后和鳳祥臉上，太后說：

「我要當著赫絲真說，說錯了讓她申辯。」

一群人轉到廂房，絕塵子虛頽的躺在床上，太后比手勢，叫崔玉和搬椅子到床前，她坐下，說：

「大哥剛才上吊尋死。」

「我聽說了。」

「我想把庫銀的事都給這些晚輩說清楚。」

絕塵子瞪眼，眼中迸出憤怒，太后面容蒼老疲憊，雙眼卻迸射堅定的光輝，絕塵子僵凝一會，眼中激怒漸歛，她轉開臉，眼淚湧出眼眶，太后悲痛的凝望她，良久才說：

「帶領族人劫奪餉銀的是她」太后戟指絕塵子：「她當時也是宮裡的妃嬪，封德嬪。因為嗜愛練武，不修儀容，被先皇斥逐，獨居廢宮，她知道族人困頓在生死邊沿，心裡悲憤，就離宮回到漠北，和族人一起博命求生⋯⋯」

太后悲酸哽咽，再望絕塵子背影：

「劫奪納銀是時機湊巧，沒想到陰錯陽差闖下大禍，當時押解餉銀的欽差錫奇認出她，她情急才狙殺滅口，但紙包不住火，她想早晚會洩密事發，為圖脫罪不連累我們，就回宮詐死……」

「可是妃嬪猝逝，須經過御醫驗証。」奕訢質疑。

「她用龜息閉氣瞞過御醫。」

「哦。」奕訢應著凝望絕塵子，見她身軀輕顫，像在痦哭，太后接著說：

「她詐死後暫厝白雲觀超渡亡靈，端華也奉旨查辦劫案緝兇，這時我跟坤良緊急商議，想釜底抽薪讓他先挪借庫銀墊補被劫軍餉，期使劫案能大事化小，消引無形，誰想到剛補回軍餉，盜庫的事就被舉發，我跟坤良急得跳腳，找赫絲真追索軍餉，墊補庫銀，赫絲真卻藉詐死厝屍脫身去蒙古處理善後……」

奕訢等聽得驚心動魄，太后悲嘆喘息，扯落手絹擦拭眼角：「就這樣，劫餉案變成盜庫案，劫餉案餉銀歸還，苦主沒追不了了之，盜庫案坤良卻有口難辯，枉送身家性命，揹著一身冤枉。」

「那餉銀呢？」奕訢忍不住問：

太后搖頭，轉望絕塵子：

「我不知道。」

奕訢等都屏息凝氣望向絕塵子，她感受到背後的冷洌目光，霍地撐身坐起：

「我也不知道，我被那幾個江湖鼠輩騙了。」

「江湖鼠輩，誰？」奕訢衝口問：

絕塵子指慶鑫：

「就是養大他的侯成棟和羅巧手。」

慶鑫猛地震慄，失聲：

「侯叔？」

絕塵子憤恨的切齒說：

「他們騙我藏銀子的地圖刺在寶麟身上，等你長大成人雪冤報仇的時候再挖掘，他們霸住這筆錢，死都不肯給我。」

慶鑫激憤的說：

「幹嘛要給妳，妳要這筆錢幹什麼？」

「我們族人到現在還在困苦飢饉，這筆錢可以買馬買羊賑濟他們。」

慶鑫仍然質問：

「你劫餉銀，銀子怎麼會在侯叔他們手裡？」

「侯成棟、羅巧手都是你父親的手下，你父親指派他們押送庫銀墊還餉銀，再由他們追回餉銀。」

慶鑫口齒便給，咄咄逼問：

「既要繳還餉銀，把劫奪來的歸還就好，幹嘛還要盜庫銀歸墊，多費週張？」

絕塵子臉色蒼白，虛頹的說：

「餉銀已經運去蒙古，緩不濟急，盜庫是時機緊迫的權宜，要不是桂山作對舉發，就不會弄到不可收拾！」

奕訢恍然：

「噢，怪不得他們割了桂山的頭。」

片刻，絕塵子憾恨的說：

「當時坤良獲罪，滿門被抄，怕多生株連，我不敢出頭，幾年後情勢平緩我剛想追索這筆銀子，卻因為練功過猛，錯經岔脈，下半身癱瘓了，我是個死了的人，不惜再死一次，也絕對要把這筆錢找到！」

西山一處荒僻石洞，芙蓉蜷曲的躺在石洞一角，鶴冠道人悄無聲息的走到她面前，陰影遮住芙蓉的臉，她驚醒想動，身體的劇疼讓她手腳抖顫。

鶴冠道人蹲下身在她頭旁狠戳一下，芙蓉猛吸一口冷氣，片刻臉色舒展，像輕鬆許多，鶴冠問：

「絕塵子下的手？」

芙蓉點頭，鶴冠再問：

「妳是誰？」

「我叫芙蓉。」

「絕塵子對妳下這種毒手，她一定對妳很懷恨。」

「她恨我。」芙蓉點頭說：「我背叛了她的戒條。」

鶴冠把芙蓉扶起趺坐，教她運氣衝穴，幫她按摩頸旁血脈，芙蓉臉色由青變白，再由白轉紅，最後由紅變赭，從鼻孔嗆出瘀血。鶴冠在她頸後拔出銀針，芙蓉發出呻吟，癱軟的傾倒地上，鼻息均勻的睡了，鶴冠擦拭銀針，嘆說：

「用這種殘毒的法子，虧妳能受得了。」

鶴冠塞顆藥丸在芙蓉嘴裡，觀察片刻轉身離開，石洞再現寂寥。

過午，芙蓉甦醒，撐身坐起，舒展手腳，不再覺得痛苦，勉強站起走動，虛弱得走不隱，她驚恐絕塵子會突然來到，強撐著扶牆衝出洞外，逃進亂石草莽中。

太后整夜沒睡，撐持著在絕塵子床邊和鳳祥，奕訢密商廢立的事，把慶鑫和小猴逐出房外，說話聲也壓到最小，小猴心癢想知道他們說什麼，躲在窗下偷聽，只聽到奕訢說：

「廢善保，立寶麟要儘快決斷，因循拖延只會給對頭製造機會。」

「我看，關鍵不在端華。」絕塵子聲音虛弱的說。

「對，在肅順，都是肅順在興風作雨。」又是奕訢的聲音：

太后問鳳祥：

「大哥，你說話呀？」

「我能說什麼，畢竟是我把他養大，要廢就廢吧。」

「既然這樣，就請皇額娘降懿旨！」奕訢說。

「好，就由我做主。」太后決然說：「先廢善保，至於寶麟，等侯成棟確証身份，由他襲爵。」

「皇額娘，等不及了，寶麟的身份早經赫絲真姨媽查實，不用再等姓侯的確証了，我們儘快奏明廢立的事，把宗譜玉牒都換了。」

「不爭一天吧？」太后仍猶豫不忍，奕訢搶著說：

「萬一對頭集証糾舉，善保獲罪，被削爵除藉，再換就晚了。」

片刻沉默，誰都沒有出聲，小猴伸頭想戳破窗紙，又聽太后的聲音傳出：

「好吧，奕訢馬上奏明皇上，儘快更換宗譜玉牒，崔玉和，去叫寶麟進來。」

小猴聽著趕緊抽身離開窗下，轉頭看，慶鑫已不在廊下，失去蹤跡了。

慶鑫到洞房找扣兒，兩人相見，淚眼對望，千言萬語都梗在喉嚨裡，慶鑫強忍悲酸問她將來的打算，扣兒說既嫁給善保，就從一而終，這一生就是他的人，死也不離開了。

慶鑫沒話能安慰她，也沒話能鼓勵她，心裡酸痛得像擰緊流血的布匹，扣兒囑咐他找胭

找。

脂，一定要找到胭脂，和她相守…」

小猴找到洞房，慶鑫已經離開，崔玉和遍尋不著回報太后，奕訢急得衝出房外，喝令尋找。

慶鑫回到慶昇戲班，他有點膽怯，在門外躊躇著不敢跨進，枯葉在牆腳飛旋著，他站在門外凝望，手腳冰冷顫抖。

廂房門開，走出慶奎，看到他難以置信，揉眼看真興奮的跳起來：

「慶鑫，真是你嗎？」

「師哥。」慶鑫澀聲叫。

慶奎抓著他拖著往裡走，邊走邊說：

「昨晚我們去貝勒府唱堂會，侯叔說你會鬧事，我們埋伏了準備接應掩護你。」

慶香聞聲奔出，生疏地走到慶鑫面前、澀聲喊：

「二哥！」

慶鑫摟著拍他，向慶奎說：

「師哥，扣子昨天嫁給善保了。」

慶奎、慶香俱都瞠目驚駭，慶奎問：

「她嫁給善保？善保那種人——他不是娶胭脂、琥珀郡主嗎？」

慶鑫搖頭，只說：

「扣子跟胭脂調換了。」

慶奎瞠目駭疑，滿懷心痛：

「那扣子這一生——她到底怎麼想的？」

慶香掙開慶鑫的手臂說：

「噢對了，散戲的時候丁卯撂話說，胭脂被擄出城！」

慶鑫身軀陡震，聲音瘖抖：

「被誰擄？有沒說擄去那裡？」

慶香搖頭，慶鑫推開他，跳起轉身就跑，慶奎、慶香追著喊，慶鑫衝出門外失蹤。

京郊大興縣官道旁一間悅來棧，店夥麻菇堆著滿臉諂笑，攔住馬車喊著：

「大爺、日暮天晚該打尖住店了，小店客房乾淨，飲食齊備，兼有草料餵馬，人畜都安了。」

張帽兒煞住車，問：

「車能進去？」

「能，後邊有大院子。」

張帽兒抖韁把車趕進院內，張媽用棉被裹住胭脂，讓張帽兒抱著下車，張媽柱杖敲地跟隨，邊說：

「夥計，我女兒生病不能驚擾，給我們僻靜點的房間。」

「有，包你清靜，大媽這邊請。」

張媽，張帽兒走過餐堂窗外，看到餐堂裡善保舉杯喝茶，彼此照面都微愣，善保「咦」地一聲把茶杯放下，隨侍的谷六在旁獻殷勤：

「貝勒爺，荒村野店不比府裡，跟朋友約在這兒，你就委屈點湊和吧。」善保縐眉凝思說：

「那小子是誰呀，挺面熟的。」

「您說剛從窗戶外邊過去那個?您看著他面熟他一定認得你，您不是說咱們這趟出門，要行蹤隱密嗎？」

「你去瞧瞧，看他是誰？」

谷六巡逡著走向店後，看到張帽兒母子隨麻菇姑進門，把胭脂放到床上，張媽掏出碎銀給麻菇：

「夥計，這錢存在櫃上，房飯草料錢多退少補，麻煩你，打盆水給我們洗臉。」

「好咧。」麻菇答應著退出，在門口遇到谷六。

「夥計，茅房在哪？」

「在——」麻菇正要指點，卻見谷六歡聲衝進屋內：

「嘆，老五，這不是老五嗎？」

他喊著抓住張帽兒，張帽兒被他抓得一臉錯愕：

「老五，你不認得我了？」

「您，您是—」

「瞧你這記性，在城裡打鐵衚衕，咱們聚賭—」

張媽冷聲插嘴：

「這位爺，你認錯人了，我就張帽兒一個兒子，他不賭錢，也不行五。」

谷六裝著錯愕：

「喲，那我真是認錯了，奇怪，真像呢，難怪會認錯…」

谷六說著離去，張媽眨著森白的眼珠思索。

谷六回到餐堂，悄聲向善保說：

「叫張帽兒，跟著個瞎婆子，還有個年輕姑娘，被棉被裹著。」

善保凝目馳想，驀地拍桌：

「是他，是內務府鑾輿衛的轎丁，平時在我府裡兼差種花，對，就是他，張帽兒。」

「那咱們？」

「換地方，跟你朋友另外約。」

善保站起正要出門，店外蹄聲急馳煞住，片刻丁卯和捕快等衝進，他驟然瞧見善保，愕疑的停住腳，怒目相視，善保膽怯，規避的繞過丁卯出門，丁卯驚疑的追望，問麻菇：

「這兩個人，在這幹嘛？」

「吃飯吶。」

「來了多久？」

「像等人，來一陣子了。」

丁卯再望門外，已不見善保蹤影，再問麻菇：

「剛才有沒一輛馬車過去？」

「馬車過去好幾輛了。」

「車裡坐個瞎婆子，跟個年輕姑娘？」

「總爺。」麻菇笑了：「車裡坐得誰我看不見，我這雙眼看不透車帘子。」

麻菇說罷抽身走開，他溜到店後警告張帽兒：

「有捕快找你們。」

張帽兒驚駭色變，張媽搶著叫他過去，麻菇走到張媽面前，張媽懇切的抓住他說：

「我們不是作奸犯科的人，實在有不得已。」她說著塞銀錁子給他，「這給你喝酒，你好心，菩薩會保佑。」

「這，這！」麻菇推辭著把銀子裝起。

「替我們遮擋遮擋。」

「行。」

麻菇剛走開，張媽就抓住張帽兒：

「帽兒，抱著她，咱們走。」

「走？妳剛才給他錢。」

「給錢是暫時穩住他，這種人怎麼能相信，走吧，快走。」

「可是牲口在槽上，還有車⋯⋯」

「別管牲口車了，逃命要緊，你別忘了，咱們擄的，是個郡主！」

張帽兒抱起棉被裹著的胭脂，和張媽溜出客棧後門，麻菇回到餐堂，掌櫃問他：

「後院那三口點菜了沒有？」

麻菇被問得一愣：

「那三口？」

「就是你說女兒生病的那個瞎婆子了？」

丁卯聽到霍地跳起。

「瞎婆子在哪裡？」
麻菇驚駭呆愣，丁卯厲喝：
「在哪裡？」
麻菇驚恐指後院，這時歪戴帽子敞著懷的脫殼黃搖擺著走進。
「呃，麻菇，聽說谷六帶一位貝勒爺來找我？」
丁卯聽到他的話，腳步猛滯轉回身，他盯著脫殼黃向捕快小羅喊：
「小羅去後院堵張帽兒，快。」
他衝過去逼向脫殼黃，脫殼黃驚疑縮退，驀地轉身狂奔，丁卯一把沒抓住，竄身追出。
捕快小羅等奔到後院客房，一腳踹開房門，房內已無人影，小羅搜查屋內，摸床頭被褥尚存溫熱，知道張帽兒等剛才逃離，他衝出屋追趕，見客棧後門開著，猶自輕微閃動。
張帽兒牛喘著衝到一棵樹旁把胭脂放下，張媽放開抓他衣衫的手也跌坐地上，胭脂在棉被裡掙扎，發著咿唔聲，張帽兒癱軟的躺下說：
「我跑不動了，我混身骨頭都散了。」
張媽翻著白眼珠問他：
「這是什麼地方？」
「很荒涼，遠近都看不到人。」

「趕快看看，附近都有什麼？」

張帽兒掙扎著撐起，四下觀看，見叢樹草莽，亂石堆疊，荒無人煙，不覺應著：

「荒煙蔓草，除了石頭就是樹，像是在山裡邊。」

「好了，解開她的嘴，我問她話。」

張帽兒掀開棉被，把胭脂綑嘴的布條解開，胭脂驀地嘶叫，嚇得張帽兒驚恐慌亂地也跟著叫起來，張媽揮打張帽兒，摀住胭脂的嘴，罵他：

「該死的東西，你也跟著叫，瘋了？」

帽兒閉嘴抱頭，張媽叱喝：

「過來摀住她的嘴。」

張帽兒伸手接替張媽的手，把胭脂的嘴摀住，張媽向胭脂說：「郡主，妳再叫，我們為了保命，會毫不遲疑的殺妳。」她說著向帽兒點頭：「手放開。」

張帽兒放開手，張媽說：

「我們現在沒車了，得走路，現在把妳腿上綑的繩子解開，妳聽話點跟我們走。」

「憑什麼？」胭脂滿腔憤恨。

「憑我們能殺妳。」

「妳不敢殺我。」

張媽翻著冷森的眼珠說：
「狗急跳牆，別逼到極處，帽兒，解開她腿上繩子，攙她走。」
「哦。」
帽兒應著解繩，強撐著站起，攙扶胭脂，胭脂腿軟站不穩，帽兒體貼的說：
「妳扶著樹先站穩，踢踢腿，活絡活絡筋骨，腿就不會痲了，妳試試。」
「我要喝水。」胭脂截聲說；
帽兒為難的望張媽，張媽說。
「推她走。」
張帽兒輕推胭脂，張媽扯著他的衣袖，在荒草亂石裡向前走，片刻隱沒進荒煙蔓草中。
丁卯啣恨的把脫殼黃推撞到牆壁，脫殼黃手裡短刀「噹」地掉在地上，丁卯抓著他的衣領抵住他，脫殼黃擠縐著臉露出乞憐求饒的神情，丁卯咬著牙根說：
「你敢動刀殺官，不想活了，說，谷六帶善貝勒來找你幹嘛？」
「我不知道…」脫殼黃苦臉說：「剛才我回家才接到谷六的口信，說帶著善貝勒來，並沒說幹嘛。」
丁卯怒瞪著他鬆開手，脫殼黃裝得滿臉驚恐的蹲身撿起短刀，丁卯看到用膝頭頂住他：
「你還想找死？」

「總爺！」脫殼黃滿臉畏縮恐懼：「在你面前我是病貓，病貓還敢在老虎面前張牙舞爪嗎？我是心疼這把刀，買把刀好歹總得幾兩銀子。」

「好，你去跟善貝勒見面，我在你家等你。」

「行。」脫殼黃答應得爽快，丁卯放開他退開，移步霎那脫殼黃突地湧身猛撞。短刀「哧」地插進丁卯腰上。

丁卯悶哼驚跳，脫殼黃獰笑著旋轉刀柄，把丁卯推開，丁卯踉蹌摔退，鮮血噴濺著撞到牆壁。脫殼黃轉身逃走，丁卯癱坐在地上，他摀著創口鼓力大叫：

「殺人了，來人啊！」

叫聲淒厲，驚動搜尋張帽兒的捕快，過來察看，見丁卯受傷，趕緊把他送醫，並分出人手追緝脫殼黃。

脫殼黃愴惶奔逃回家，見屋內坐著善保，谷六侍立在旁，他驚魂漸定，戒懼的望著他們，谷六埋怨：

「你現在才回來，都半夜了。」

「我去客棧找你們，結果遇到捕快，被夾纏盤問，耗到現在。」他向善保打扦：「貝勒爺。」

「有事跟你說，哪裡說話方便？」

「嗯、到外邊說吧，等會可能有捕快找來，這裡出門往東，進山有座山神廟，那裡荒僻清靜，兩位先去，我先給家裡說一聲，拿些零錢隨後就來。」

善保點頭站起和谷六出門離去，脫殼黃凝思，閃過兇險神色。

一聲霹靂，雨點傾洩落下，胭脂、張媽、張帽兒冒雨奔跑進山神廟，廟內漆黑，仍能看出設置輪廓，暴雨洒落屋簷，嘩嘩水聲向下傾洩，帽兒說：

「媽，雨下得好大。」

「唉，老天爺火上澆油，不睜眼吶。」

胭脂抹著頭髮水珠，含憤的甩袖，張帽兒不忍，滿臉歉疚的說：「郡主，拖累妳跟我們受苦。」

「既說拖累，就該把我放了。」

張媽接口：

「現在又沒綑著你的手腳，還放什麼？」

「好，既然這樣，那我就走了。」

她說著衝身就走，走沒幾步突地頭皮裂疼，猛地煞住腳步，抬手撫頭，憤恨的怒叫：

「妳扯我的頭髮。」

「我不扯妳頭髮妳不是跑了？」

「瞎婆子，你放開我……妳！」

張媽驀地扯過胭脂摀住她的嘴，促聲向張帽兒說：

「帽兒，出去看看，有人來了。」

張帽兒衝出門外躲在門前樹後窺望，驚駭的迅快奔回：

「媽，是善貝勒。」

「善貝勒？」張媽驚疑：「三更半夜，他來這裡幹嘛？有兩個人，還有一個是誰？」

「在客棧裡說我是老五的人。」

張媽急思瞬間，拖著胭脂後退：

「我們到廟後邊躲著，耽會情況緊急先殺她，找個墊被的。」

張帽兒沒說話，引領著張媽、胭脂摸進廟後，善保和谷六走進廟內，谷六擦著頭臉雨水罵咧咧，善保腳下微響，踩著一件東西，他低頭看，見有閃光，彎腰撿起，是一支珠簪，谷六過來看，露出駭疑：

「咦，這地方怎麼會有這種貴重東西？」

「簪子還是溫的，剛遺落不久。」善保說著喝叫，「誰在這兒？」

廟內空寂，雨聲盈耳，善保接著說：

「我們到後邊找找，別等脫殼黃來了礙事。」

張媽抓著胭脂，搗著她的嘴，跟張帽兒來到大殿，張惶著沒躲處，張帽兒著急說：

「媽，躲哪兒呀？」

張媽翻著眼珠想，問他：

「有神龕嗎？讓郡主躲進神龕去。」

「我們呢？」

「我們貧苦百姓荒山躲雨是常事，善貝勒見了不會起疑，倒是得妨她，把她綑住手腳，堵住嘴。」

「不用吧，她——」

張媽怒斥：

「叫你綑就綑，別多嘴。」

張帽兒抽出包袱裡繩索綑綁胭脂，堵住她的嘴，把她推進神龕藏在神像背後，剛跳到地下，善保、谷六已到門口，張帽兒趨前打扦：

「見過貝勒爺。」

「張帽兒，你怎麼在這兒？」

「小的跟家母在這裡避雨。」

「你不是住客棧嗎？」善保在昏黑中看到張媽，「聽說你還帶個妹妹？」

張媽插嘴：

「帽兒，你跟誰說話，是哪位貝勒爺？」

「是賞咱們飯吃的善貝勒。」

「啊，賞飯吃的都是主子，來，扶媽給貝勒爺磕頭，謝主子賞飯吃。」

帽兒扶著張媽給善保叩頭，善保森冷的望他們，谷六突地衝口問：

「張帽兒，你妹妹呢？幹嘛躲起來不敢見人？」谷六眼光四掃尋找，望向神龕：

「在神龕裡邊？」

風雨中，廟外傳進脫殼黃的叫喊：

「谷六，谷六……」

善保、谷六對望，善保點頭，兩人轉身走出，張媽跳起急聲：「快，快走。」

張帽兒跳上神龕拉出胭脂，抱著她拉扯著張媽奔向廟後落荒逃去。

黎明奕訢，鳳祥跨進暖閣拂袖跪下，太后驚醒，從臥榻坐起，問他們：

「截住了？」

「險險截住。」奕訢說：

「人呢？」

「在外邊，候旨宣召。」

「帶進來，讓他進來。」

「遵旨。」

奕訢起身出門，睡在太后身邊的小猴，矇矓的坐起，揉著惺忪的眼睛，奕訢帶領杜慶鑫進房跪倒，太后怒視他，眼含淚光的責斥：「我一夜沒睡，就在等你。」

「草民惶恐。」

「你跑什麼，要你襲爵歸宗，又不是害你。」

「草民身世沒能確証，不敢領旨。」

「你赫絲真姑媽已經查實你確是寶麟。」

「草民要我侯叔親口說，才相信。」

奕訢欲喝斥，太后舉手阻止，望奕訢：

「一時到哪裡去找侯成棟？」

奕訢趨前悄聲：

「這些日後自會解決，眼前時機急迫，應先奏請皇上襲爵換譜。」

「這樣——」

奕訢見太后仍猶豫，再說，

「剛才宮裡有人來，說太后終夜離宮有違祖制，耽會皇額娘回鑾，得有個堅實的理由解釋，廢善保、立寶麟，事關博爾濟錦一族的榮枯賡續，故終夜磋商誤時，此時再請旨襲爵換譜，就有說服力。」

太后決然點頭：

「好，就這樣。」太后說著指慶鑫：「你帶著他，路上教他些規矩禮儀。」

「者。」

太后匆促梳洗後吩咐起駕，崔玉和急喝：

「太后起駕，跪送。」

奕訢、鳳祥跪地恭送，慶鑫膝行挪讓通路，太后下榻拉著小猴從慶鑫身旁走出。

太后回到綺春園，太監奏報咸豐：

「萬歲爺，太后回到綺春園。」

咸豐尚未說話，肅順卻開口：

「真是僭越，明是太妃，卻要僭稱太后，奕訢欺罔狂妄，我肅順打心底就不服。」

鄭親王端華喝叱：

「雨亭，你這話放肆。」

「對，肅老六這話太沖了。」載垣說著向咸豐察言觀色，咸豐沉鬱的坐在養心殿三希堂軟榻上，端華、載垣，肅順站在榻前，肅順顯得義憤填膺：

「善保無法無天到這種程度，都是她包庇的結果，步軍統領恒祿查實的罪案，舉証詳列的就有七件，件件令人髮指，不是強姦就是殺人，最可恨的是穢亂宮女，殺人毀屍，還有強姦民女賣進勾欄妓院，這行徑盜匪不如，若不追究治罪，天理公道豈不蕩然無存！」咸豐嘆息，以指節輕擊窗欄，肅順向載垣遞眼色，載垣說：

「皇上顧念太妃撫育情份，不願傷她的心。」

咸豐挺腰坐直，說：

「朕跟奕訢從小感情很好，登基御極以後，對他也最恩寵優渥，誰想他持寵驕狂不知節制，終久傷了兄弟感情。以前他逼朕上『康慈』尊號，尊太妃為太后，朕雖口頭答應，卻遲不發上諭，他就應該覺悟警惕。」咸豐輕輕舒氣：「好吧，摺子交宗人府會同刑部嚴辦，至於奕訢，他終究是朕兄弟，朕訓斥他，革職置閒就是了。」

「遵旨。」

太監進內奏報：

「萬歲爺，太后宣召。」

「噢。」咸豐答應著下榻穿鞋，肅順急拿案上奏摺給他：

「皇上，您帶著這個，也許用得著。」

咸豐來到綺春園，直趨太后面前跪倒：

「兒子叩覲皇額娘。」

「起來吧，坐下，我有話說。」

咸豐站起，崔玉和搬凳在側請他就坐，太后扯巾拭淚，聲音哽咽悲傷的說：

「昨晚我一夜沒睡，跟鳳祥、奕訢商量振興博爾濟錦一族的法子，覺得當初讓善保襲爵是個錯誤，決意廢黜善保立坤良的小兒子寶麟襲爵做族裡的貝勒，襲爵換牒鳳祥會專摺奏請皇上恩准，善保奪爵除藉，也請皇上施恩，賞他個閒差，讓他能平穩過日子。」

咸豐沉默無話，太后擤鼻子，紅著眼眶嘆息：

「我知道你孝順，你就成全了我這個願望吧⋯⋯」

咸豐嘴唇蠕動，沒說出聲音，太后挺身坐直，振奮精神的向外指：

「寶麟現在外邊候旨，耽會你當面獎掖他幾句。」

咸豐勉強點頭：

「是。」他瘖聲說：「宣寶麟。」

「者。」崔玉和走到門前喝：「皇上有旨，宣寶麟朝覲，低頭檢肅，進！」

杜慶鑫官服頂戴，謹肅進門，拂袖跪倒，朗聲：

「草民杜慶鑫叩覲。」

太后緺眉，咸豐顯出困惑詫異神情，太后說：

「他布衣成長，不懂規矩，皇上別計較。」說著向外喊：「奕訢。」

奕訢應聲恭身進門，太后怒聲問：

「你沒教他？」

「回皇額娘，教了，在門口還囑咐的。」

太后怨責的瞪視慶鑫，慶鑫神色不動，態度沉穩，咸豐觀察他：

「他是寶麟？跟善保一點都不像，沉實穩重，鋒芒內斂，很好，看樣子是個能信賴托附的人，就照皇額娘的意思，廢善保，立寶麟。」轉臉向奕訢：「老六，你擬旨交宗人府修牒換譜，這個也給你，燬了吧。」

咸豐從衣袖拿出奏摺給奕訢，奕訢接過翻開看，立時臉色蒼白，咸豐向慶鑫說：

「寶麟，你現在是博爾濟錦一族的貝勒，望你承先啟後帶領族人堅實壯大，報效朝廷。」

「草民——」

「趕快謝恩。」太后截斷他：「皇上的期許褒掖你要銘記在心，誓死盡忠報效朝廷，好了，你跪安吧。」

「者。」

慶鑫站起，垂手退出，奕訢撲地跪在咸豐面前：

「皇上，這是誣攀陷構。」

「朕不是跟你說，要你燬了？」

咸豐怒聲責斥，站起拂袖離去，太后驚愕，難掩難堪，她錯愕的驚望奕訢，奕訢滿臉激憤：

「肅順參劾善保，說是我縱容包庇，這是誣陷……」

端華和肅順回到王府書房，僕婢奉上熱茶，遞過熱巾擦臉，總管德良悄聲向端華稟報說：

「舅爺剛才差人報訊，說郡主有了下落。」

「噢，在哪？」端華驚喜的臉都脹紅了。

「沒說確實地點，只說舅爺得到消息立刻趕去，請王爺寬心。」

肅順笑著漱口，把茶吐進痰盂，掩飾不住滿臉的興奮和快意：

「這叫一石兩鳥，射了鷹還掛帶個鶺鴒。」

「你肯定皇上會翻臉？」

「皇上的心情我猜得最透，不信，馬上就有訊兒。」

門外老僕揚聲喊：

「宮裡有訊兒急報六爺。」

「瞧，來了。」肅順說著向德良：「勞駕拿進來。」

德良出門，迅即拿只信封回來，端華問：

「誰透的訊兒？」

「奏事處我按的樁子。」他拆信展讀，變色：「真有兩套，偷樑換柱了。」

端華急得指他：

「你，你說詳細點。」

「他們早一步廢了善保，擁立坤良的小兒子。」

「坤良的小兒子？是誰？」

「你絕對猜不到。」肅順繼續看信：「是救琥珀的杜慶鑫。」

「啊？」

端華難以置信的瞠目驚愕，肅順摺信塞進袖筒裡站起：

「我走了，得去辦件急事。」

端華、德良愣著望他，肅順聳肩縮頸，撩起衣襬快步出門。

恒祿臉色鐵青的趕到大興縣一間村醫藥舖，找到治傷的丁卯，問他：

「郡主在哪裡？眼下有沒危險？」

丁卯虛弱的撐身欲起，被恒祿按住，丁卯疼痛得痙攣著臉說：

「郡主是被鑾輿衛轎丁張帽兒擄劫，在客棧被卑職追到，又被他逃脫，貝勒善保嘯聚一些江湖匪類有所圖謀，卑職追查，中了埋伏！」

「我問你郡主眼下的下落。」

「卑職不知道。」

恒祿喝叫：

「郝長功。」

郝長功應聲奔進，恒祿說：

「傳令把附近升里內封鎖，有可疑的，先抓了再說。」

在山神廟焦燥等候一夜的善保，再也耐不住猛踢一塊斷磚吼叫：「現在都天亮了，讓我們在這裡乾等，姓黃的到底靠不靠得住，算了，我不等了。」

善保說著要走，谷六張臂攔住：

「貝勒爺，您別急，他一定是有事耽誤，脫殼黃絕對靠得住，我擔保。一定找得到人！」

門外走進脫殼黃，他斜眼看著善保：

「谷六，你擔保我沒事，要是擔保他，得小心腦袋瓜子。」

善保暴怒喝叫：

「大膽。」

「算了吧。」脫殼黃輕蔑的揮手：「你少張牙舞爪了，貝勒爺這個頭銜已經沒了。」

谷六翻臉瞪眼：

「脫殼黃，你想造反吶？」

「六哥，我說得是實話，他昨天還是貝勒爺，現在已經不是了，被皇上廢掉了。」

善保激怒得面目扭曲：

「你胡說。」

「嘿，我跟你胡說，吃飽了撐著？現在四鄉八鎮滿街都是巡檢營的兵勇，挑明了抓善保，找琥珀郡主。」

「找琥珀？」善保脫口叫。

「巡檢營的兵勇說，一個鑾輿衛的轎丁跟個瞎婆子擄劫了郡主。」

善保失聲自語：

「原來張帽兒跟他媽躲躲藏藏是擄了琥珀，該死，我被他們瞞過了。」他陡地驚慄抬起頭：「你說我被皇上廢掉，聽誰說？」

「查緝的捕快兵勇都這麼說，還說，你的爵位給你弟弟了。」

「我弟弟？」善保眼中迸射怒憤欲狂的恨火：「好，既然這樣，那就拼了。」

脫殼黃冷嗤：

「嗤，善大爺，叫人拼命是有價錢的，你本錢夠嗎？」

「錢？我有！」善保抖出袋裡金銀珠寶：「這不夠，再賠上這顆人頭。」

脫殼黃冷酷的看他：

「你這顆腦袋拿出去領賞，說不定還值幾個。」

谷六憤然說：

「脫殼黃，你嘴上積德。」

「老六，你跟他轉前轉後，還不是貪圖幾個錢，以前他是皇親國戚，現在，跟你我一樣了。」

谷六語塞，善保痛淚滿眼，脫殼黃抓過善保的珠寶驗看，屈指塞進嘴中吹出胡哨，哨聲未落廟院牆頭翻進一些兇神惡煞，個個橫眉豎眼握刀拿劍向善保圍過來，脫殼黃說：

「兄弟們都到齊了，善大爺，怎麼幹你吩咐吧，這些豺狼虎豹的命都交給你了。」

「好。」善保咬牙說：「咱們辦兩件事，頭一件，抓琥珀、抓到琥珀就能向鄭親王敲出大把銀子，以後進京狙殺杜慶鑫，我再重酬各位。」

「善大爺，你這些錢只能辦一件事。」

「只要抓到琥珀，我保證三天內鄭親王會送銀子。」

「這也是辦法。」脫殼黃臉湧興奮：「好，咱們就聽善大爺的。」

夜，地下荒煙漫草，亂石崎嶇，張帽兒揹著張媽走在前邊，胭脂跟著，汗流夾背，矩離漸漸拉遠，張媽拍著帽兒肩頭說：

「帽兒，她呢？」

「在後邊。」帽兒回頭看。

「放下我，歇歇吧。」

張帽兒放下她，擦汗張望胭脂，胭脂跟上來，胸部起伏著喘息，張媽伸著手說：

「郡主，歇歇吧。」

胭脂不理她，坐到一塊崖石上，山風吹掠，樹搖草伏，三個人都沉默癱坐，片刻鼾聲起落，都累得倒在地上睡去。

睡夢中一個模糊的猙獰人影撲到胭脂面前，攫住她要把她抱走，胭脂掙扎嘶喊，猙獰的人影膨脹，發出雷鳴般的笑聲，接著閃電乍開，強光裡出現壯碩的杜慶鑫，他揮臂猛擊，擊退猙獰人影搶過胭脂飛逃狂奔，胭脂喜極而泣，蜷伏在他懷裡。

雷鳴隱隱，彤雲聚合，慶鑫仗劍擊雷，雷崩電閃，慶鑫遭雷殛化為灰燼，胭脂嘶喊：

「哥！」

胭脂的喊聲把張帽兒嚇得抱頭駭叫，張媽驚恐的問：

「帽兒，怎麼了？」

張帽兒探頭望胭脂，抖著聲：

「我不和道。」

「傻蛋。」張媽斥責。

胭脂抹去眼眶淚水，站起走了，張媽喊著問她：

「郡主、妳去哪兒？」

胭脂不理，帽兒愣望她的背影，張媽說：

「別管她，她走不遠，可能去尿尿。」

胭脂邊抹淚邊摸黑向前走，山風勁厲拂衣欲飛，陡地她一腳踩空，身體摔倒，腳下坡陡土鬆順勢急滑，墜進斷崖石縫中，千鈞一髮，她險險抓住崖石楞角隱住身體，但下身懸吊空中，她駭極嘶叫：

「呃，張帽兒…」

閉眼欲睡的張帽兒，聞聲嚇得跳起，再聽到胭脂嘶喊：

「張帽兒，拉我，快來拉住我…」

張帽兒跳起循聲奔去，黑夜中晃忽看到胭脂懸吊的窘狀，情急順坡滑下，抓住一棵叢樹穩住身體，向胭脂伸出手。

胭脂抓住帽兒的手，帽兒慢慢向上拉她，胭脂駭怖，失聲號哭，帽兒抓住的叢樹根部土鬆，胭脂被他拉上崖石，叢樹卻被他連根拔起，連人帶樹一起摔下深谷。

胭脂伏在石上看著，嚇得瞠目結舌。她呆得瞬間，攀崖抓樹連滾帶翻的爬到谷下，看到張帽兒滿臉流血的躺在地上，胭脂撲過去，搖他：

「張帽兒、張帽兒！」

張帽兒虛頹的睜開眼。聲如游絲的說：

「我媽瞎眼受一輩子苦，很可憐…她強擄妳去蘇州，是想了結一場恩怨…求妳—」說著嘴角嗆出鮮血：「求妳陪她走一趟，我做鬼也感念…」

張帽兒氣絕死去，山風中斷續傳來張媽的呼喊：

「帽兒、帽兒，你在哪兒…」叫聲悽厲焦急。

翌日，張媽被胭脂帶領到帽兒屍體旁，她抖顫著摸遍張帽兒屍身，胭脂在旁流淚望著，她腦子裡一團混亂，交替閃現張帽兒死前慘烈的樣子，和哀懇悲苦的神情，是那麼絕望悽慘，他的聲音，斷續的說著：

「我媽…瞎眼可憐…去蘇州…了結心願…」

地下堆起黃土，把張帽兒掩埋，張媽難捨的撫弄土堆，流淚滿臉，胭脂攙起她，張媽抓起一把土，揚在風裡，風把黃土吹散……

恒祿鬱怒焦燥的在客棧飯堂裡踱步，他撞桌踢凳，牙齒咬得格格響，郝長功驚懼得噤若寒蟬，聽得恒祿在齒縫中迸出語聲：

「四鄉八鎮條條通路都封鎖了，怎麼可能截不住……」

他猛地踹開一條長凳，摔身坐下，屈指擊桌：

「琥珀沒下落，善保也沒消息，這是怎麼了？我不信他們都長了翅膀。唉，真急死人了⋯⋯」他霍地抬起頭問：「現在什麼時辰？」

郝長功悚然：

「回大帥，交四更了。」

恒祿再衝身站起踢凳踱步，屋外響起響亮的雞鳴。

雞鳴聒耳，丁卯慄然驚醒，他挺身坐起，因腰部肌肉拉扯，他臉上擠出一陣劇疼，他吸氣忍痛，拉過衣服綑紮住腰肋傷處，坐在角落瞌睡的鄉醫看見，驚得衝到床前攔阻：

「總爺，你小心傷口。」

丁卯撥開他：

「我得去辦事，別攔我。」

「你千萬別逞強。」鄉醫再攔他：「傷口會崩裂。」

「放心，這點傷要不了我的命。」

他踉蹌著衝出門外，鄉醫追到門口，見丁卯消失在夜色中。

善保當先領路攀山疾走，谷六，脫殼黃和一夥兇神惡煞在後跟著，走到三岔路口善保停步問脫殼黃：

「往哪走？」

脫殼黃指著：

「這條路通永定門，不過穿山過林路有點難走。若是找琥珀、咱們就得分散搜。」

「好、聽脫殼黃的、搜到吹胡哨連絡。」

脫殼黃分配佈置、讓兇神惡煞散去。善保、谷六自選一條路線走去。

胭脂攙扶著張媽在荒草亂石中攀行，張媽臉色蒼白、急喘著：

「格格，我好累，歇歇吧。」

胭脂把張媽攙到一塊大石坐下，張媽抓住她的手，哽聲說：

「郡主，委屈妳了。」

胭脂沉默的縮回手，歇息一陣，張媽重新站起，胭脂攙扶她一腳高一腳低的在亂石中行進，張媽緊抓著她，問：

「天亮了？這風吹在身上，真冷。」

「嗯，天濛亮了。」

走下山坡，胭脂腳步猛地一滯，站住，張媽相應驚悚：

「妳看到什麼？」

胭脂凝止瞬間，驀地縮退，猛拖張媽竄進樹叢，張媽被她拖得踉蹌跌撞，聲音驚恐：

「誰？妳看到誰？」

「看到善保。」

馬扣兒心驚膽戰的走下石階，秋菊緊跟在後，難掩心頭驚懼惶恐，扣兒走著突地站住，她探頭向地窖看，地窖裡微弱光亮映出慶鑫孤寂的身影，他僵立在牆前，出神的向牆上污黑的血跡和鑲嵌的鐵鍊望著，眼前鐵鍊血污逐漸模糊，顯出胭脂纖弱清麗的面容，她哽聲問：

「疼嗎？」

胭脂含著滿眶痛淚替他擦拭傷口，慶鑫望她，淚眼矇矓：

「我以前，沒仔細看過妳。」

胭脂轉過頭，兩人淚眼相觸，慶鑫退縮的低下頭：

「我很後悔⋯以前沒多看妳。」

胭脂凝望他一會，把手裡淨布沾水擰乾，回頭喊捻兒：

「捻兒，妳再換換水。」

捻兒答應著端髒水走出，胭脂見捻兒離開，一把抓住慶鑫：「哥，你要我嗎？」。

慶鑫驚愕，胭脂再促聲說：

「你想要我，會照顧我？」

「當然會！」慶鑫衝口說。

「一生一世？」

「嗯，一生一世。」慶鑫神情堅決。

「好，我們逃出去。」

「逃出去？能逃嗎？」

「能，只要拼命，沒什麼好顧忌。」

慶鑫咬牙點頭：

「對，拼死無難事。」

慶鑫的回憶被扣兒的叫喊驚回現實，他轉過身，見扣兒在他身後站著：

「二哥，宮裡有旨，太后病危。」

「太后？」慶鑫錯愕。

「你忘了你現在是襲爵的貝勒了？」

「哼哼，襲爵的貝勒。」慶鑫慘笑著指壁上污血和鐵鍊：「那就是綑我的鐵鍊，牆上污黑的就是我流的血，胭脂在這裡替我裹傷，鼓勵我逃命，妳，為了我甘願⋯」

慶鑫哽咽著說不下去，片刻深深吸氣：

「我對不起妳們，我——」

「二哥，事情都過去了，別想了。」

「我怎麼能不想，你們的恩情，我怎麼能報償？」

新總管韓東升下階到地窖稟報：

「稟貝勒爺，提督衙門有個捕快叫丁卯、送來一封信。」

慶鑫情急跳起：

「信呢？」

韓東升把信遞給慶鑫、慶鑫慌急地拆開看，跳起向扣兒說：

「有胭脂的下落，我得趕去。」

他說著衝身奔上石階，扣兒想喊他，聲到嘴邊卻忍住。

胭脂拖著張媽在亂石叢樹間奔跑，張媽臉白如紙，發著咻咻喘聲，胭脂邊跑邊驚恐的向後張看，背後善保緊追著，揮刀掃斷阻路的樹叢和野草，張媽緊張得混身抖慄，胭脂的額頭汗流如澆。

善保逐漸追近，胭脂惶急的拉著張媽躲向一塊石後，善保劈枝削葉聲轉眼就到石旁，突地善保停住劈砍驚望不遠處一蓬樹後，見叢樹間有個纖細背影，急速竄進另一片濃密樹蔭，谷六跳起大喊：

「在那邊，在那邊。」

善保竄跳著撲過去，谷六緊跟著他，胭脂驚恐愕異的伸頭觀看，看著善保背影奔進樹蔭，抓著機會強拉張媽向另一方向奔逃。

她們奔下一重山坡，蹲在地上抖慄喘息，猛地眼前一暗，站著一個人，胭脂驚得張嘴要叫，嘴被摀住，摀著她嘴巴的芙蓉急聲說：

「善保就在附近，妳想引他來？」

胭脂噤聲望她，顫聲：

「是芙蓉……九爺！」

「跟我走，快。」

芙蓉不容分說攙起張媽就走，胭脂愣著沒動，芙蓉再回頭拉胭脂，嘴裡說著：

「我帶妳去找杜慶鑫。」

翻過一處陡坡，下到溪澗，在亂石中芙蓉推開數塊巨石，籐蔓遮掩著一個岩洞，芙蓉當先竄進洞內，胭脂搶著奔進，進洞就喊：

「哥、哥！」

洞裡迴音嗡嗡，芙蓉扶進張媽，推石掩住洞門，洞裡胭脂喊聲不斷，芙蓉說：

「別喊了，杜慶鑫沒在這。」

胭脂激怒的回頭衝向她，芙蓉微笑著柔聲：

「我說慶鑫在這兒，妳才會急著跟我來，當時善保就在旁邊，慢一步就走不脫，不得不騙妳、實是不得已。」

「妳把我們騙到這裡來，想幹嘛？」

「想救妳呀，妳想落在善保手裡嗎？」

胭脂說不出話，芙蓉安慰說：

「妳們暫時躲著，郡主，我不會害妳！」

芙蓉出洞，再把洞口掩好，翻過陡坡尋到善保，善保看到她，露出駭異猜忌：

「妳在這裡幹嘛？」

「幫你呀！」

善保和芙蓉坐在一塊大石上，谷六遠遠站在一旁，芙蓉媚笑著望善保，問：

「你說要抓琥珀，那我問你，抓到琥珀，你想怎麼樣？」

「抓到琥珀，我就能肆意勒索凌辱端華。」他緊咬著牙根，眼眶赤紅噴火：「報復新仇舊恨，再把杜慶鑫宰了！」

芙蓉嘴角媚笑更濃：

「杜慶鑫現在已是博爾濟錦一族的貝勒，殺掉他不是禍闖得更大？」

「走一步算一步。要是沒路走，就拼了！」

芙蓉從昏黑中看到善保面容的獰厲、輕聲嘆息；知道化解他們兄弟恩怨、是無望了。沉默稍頃、善保側眼望她色迷迷地說：

「我不明白，妳是恒祿的情婦、又迷戀杜慶鑫，妳不幫他們，倒反過來幫我？我有點糊塗了。」

「原因很復雜、我得慢慢說。」芙蓉斂去笑容，面目悲苦的綢著。

夜色昏黑，仍有微光從石隙中透進，胭脂寒冷瑟縮，張媽感到她的抖慄，說：

「靠著我一點，兩個人靠著較暖和。」

胭脂順從的偎靠張媽，張媽把她摟著，胭脂說：

「芙蓉這麼久沒帶人來，應該不是想害我們。」

張媽深深吸氣：

「我們還是走吧，別等會善貝勒找來就糟了。」

「我實在走不動了，我混身骨頭都酸疼⋯⋯」

「來，我給妳推拿按摩。」

張媽拉過胭脂，推按他背後穴位，胭脂覺得混身通暢舒服，她問說：

「張媽，你帶我到蘇州，了結什麼恩怨？」

張媽推拿的手指震動凝止，胭脂再說：

「妳總得說明白。」胭脂見張媽不回答、她再喊：「張媽！」

「我現在不能說。」張媽語氣堅決：「我說了妳就不去了。」

「我一定去。」胭脂凜然說：「張帽兒為救我摔死，他死前我許諾過他，我一定做到。」

「妳發誓。」

「好，我發誓，我要毀諾背信，就遭天打雷劈，暴屍荒郊。」

張媽翻著慘白眼珠瞪她，胭脂也堅定的向她望著，半響，張媽點頭：

「好，我說，是妳二娘跟你舅舅恒祿造得孽，我挾持妳，是想逼他們到蘇州我哥哥墳前磕頭認錯。」

胭脂駭疑的睜大眼：

「要他們磕頭認錯？他們犯了什麼錯？」

「通姦。」

「什麼？」胭脂憤怒的跳起。

「我說通姦！」

胭脂激怒指斥：

「妳胡說。」

「妳信不信都改變不了事實。」張媽森冷的說；

胭脂怒瞪她，眼眶溢滿痛淚，張媽臉色森冷堅決，兩人僵持對瞪，石隙的光線變黑，彼此的影像在昏黑中模糊了。

捕快帶領慶鑫來到悅來客棧，找到丁卯，丁卯臉色慘白，虛弱的在餐堂靠牆坐著，他看到慶鑫想撐身站起，慶鑫按住他，說：

「你身上有傷，別動，坐著說。」

丁卯點頭，說：

「鑾輿衛的轎丁挾持郡主，圖謀不明，善保嘯聚一夥歹徒也在這兒，就怕郡主落進善保手裡，那就慘了！」

慶鑫咬著牙根問他：

「胭脂在那裡？」

「眼下不知下落…不過前不久眼線報說，他們都曾在山神廟避雨…」

慶鑫扭身要走，被丁卯抓住：

「我話還沒說完，侯成棟、羅巧手他們都跟「捻子」有關連，你要小心，別掉進混水裡去。」

「捻子？什麼捻子？」

「就是活躍在蘇魯豫皖邊界的私鹽販子，捻首張洛型跟南邊的長毛洪秀全通聲氣，這些人打家劫舍，朝廷屢剿不滅，明令抓到就殺，絕不寬赦，這是殺頭滅族的罪刑，你離他遠點。」

帶慶鑫來的捕快插嘴：

「丁爺，杜爺現在襲爵是寶麟貝勒。」

「啊？」

丁卯驚駭鬆手，慶鑫轉身衝出門外，丁卯愣著問捕快：

「你說他襲爵，是寶麟貝勒？」

捕快點頭，著急的追出門外，追趕慶鑫。

洞穴裡枯寂昏黑，石隙中透進幾縷月色，勉強映出人影，胭脂和張媽靠壁坐著，張媽伸出手，抓住脂手臂：

「還在生氣？」

「你胡說編造侮辱我二娘，我不相信她會做出這種事。」

「我說的是廿年前，那時候你二娘還沒進鄭親王府，她姓華，住蘇州城裡，家裡開糕餅舖，我們家住閶門外，父親在巡撫衙門當文書，我哥張洛堃從小跟她訂親，她是我沒過門的嫂子。」

胭脂敵視的望著她說話，張媽眼珠翻著慘白，怨憤得咬著牙齒：

「那時候恒祿在織造衙門當差，一次虎坵踏青認識那個敗德無恥的賤人，兩人勾搭成姦被我哥哥撞破，我哥羞憤難忍具狀向巡撫衙門控告，這對狗男女卻私奔到京城……」

「私奔？」
他們到京裡投奔恒祿的姐夫鄭親王端華，謊說你二娘身世淒苦，是父死家破流落無依的官眷，沒想到你父親一眼就看中她，把她留在府裡服侍福晉，過幾年妳母親生妳坐褥出血病逝，當時妳年幼無依，你父親就把她收為側福晉，讓恒祿有苦說不出……」

張媽的話聲猛地頓住，她側耳傾聽洞外，洞口有人推開巨石，兩條人影竄進，胭脂嚇得跳起，暗影中認出是大腳，她欣喜的喊：

「大腳。」

大腳露出溫和笑容，胭脂親熱的抓住她，問：

「你們怎麼來這裡？」

大腳指張媽：

「我們跟著她的記號找來的。」

胭脂的笑容僵住，回頭望張媽，問大腳：

「你們認識？是一夥的？」

羅巧手走到張媽面前說：

「大妹子，一路辛苦，現在起都交給我們了。」

「你們來得倒快。」張媽翻著慘白眼珠說：

「下過一場雨，妳留的記號都沖掉了。」羅巧手說著轉望胭脂；「小姑娘還乖吧？」

胭脂驚懼惶恐的說不出話，羅巧手攙扶起張媽：

「我們得趕緊走，趁夜黑離開大興縣。」

大腳拉扶胭脂，被胭脂憤怒的甩開，向張媽怒罵：

「人說『瞎子拐』真一點不錯，你胡謅亂扯說假話，我倒相信了。」

「我說的句句都是實話。」

「哼，我再也不會相信妳。」

胭脂負氣衝出山洞，大腳趕上她，抓住她的手臂。

夜黑，杜慶鑫和捕快摸黑疾走，他碰撞樹枝尖石，掛破衣褲，肉綻流血，捕快緊隨追趕，口中勸解：

「貝勒爺，咱們走得太快了，有些線索都漏掉了。」

慶鑫驀地煞住腳，焦灼得抹去額頭汗漬：

「我心裡急，跟火燒似的。」

「夜裡黑，看不遠，咱們得慢點走，你仔細看前邊，小的看兩邊。」

「好，就這樣。」

慶鑫衝身再走，不遠處羅巧手攙扶張媽，大腳拉著胭脂走過坡下溪谷，胭脂悲憤，眼含痛淚，大腳側望她，覺得不忍，正想出聲安慰，驀地胭脂身軀猛震，站住腳。
她側耳傾聽，夜風吹拂枝搖葉抖中，她隱約聽到杜慶鑫的說話聲，她聽著猛地張口大喊：
「哥、哥…」
喊聲剛出口，嘴就被大腳摀住，慶鑫聽到叫喊，震慄的站住，他驚喜的傾聽，除夜風掠拂，枝葉窸窣外，已聽不到喊聲。
胭脂被大腳摀著嘴巴挾持著走，胭脂奮力掙拒，腳踢手抓，把大腳弄得髮亂簪横，羅巧手促聲喝：
「打暈她，別讓她出聲。」
大腳揚手卻打不下去，她咬牙抱起胭脂，衝進溪邊密林中。
慶鑫衝口大喊：
「胭脂！」
喊聲四山回應，餘音嬝嬝，喊聲竄進胭脂耳內，她情急痛哭，羅巧手在旁陰聲：
「她敢叫，抓把土塞進她嘴裡。」
胭脂嚇得閉嘴，把哭聲憋進喉內，一夥人撩枝拂葉，走過一座密林、因大興是皇家圍林、繁殖許多野獸在林內，眾人在森林奔馳、驚得野獸騷動。胭脂哭得噎氣，斷續說：
「你們都是我哥哥的朋友…以前幫我們，救我們…為什麼翻臉不認都變了…」大腳衝口憤聲說：

「錢、為錢，哼！」

羅巧手斥責：

「大腳，少說話。」

「我說為錢，說錯了？」大腳負氣頂撞著。

胭脂哭聲悲痛，大腳眼眶也紅了，胭脂哽聲說：

「我一直當你們是好人，誰知道…」

「再好的人為錢也會發瘋。」大腳說著回頭：「爹，我說得對吧？」

羅巧手氣得翻白眼，張媽臉色陰沉。

天邊沉雷隱隱，烏雲翻滾，勁風搖拂林樹，慶鑫絕望的站在岩石上眺望，勁風透衣抖撲，他心頭在嘶喊：

「胭脂，妳在那裡？」

他握拳，握得骨節發出嗶啪響聲，這時雨點零星洒落，捕快趨前勸說：

「貝勒爺，下雨了，咱們找地方避雨吧。」

捕快帶領慶鑫到一株大樹下躲避雨水，剛站定，陡聽一陣雜亂腳步奔來，衝進樹下，慶鑫吃驚的看到，是芙蓉、善保和谷六。

善保看到慶鑫錯愕驚愣的煞住腳，凝止瞬間，猛地跳起搶過谷六手裡的腰刀，掄刀劈向慶鑫頭頂。

慶鑫閃身躲刀，芙蓉搶身攔住善保，憤怒推他奪刀，把善保推得踉蹌退開，她怒聲叫：

「善貝勒，他是你弟弟！」

「放屁，他是賤民！」

慶鑫霍地暴起，迎面一拳向善保猛擊，善保被打摔退，慶鑫衝前握拳在他臉前怒揮：

「我不希罕做你弟弟，也恥於做你弟弟，我是賤民，你是皇親貴冑，你貴在那裡？你讀書知恥，還是博通仁義，你肩膀能擔責任，還是你有振興宗族的氣魄？」慶鑫憤極厲聲：「你什麼都沒有，你只是個紈褲子，仗持祖宗權勢橫行無忌，哼哼，你尊貴，你現在是奪爵待罪的欽犯，朝廷正嚴旨拿你，不信，你問他！」

慶鑫指捕快，芙蓉在旁勸解：

「慶鑫，你少說一句。」

慶鑫回頭望她，眼中蘊含復雜情緒，善保見兩人眉目間情意，憤恨火熾，神情恨毒切齒，芙蓉拉住善保說：

「走，我們走。」

善保粗暴的推開她：

「妳滾，妳這個淫婦！」

芙蓉臉色慘變，慶鑫和捕快冒雨衝出，善保毒恨不消，搶過芙蓉手裡鋼刀猛擲慶鑫後背，刀刃擦過慶鑫肩頭，慶鑫痛哼摔倒，芙蓉急痛的衝過去。

捕快攙扶慶鑫，芙蓉撫著他流血的傷口把慶鑫扶到樹旁，回頭怒望善保，善保和谷六已冒雨離去，芙蓉向捕快說：

「來，幫我扶著貝勒爺讓我敷藥包紮。」

捕快攙扶慶鑫，芙蓉撕扯慶鑫衣衫撫住傷口，再從懷裡掏出刀傷藥瓶撒敷，她說：

「善保瘋了，他明知你是寶麟！」

「我是也不想做寶麟。」慶鑫說。

「怎麼說這種話？這是血胤。」

「寶麟只是善保的一個變形影子，我不要這種痛苦人生，我剛才跟善保說的話都可以反過來對我自己說，我從小學戲，學得滿腦子的忠孝節烈，仁義道德，這些跟我親眼看到朝裡做官的人完全不同，我厭惡、恐懼、排斥，我心裡沒有絲毫尊貴宗族的歸屬感，我喜歡自由、放縱，沒資格做博爾濟錦一族的貝勒。」

「可是，宗族需要你。」

「宗族需要的是個鐵打銅鑄的硬漢，只有這種硬漢才能披荊斬棘破除艱難，帶領族人奮鬥。」

「這種漢子，到哪兒找？」

「因為太難，宗族期望太高，善保才會逃避。」

「善保逃避？」

「這是我想的。」慶鑫瘖聲：「也是我的體會。」

芙蓉悲哀，卻流不出眼淚。

「換成是我，我也會逃避，我肩膀本來只能擔兩百斤，卻硬要我擔兩萬斤，我也會怕，也會逃避。」慶鑫自語。

蹄聲驟急，翻騰疾奔，奔馬馳過悅來棧，騎馬人擲長槍「篤」地釘在客棧門板上。

長槍尖頭叉著書柬，奔馬馳飛如箭，轉眼馳走，客棧聞聲衝出捕快，奔馬已經疾馳遠去。

恒祿、郝長功、丁卯都相繼衝出店外，捕快拔掉長槍，拿下書柬呈給恒祿，恒祿拆看輕聲唸：

「郡主在我手，靈官廟等候，夜半三更時，寶麟應出首，不見寶麟面，郡主一命休，若敢調兵將，早把屍骨收。添弟會直隸總舵張。」恒祿驚駭得臉色灰敗，轉臉向郝長功：「傳令，趕快找寶麟，就是杜慶鑫，丁卯，騎我的馬，你去。」

親衛拉馬給丁卯，丁卯痛苦的撫腹騎上馬背馳走，郝長功急趨恒祿身旁說：「大帥，調兵圍剿吧，這是好機會。」

「不行！」恒祿嚴辭否決。

郝長功情急，再趨近勸說：

「朝廷嚴旨剿滅添弟會，添弟會跟長毛、捻子都有勾結，一網打盡這夥人，是封王封侯的好機會。」

「可是郡主被劫持——」

郝長功險惡的點刺：

「可能郡主是混充假冒的，誰知道是真是假的？」

恒祿動容，緺眉凝思，郝長功再催促：

「大帥！」

恒祿堅決點頭：

「好，吹角。」

郝長功高喝：

「吹角。」

親衛抓起腰懸螺角，吹出淒厲森森的聲音。

這裡是荒郊的靈官廟，廟裡供奉道教的王靈官，分前後兩進，有老道署理香火，但因地處郊野，香火不旺，廟舍年久失修，逐漸頹敗荒廢，已變成狐兔藏匿之所，現在添弟會藉此隱蔽闢為香堂總舵，登時變得森殺詭譎了。

丁卯尋到慶鑫，相攜趕到這座靈官廟，他們輕悄下馬，丁卯說：

「咱們硬闖？」

慶鑫緊咬嘴唇，一臉堅決：

「不、你受傷、他們要的是我。你請回吧！救不出胭脂、我也不要活了！」

「好，你乾脆翻牆，讓他們措手不及。」

慶鑫點頭，奔向圍牆，丁卯追上：

「你肩膀上有傷，行嗎？」

慶鑫沒說話，一竄躍上牆頭，臂膀用力，肩傷撕裂，痛得他呲牙裂嘴，他俯身牆頭暫歇、向丁卯揮手：

「你回報恆祿、不管我跟胭脂能不能活命、自今而後、再不會見到我們兩個。」

在靈官廟正殿、添弟會總舵主張洛型沉穩登階，走到金交椅前，撩衣坐下，腰插紅旗的會眾奔進報說：「點子硬闖、已被拿住。如何處置請總舵主示下。」

張洛型椅旁站著的羅巧手和候成棟、他們聞言互望、羅巧手急問：

「抓住幾個？」

「一個。」

張洛型陰聲冷哼：

「哼，難道他恁麼乖順、自己跑來了。」

兩個會眾押送慶鑫到殿前、慶鑫看到候成棟歡聲喊。

「候叔！胭脂呢？」

候成棟想說話被張洛型攔住、他冷峭地打量慶鑫、喝：

「帶胭脂。」

話聲甫落、大腳推出胭脂、胭脂被蒙著眼、綑著手腳、慶鑫看到喊著要衝過去、被會眾抱住、他愴呼：

「胭脂！」

胭脂聞聲狂喜驚跳、猛地掙脫大腳衝向慶鑫、因她被蒙著雙眼無法看清路徑、不想在她和慶鑫中間有座照亮的盆火、胭脂猛衝把盆火撞翻、自己也摔倒、盆火濺飛燒到胭脂衣裳。慶鑫情急衝過去抱開胭脂、張洛型急喝：

「大腳、把郡主拖走。」

大腳湧身衝前、慶鑫厲聲怒喝：

「站住！」

大腳受驚站住、慶鑫轉身怒指張洛型：

「你們別欺人太甚！你們挾持郡主逼著我來、不是想要我身上的那幅圖？你們放了郡主、我絕不反抗隨你們處置。你們不放郡主、別想得到地圖！」

「哼、你肩膀上的地圖不是毀了嗎？難道另外還有地圖？」

「這就是你們逼我來的原因、」慶鑫彎腰抓起仍在燃燒的木棍、另隻手猛扯背後衣裳、露出腰下胎記：「這裡有塊胎記、我要燒掉它。」

他說著用木棍火炭燒炙胎記，張洛型變色霍地站起，慶鑫疾快退後拉開距離，一邊喊：

「大腳、解開胭脂的繩子。」

大腳望張洛型和羅巧手、見他們跟候成棟低聲商議、旋即張洛型揮手：

「好、解繩。」

大腳替胭脂解繩、張洛型促聲問候成棟：

「他知道胎記藏圖的事？」

「不知道，座下從沒跟他說過。」侯成棟恭謹的說：

「還有誰知道胎記藏圖？」張洛型問：

「我。」羅巧手應說。

「你洩露過？」

「沒有。」

張洛型陰森沉吟，獰目凝望慶鑫和胭脂，說：

「杜慶鑫，你怎麼知道胎記藏圖的機密？」

「我不知道。」慶鑫說：「我身上只有肩膀這塊刺青，現在刺青被毀你們還要逼迫我來，我身上一定另有機密藏著，我反覆想就想到這塊胎記，我自己看不到，別人也不容易看到，不過，我用鏡子照過，胎記裡並沒有圖！」

「用藥水浸洗，色素變淡，圖就顯出來了，」張洛型叱喝：「拓圖。」

胭脂掙脫繩綑扯去蒙眼布、急奔撲向慶鑫、羅巧手和侯成棟步下台階，慶鑫再以火棍戳向胎記：

「慢點、圖拓給你們，你們得放我們走。」

張洛型嗤聲：

「添弟會裡，祖師靈前從不討價還價。」說著獰聲喊：

「鐵弩手。」

隨著喝聲房脊暗影竄出隱伏的鐵弩手，手執鐵胎弩弓，搭箭對準慶鑫、胭脂。張洛型再喝：

「拓圖。」

喝聲剛出，「轟」地巨響，天搖地動，傾頹的房舍嘩啦倒塌，濃煙火燄衝騰半空，爆聲接連，會眾驚怖駭顧，有人嘶聲喊：

「張洛型是漢奸，跟清兵裡應外合，要殺盡添弟會的兄弟，要命的快逃走！」

會眾驚駭愣神，後殿轟地炸塌，磚飛瓦濺中張洛型疾射撲向慶鑫，侯成棟見狀情急攔阻，被張洛型凌厲一擊，打得摔飛到地上，他嗆血急喊：

「慶鑫，快跑！」

慶鑫驚恐的急拉胭脂後退，侯成棟爬起衝前阻擋張洛型的攻擊，再被重手擊退，會眾驚慌奔突，爆炸聲裡清兵的號角嗚嗚吹響，一時廟廷喧囂混亂，張洛型邊追尋慶鑫邊暴喝：

「不要亂，不要動，鐵弩手，放箭，看誰敢不聽號令……」

慶鑫拉著胭脂在混亂中衝逃，羅巧手奔前攙扶侯成棟：

「他想打死你。」羅巧手橫眼瞧著張洛型。

「你該覺悟了。」侯成棟拭去嘴邊血漬，推開他說。

「現在怎麼辦？」

「先保住慶鑫，見機再動。」

廟外清兵潮水般湧進，搏殺擒捉會眾，房脊鐵弩手射擊衝進的清兵，張洛型在混亂中追撲慶鑫，羅巧手抽冷偷襲，張洛型被擊激怒

「老二，你瘋了？」

「張洛型，你忘了我跟侯成棟的交情。」

張洛型激怒憤恨：

「我對你推心置腹！」

「這樣好，這樣我才能徹底瞭解你的豺狼心性。」

侯成棟和羅巧手並肩對抗他，張洛型憤恨得雙眼噴火：

「為杜慶鑫，你們寧願背叛、嗯？」

「我們並沒有背叛誰，只想保慶鑫的命。」

張洛型回頭張望，見慶鑫和胭脂已經跑遠，他怒恨的再狠瞪他們，轉身竄上牆頭失蹤。

慶鑫拉著胭脂奔衝出廟，廟門口清兵如怒潮般湧進，慶鑫閃在牆邊躲避，一股人群猛衝，把他和胭脂緊拉著的雙手衝開，他急喊：

「胭脂！」

人潮洶湧中胭脂的回應漸喊漸遠：

「哥，哥⋯」

爆炸聲斷續，火燄塵土瀰漫，胭脂被推擁著腳不沾地回到廟內，她嘶喊尖叫，陡地嘴巴被摀住，身軀被抱起竄躍上房，羅巧手看到，驚喊：

「胭脂，張洛型抓了胭脂……」

一排火銃響過，房脊上的鐵弩手紛紛中槍摔下，火銃對著滿院的會眾，恒祿喝叫：

「不要跑，站在原地束手就縛，誰敢動，就立斃槍下！」

接著一排火銃對空鳴射，會眾盡皆驚恐的站住，恒祿再喊：

「都給我綑了。」

清兵粗暴的搶抓會眾綑綁，火銃隊鳴槍威嚇，喝令會眾抱頭蹲低，混亂逐漸平靜，羅巧手和侯成棟在火銃威逼下也勉強低下頭。

黎明，晨曦迷濛中起霧，廟裡縱橫屍骸，殘旗斷刀散落各處，倒塌的房舍殿宇，瓦礫堆積如山，迷濛晨曦中有人從瓦礫中出現、是大腳攙扶著張媽，她們踏著斷磚碎瓦，手腳抖顫著，踉蹌走出。

在後追蹤張洛型的芙蓉，察知他的落腳處，回頭找到慶鑫，說胭脂被藏在一處民宅，慶鑫心如火焚，立即衝出要去營救，芙蓉攔阻他，勸解說：

「張洛型劫持胭脂的目的，就是要你去。」

「他要我死我都認了，妳來告訴我，不也是想讓我去救她嗎？」

「讓你去救她是沒錯，但該商量一個能救她的辦法，你這樣衝動的去，不是送死嗎？」

「他想要我身上的地圖，我就給他。」

「那幅圖關係到博爾濟錦一族的榮枯死活，你不能只為個人情感就輕易丟掉。」

「別跟我說這些。」慶鑫痛苦的說：「我不是寶麟，是我也不想做寶麟，死，我也想跟胭脂一起死，你們別再逼我。」

芙蓉難過的低下頭：

「好吧，我帶你去，死活都由天吧。」

芙蓉帶領慶鑫來到僻靜民宅，在門外再攔住他說：「我想法子誘開張洛型，你機靈點，揹著她就跑，有人追你我會欄阻，你別看後邊，沒命的跑。嗯？」

「好。」慶鑫咬牙點頭說：

「你從房後邊翻牆進去。」芙蓉囑咐：「兇狠一點，別管是誰，攔路就殺。」

慶鑫再點頭，芙蓉問：

「有沒帶刀？」

慶鑫從靴筒拔出匕首，芙蓉推他，眼眶滿含熱淚：

「去吧，我的心你能明白就好。」

慶鑫轉身潛向屋後，芙蓉抹淚向前推門，門推開房內靜悄悄，芙蓉謹慎的向房裡觀察，慶鑫也從房後翻進，前後搜遍竟無人蹤。

張洛型早一步離開這裡，把胭脂帶走了？慶鑫焦急失望的怒瞪芙蓉，芙蓉柔聲安撫勸慰他說：

「我確實看到他們在這裡落腳，可能是乘我回去找你時換了地方，你別著急，張洛型一定還會找你。」

慶鑫抱頭在椅上坐下，痛苦得混身慄抖。

靜寂，突地有隱約說話聲，芙蓉凝神傾聽，話聲來自地底，她鬼魅般移到牆邊細聽，慶鑫被她的舉動驚動，抬頭望她，她指點牆下，豎指在嘴上，輕噓噤聲。

牆邊靠牆有只櫥櫃，嘎聲輕響過後櫥櫃緩慢側移，芙蓉急揮手囑慶鑫躲開，比手勢囑他乘機潛進牆內秘室，慶鑫愣著觀望，櫥櫃移開，牆壁出現門戶。

門戶打開，張洛型閃身門外，出門霎那芙蓉猝然偷襲，短劍直擊肋下，張洛型臨機閃躲，驟覺腰下一涼，劍尖掃過，衣破流血。

張洛型怒聲向門內吼：

「老五，宰了她。」

芙蓉捨命猛攻，張洛型援不出手，被逼再撞門退進門內，芙蓉追擊跟進，慶鑫先衝進門內，見門後有截土梯下到地窖，他跳躍著奔到梯下，地窖角落萎頓著胭脂，一個粗壯漢子在她身旁站著。

漢子看到慶鑫和退進的張洛型和芙蓉、衝過去扭住胭脂頭髮，胭脂刺痛尖叫，慶鑫厲聲怒喝：「住手。」他情急搖手：「你們挾持郡主目的是要我，我任你們處置，你們放了郡主。」

張洛型森森獰笑著閃眼望芙蓉：

「她是誰？」

「你要的是我，我來了，地圖在我背上，要割要描都隨你，既是英雄好漢就別折騰一個柔弱生病的女孩子。」慶鑫「嗤」地撕開長衫背脊，露出背後胎記：「你想折騰，我也有法子奉陪。」

慶鑫的匕首刺著胎記說：

「我只要在胎記上劃開幾道血槽，等皮縮肉翻，圖就毀了。」

張洛型臉色微變，說：

「老五，你去描圖。」張洛型說著從懷裡掏出瓷瓶：「用藥酒擦洗胎記，等顏色變淡，圖就顯出來了，快。」

老五接過瓷瓶走到慶鑫身旁，倒出藥酒要擦，慶鑫閃開叫：

「先放了郡主。」

「先描圖。」

慶鑫僵持、見張洛型殺機盈目毫不退讓、轉叫芙蓉：「九爺、妳照顧胭脂！」

芙蓉躍到胭脂身邊、扶起她、慶鑫移開匕首向老五：「描吧。」

老五倒藥酒擦拭胎記，拿出筆墨描圖，把地圖描在衣衿上，描好抽身欲退，陡見張洛型揮劍刺他、他駭異欲閃、時機稍慢、劍刃抹過他的咽喉。

老五倒地抽搐、張洛型衝前割下描圖衣衿、返身衝上木梯遁走。

慶鑫撲過去和胭脂相互緊抱，芙蓉提醒他們：「快走，別等張洛型堵住門放火，我們就是一條死路。」

慶鑫驚怖的跳起，抱著胭脂衝上土梯，芙蓉跟隨他們，奔出屋外，慶鑫脫力的摔倒，他仍緊緊把胭脂抱在懷中。

胭脂癱軟的在他懷中蜷臥，慶鑫低頭望她，熱淚滴在她臉上，胭脂受熱淚灼炙，眉尖微縐，慶鑫悲痛難忍，哽聲喊她說：

「胭脂，妳聽得見嗎？」

胭脂臉色慘白，疲累的睜開眼，慶鑫感激的把她摟得更緊了。

芙蓉黯然轉開頭，沉默走開，慶鑫摟著胭脂在曠野趺坐，四野迷濛著暮色，黃昏降臨了…

北京永定門外一間小酒館、善保揮臂把酒壺掃落地下摔碎，他舌頭僵硬的拍桌喊：「酒、酒，給少爺添酒。」

夥計畏縮不敢走近，突地有個人執壺給善保斟上，善保醉眼矇矓的望執壺人，認出是脫殼黃。

「你，你好大膽子，還敢露面找我。」

「善大爺。」脫殼黃獰笑著在他對面坐下：「敲牙的老虎，瘸腿的狼，不被宰已經是造化，還想唬人啊？來，你要喝酒我陪你，慢點喝，我先給你報個急訊兒，我的眼線告訴我、說琥珀郡主跟姓杜的坐船往南走了。」

「往南，哪邊是南？」

脫殼黃兇睛瞪著他：

「琥珀郡主是你翻本的本錢，沒有她，你連博一博的機會都沒有，我們兄弟賣命也都白幹了。」

善保愣著聽，脫殼黃抓住他的手：

「喝乾這杯酒，打起精神，我們去追她。」

「追，追得上嗎？」

「追得上追不上都得要追，翻本贏錢就靠她了。」

善保咬牙點頭，奪手舉杯喝乾酒，他放下碗要站起，脫殼黃把他按住：

「從現在起，你聽我的，我供你吃，供你喝，徹底聽命於我，我是你主子、敢違逆我──」他凶橫的切齒：「我就一片一塊的割你，你記住了。」

善保不寒而慄，脫殼黃掏出一塊碎銀砸在桌上，起身走了。

快馬奔馳，驛卒伏鞍揮鞭抽馬，馬狂奔，蹄如翻鉢，馬鞍後插著驛旗，驛旗在馬奔勁風中閃撲著。

迎面恒祿、郝長功等縱馬馳騁奔來，他們風塵滿臉，衣露汗漬，和驛馬迎頭相遇，郝長功越前迎住驛馬，問：

「京裡來的？」

「是，急報提督恒老爺，康慈皇太妃薨逝，請恒老爺火速回京，會辦喪事。」

「恒老爺在此。」郝長功指身後恒祿，驛卒跳下馬向前打扦。

「也請恒老爺轉知寶麟貝勒，一起進京奔喪。」

恒祿疲累的擠臉：

「知道了。」恒祿轉臉吩咐郝長功：「我這就進京，你留下監督別懈怠輕忽，定要把添弟會徹底瓦解，也要找到琥珀跟寶麟。」

「是。」

恒祿提韁踼馬續走，驛卒和親衛在後跟隨。

在山東臨清運河碼頭，一艘小船停靠河岸，胭脂、慶鑫和芙蓉都村俗裝束的站在船邊，胭脂依偎著慶鑫，顯得蒼白虛弱，芙蓉把一包衣物遞在慶鑫手上：

「走水路，不會留下痕跡。」芙蓉說；「你們搭船，我走旱路追隨你們。」

「一起搭船吧。」慶鑫滿臉誠懇。

「不。」芙蓉露出安慰笑容，「我沿河走旱路觀察，防範追蹤。」

慶鑫警惕的點頭，芙蓉再說：

「渓過山東我就離開了，以後你們千萬小心，要防備江湖肓小。」

「九爺，謝謝妳了。」

芙蓉吸氣輕嘆，胭脂偷眼觀察她，顯出不忍，慶鑫拉著胭脂上船，船夫撐篙蕩開，芙蓉忍淚把頭垂下，胭脂仰望慶鑫，說；「她好可憐！」

慶鑫從芙蓉臉上收回眼光，低頭望她，也有深沉的悲鬱隱藏在眼中。

鄭親王府的書房外，德良推開門，輕聲說：

「舅爺到府。」

恒祿隨後塵土滿臉的衝進，德良抽身退出，帶上門，恒祿打扞，「姐夫。」

端華一把抓住他埋怨：

「你離京這些天，渺無影訊，真急死人了。」

「我在找琥珀，唉，一言難盡。」

「找到沒有？」

「唉，緊要關頭，我接到驛報，說當今太后薨逝，叫我即速回京，我職司京畿衛戍只有火速趕回，找琥珀的事我已經嚴飭屬下，繼續尋找。」

在旁默坐的肅順插嘴：

「二哥，我的話還沒說完呢，現在天津軍情緊急，英法聯軍進逼唐沽，僧格林沁連番派人進京請旨，要餉、要人、要錢、昨兒晚皇上急得咳血，奕訢又趁太妃喪事在養心殿裝瘋賣傻長跪請謚，這些事咱們總得拿個主意，皇上問著，也好有個回奏。」

「你指謚號？」

「不，我指奕訢，他想藉這個機會圖倖邀寵，咱們不能讓他得逞，他得勢，咱們就玩完。」肅順說著轉向恒祿：「老恒，國喪期間，你手綰兵符，可得壓住陣腳啊。」

恒祿側眼瞥望端華說：

「六爺還信不過我嗎？」

貝勒府的內廳裡，恭親王奕訢正和鳳祥低聲說話，婢女捧茶侍候，奕訢停嘴等婢女退出再接話：

「英法咄咄逼迫，朝廷窮於應付，這是出頭建功的機會，請舅舅署同醇親王奕譞，睿親王仁壽給皇上遞個摺子，就說國事紛亂，夷情詭譎，朝廷急需洋務專才溝通折衝，挫抑夷勢，振興國威，請即啟用恭親王奕訢！」

鳳祥點頭傾聽，奕訢再說：

「同時署銜的還有榮祿。」

「榮祿是誰？」

「說是懿貴妃的親戚。」

「懿貴妃，阿哥的生母？」

「對，聰明機靈，葉赫那拉氏。」

鳳祥有點囁嚅的問：

「聽說皇上對她有顧忌？」

「不錯，她很敢作為，跟肅順有嫌隙。」奕訢說得認真：「這些都是題外的話，不過她是關鍵人，這張奏摺就靠她的枕邊細語，舅舅，奏摺在這裡，您簽署個名字。」

奕訢從袖裡掏出奏摺給鳳祥，鳳祥接過審視，默念內容後簽字。

數天後，慶鑫和胭脂的小船過山東駛臨江蘇境內，胭脂經過數天的靜心調養，虛弱的身體逐漸恢復，嬌嫩的面容也湧現血色，她整日柔膩的偎靠在慶鑫懷中，百看不厭的撫摸著慶鑫頦下的鬍椿子，摸得慶鑫皮癢心癢，心猿意馬。不覺伸手推拒，碰觸到她胸前彈跳隆起的地方，胭脂被推驟覺麻癢的戰抖一下，急忙抓住慶鑫的手，慶鑫驚恐的凝住，兩人驚顫著對望，胭脂拉著慶鑫的手按在自己胸部突起的顆粒，輕輕游移撫摸，戰慄的感覺禁不住喉中發出呻吟，她猛地把慶鑫抱住，倒臥在艙板上。

小船破浪顛簸，胭脂壓在慶鑫身上，感受到他胯下有硬物挺舉，她心頭狂跳，呼吸哽噎，不覺顫抖著伸手下移觸摸，摸到堅硬燙手的硬物，她縮手戰慄了。

這時夕陽落山，彩霞滿天，船尾船家搖櫓，一邊嘴裡抽著旱煙，慶鑫偷望船家，輕拉棉被蓋住兩人身體，在棉被中兩人相對發著急促喘息，胭脂在慶鑫耳邊顫聲問：

「哥，那是什麼？」

慶鑫沒答她，只顫抖著手摸她，摸得胭脂心跳肉顫。最後摸到胭脂的禁秘私地，胭脂劇烈抖顫，把慶鑫緊緊抱住。

慶鑫的心砰砰跳著要躍出口腔，他輕柔的摸索著鬆開胭脂的褲帶，胭脂抖戰得更利害，他在胭脂耳邊問她：

「妳怕嗎？」

胭脂搖頭，把櫻唇移到他嘴上，說：

「哥，我們已經是夫妻了！」

慶鑫微笑著親吻她的嘴，扯開自己褲腰，混身也開始抖慄，兩人都抖戰著磨蹭碰觸，突地硬物遇到溫熱滑膩的洞口，滑溜如魚的竄進洞內。

胭脂陡覺身體裡一陣刺疼和鼓脹，她張嘴倒吸冷氣，眼珠上翻露白，抱緊慶鑫的手臂一陣抽搐痙攣覺得自己陡地飛向天空……

半個月後，慶鑫和胭脂到達江南水鄉蘇州。

蘇州，繁華都市，閶門外碼頭上人群熙攘，往來著商旅和小販。慶鑫、胭脂陌生的站在碼頭上張望，金寶扛著插糖葫蘆的草把走到他們身旁說：

「買山楂糖葫蘆？倆錢一支。」

慶鑫低頭望他，問：

「這是蘇州？我們剛下船，船掌櫃說這是蘇州。」

「對，是蘇州，你們是誰？來，買支糖葫蘆。」

慶鑫掏錢，胭脂抓住他的手，向金寶說：

「我們想住店，想找個僻靜，便宜點的客棧……」

金寶打量他們，被胭脂的容色所懾，愣著望她，說：

「要住僻靜便宜點的店？行。」他轉身指點，妳順著我的手走，乾脆，我帶你們去。」

「太麻煩了。」慶鑫歉疚的說：「你只告訴我們路就行。」

「沒關係，反正我在這條街上來回走，這頭吆喝到那頭。」他說著就走，邊走邊喊：「糖葫蘆冰糖葫蘆……」

金寶喊著穿行在人叢中，慶鑫扶著胭脂在後跟著，不久，拐進一條僻巷，巷底一處破舊院落，顧寡婦彎腰在院子裡掃地，金寶猛地在她身後大叫：

「糖葫蘆！」

顧寡婦嚇得跳起來，回頭激怒的揮舞掃帚追打他，邊罵著：

「你這個死孩子，爛孩子，亂葬崗蹦出來的窮鬼小妖怪，打死你，餵野狗去。」

金寶躲向慶鑫和胭脂背後，顧寡婦驚異的站住腳望他們，金寶得意的叫著：

「罵呀，從頭到尾再罵一遍，讓客人聽聽妳嘴巴有多毒。」

「他們是誰？」

「妳開店，客人上門啦。」

顧寡婦驀地堆下笑臉：

「喲，你不早說，進來，進來，進屋裡坐。」她笑著親熱的請慶鑫和胭脂進門，金寶看到堂屋供桌上供著熟雞，他溜過去撕了隻雞腿就跑，顧寡婦看到，掄起掃帚追打，邊激憤的罵著：

「死孩子，賊，賊，跟你爹一樣，天生的賊。」金寶跑遠，她摔下掃帚站住，「氣死我。」

她罵過回身，精明的打量慶鑫、胭脂，叉著腰：

「我這裡不是店，只租房子，整月租，五錢銀子一個月。」

「好。」慶鑫說：

「好就拿錢。」顧寡婦伸出手，胭脂抗聲說：

「我們想看房子！」

「別看了。」慶鑫攔阻她，把錢給顧寡婦：「要包伙包飯。」

「那得再加一兩銀子。」

慶鑫再掏錢給她，顧寡婦眼光銳利的看胭脂，胭脂下意識縮躲到慶鑫身後，顧寡婦露笑：

「來，跟我走。」

顧寡婦把他們帶到廂房，胭脂見房內髒亂破舊，縐著眉望慶鑫，慶鑫輕捏她的手阻止她說話，顧寡婦說：

「三餐跟我們一起吃，別的，都自理。」

「謝謝。」

慶鑫道謝後，顧寡婦離去，胭脂望著他微笑，埋頭投進他懷裡，輕輕舒氣。

半年過去，江南春暖花開，一片燦攔珣麗，慶鑫和胭脂親密幸福的過活，已經有愛情結晶。

懷孕五個月的胭脂，挺著隆突的肚子操勞家事，慶鑫每日到糧棧做工，他以前在戲班翻跳鍛鍊，兩膀確有幾分蠻力，在身邊攜帶的錢財用盡別無接濟時，只有靠蠻力謀生，他們雖深知此非長久職業，但眼前過得甜蜜，雖粗茶淡飯，艱窘困苦，夜晚燈下，仍有滿屋的歡聲笑語。

胭脂懷孕嘴饞，慶鑫回家時總不忘到采芝齋餅舖給她買些零食，胭脂聽到他進院的腳步，就急不及待的跑到門口迎接。

這天，慶鑫買了山楂糕，核桃餅回到家裡，不見胭脂迎出門外，心頭詫疑，急步進房，見胭脂臉露痛苦的坐在床上，撫著小腹，慶鑫驚恐的衝到她面前，胭脂向他搖手說：

「別怕，小傢伙在踢我。」

慶鑫鬆口氣，笑：

「才五個月就會踢人，這孩子不乖，我打他給妳出氣。」

慶鑫作勢打胭脂肚子，胭脂縮躲，慶鑫掌到衣邊，輕柔放下，胭脂笑說：

「我就知道你捨不得！」

「有媽媽護著，我當然捨不得，來，我買了些零食給妳們吃。」

慶鑫拿出零食糕點，胭脂不接，問他：

「糧棧活計，辛苦嗎？」

「我當記賬司務，搖筆桿還會累？我是記掛妳，妳在王府哪過過這種苦日子？」

「你違反約定，我們說好，都把以前的事忘掉的？再說，我想不起在王府的事，享福受苦都沒證據，倒是你，貝勒爺——」

「好了。」慶鑫趕緊阻止：「我們都別再提以前的事，就當是前世今生的輪迴。」

慶鑫俯低身軀湊近胭脂肚子，傾聽她肚內動靜，胭脂輕撫他的頭髮，發現他髮際已現出白絲。

顧寡婦兼做繡品經紀，當時蘇州繡工因織造廠的影響，方自萌芽，她招攬街坊鄰居婦女刺繡，拿到繡莊篩選，賺點跑路錢，胭脂看到她過手的繡品，花彩艷麗，心裡喜歡，向顧寡婦要來花樣參照學習，不想她心靈手巧，一經繡成，即綻放異彩，驚動繡莊。

繡莊店東親自來邀約洽談，聘僱刺繡，胭脂倒有點驚慌失措，說等慶鑫回家商量。

顧寡婦像撿到寶貝一樣歡喜，教她要價談錢的技巧，說他們夫妻不老練，她願意出面協談。胭脂怯懦得不敢做主，堅要等候慶鑫，要他拿主張。

慶鑫在恒通糧棧幹粗活，不是記賬司務而是搬運粗工，糧棧設在運河碼頭，需臂力強壯的壯漢從船艙和糧棧兩頭搬運糧包，運糧到船或送糧進倉，他終日負重奔走在碼頭和糧堆上下，汗出如漿，稍有遲延，工頭即在背後催逼著喊：

「快呀，這一批黃豆進倉，碼頭還有糧船在等。」

糧包都是百斤麻袋，慶鑫開始能揹兩包重量，漸漸糧包越揹越重，壓得他氣息阻塞，骨節嗶拍作響，攀登糧堆的腿也沉滯難移，眼眶被壓擠得滿佈血絲，熱汗透濕全身，單薄的衣服緊貼在身上。工頭看到他腳步遲緩，怪叫著喊：

「杜二，別磨蹭，扛不動就回家抱孩子。」

慶鑫猛地提氣挺胸，氣瘁嗆咳。「哇」地嗆出一口鮮血，一頭栽倒摔下糧堆，跟隨在後的苦力齊聲驚呼，慶鑫拭去嘴邊血漬，情急爬起，抓起麻袋再揹，工頭手裡鐵勾构住麻袋，慶鑫啞聲掙扯著：

「我能搬，剛才一時岔氣嗆著……」

工頭冷酷的挪開糧包：

「算了吧，要死到別處死，別拖累東家跟你打官司。」

「我真的沒事，喘口氣就恢復了。」

他說著抓過糧包再揹上，撐著攀登，爬沒幾步，再一頭栽倒暈過去了，苦力們把他抬到長凳上，慶鑫臉白如紙。嘴角血珠溢流，工頭等他廳醒，以鐵勾敲著他說：

「杜二，賣力氣賺錢稀鬆平常，賣命賺錢可就沒這種必要，糧棧粗工要的是能揹重運糧，你身體不行，就回家躺著。」

慶鑫撐起身懇求：

「武爺，我老婆就要生產。」

「你走吧，等身體好了再來。」

慶鑫被攆出糧棧，他踉蹌著沿河走一會，覺得有點頭暈，在河邊石板坐下，抬眼望天，天空陰雲低垂，有幾隻雀鳥飛掠，慶鑫眼眶蘊聚淚水，淚水溢出，流到唇角，金寶悄然走到他身旁，在他身邊坐下，說：

問她：

「回家吧，你老婆摔了一跤。」

慶鑫驚恐的跳起，金寶拉住他：

「別急，她沒事，是頭撞到桌稜上，起個包。」

慶鑫撥開金寶的手，狂奔到家，見胭脂躺在床上，顧寡婦用熱巾給她敷著，慶鑫衝到床前問她：

「胭脂，妳摔著了。」

「是我不小心，滑了腳。」

「懷孕的人，時刻都得小心呀，妳——」慶鑫說著哽咽了：「怎麼會摔著？」

顧寡婦插嘴：

「家裡的事我照顧，你只管放心，把錢賺回來就行了。」

慶鑫臉色驟變蒼白，他掩飾的低頭扭開臉，胭脂覺得詫疑，喊他：

「哥！」

顧寡婦推著慶鑫出門：

「爺們出去賺錢，別黏著老婆。」

顧寡婦把慶鑫推出門外，金寶在旁愣望著，顧寡婦喊他：「金寶。」

「幹嘛？」

「去，再換盆熱水。」

金寶沒動，顧寡婦怒叫：

「金寶，你掉魂了？」

金寶含憤問她。

「你把二哥趕出去，幹嘛？」

「幹嘛，上工賺錢吶，你也是，把熱水端來，就上街賣紅薯。」

「噢，妳真狠，二哥累得吐血暈倒，你還要趕他出去上工。」

金寶轉身出屋，顧寡婦和胭脂都愣住，愣得片刻顧寡婦跳起：「金寶，你給我回來造謠什麼？」

金寶在屋外喊著：

「我沒造謠，不信去問糧棧，他被辭退了。」

運河碼頭出現幾個邪氣的人，是脫殼黃，善保和谷六，他們流連張望，像在搜尋什麼，金寶挽著籐籃經過他們身旁，一邊吆喝：

「烤紅薯，熱的，剛出爐燙手的甜紅薯。」

脫殼黃伸手拽住籐籃，另隻手掀開保熱的蓋布：

「幾個錢一斤？」

「倆子兒一個。」金寶說：

脫殼黃丟塊碎銀在籐籃裡：

「買倆、多的錢別找了。」

金寶愣著沒動，脫殼黃丟一個給谷六，轉身走了，金寶愣著望他們走遠，跳起就跑。

他跑到河邊，看到慶鑫坐在地上望著河水發呆，衝前拉住他叫：

「二哥，喝酒去。」

「啊？」慶鑫茫然，金寶拽著他說：「剛才有人買紅薯給了我塊銀子，走，我請你喝酒。」

慶鑫搖頭：

「我沒心情喝酒。」

「沒心情才喝酒，愁悶解不開繩疙瘩，老天爺定會給人留條活路，走，去喝酒。」

到酒館裡要菜叫酒，慶鑫忐忑的望著金寶顯露不安，不敢動筷，金寶催他吃喝，慶鑫忍不住問說：

「你真的有錢？」

「有，你瞧！」

金寶拿出銀塊驕傲的拍在桌上，慶鑫慚愧的苦笑：

「對不起，我窮怕了。」
「我媽說你們夫妻都生得細皮白肉，絕對不是窮苦人。」金寶滿嘴塞著菜餚：「還說你恐怕也不姓杜。」
慶鑫苦笑：
「她猜錯了，我確實姓杜，你媽也不像窮苦人，看他對織繡很內行的樣子。」
「我舅家開繡莊。」
「噢，那難怪。」慶鑫詫異問他；「沒見過你爹。」
「我爹死了。」
「他生前幹嘛？」
「我媽不是常罵我是小賊嗎？我爹生前當捕快，跟盜強頭子張洛型結拜，被姓張的牽累死在牢裡啦。」
「噢，跟張洛型結拜。」慶鑫滿臉驚詫。
金寶狼吞虎嚥的吃菜，吃得滿嘴流油：
「你喝酒，我吃菜，嗯，好久沒這麼痛快的吃了。」
脫殼黃跨進酒館門內，一眼看到慶鑫，他腳步陡地站住，衝口喊：
「吆喝，這才叫踏破鐵鞋，貝勒爺，咱們有緣吶。」他走到桌前一把抓起金寶：「小鬼別在這裡礙事。」

金寶難掩驚恐的叫：

「我礙什麼事，你們想幹嘛？」

脫殼黃獰厲兇狠的說：

「幹嘛？要殺人，你不走耽會連你一塊殺。」

「憑，憑什麼，你們耍強盜啊？我、我爹——」

脫殼黃揚手要打，手腕被慶鑫抓住，金寶猛地縮身掙開脫殼黃手掌，用頭猛撞他胯下，脫殼黃被他撞得抽口冷氣彎腰蹲下。

一陣混亂，金寶衝出門外跳腳狂喊：

「救命啊，強盜殺人啦……」

脫殼黃忍痛掙開慶鑫的手掌追出門外，追抓金寶，憤恨的罵：

「小雜種，看我撕了你……」

金寶滑如游魚的到處亂竄，脫殼黃劇疼未消，行動遲緩抓不到他，金寶的叫聲引來圍觀群眾，脫殼黃見勢不對，返身奔回酒館向善保、谷六揮手：

「他媽的，栽在小孩手裡，我糗大了。」

金寶連珠炮般向群眾訴說，群眾圍聚在酒館門口，遠處有警鑼敲著奔來，脫殼黃彎腰忍痛奔向店後：

「走，從後門走。」

谷六、善保經過慶鑫面前，和慶鑫毒恨對瞪，脫殼黃怒聲呼喊：

「走啊，找到他還怕他飛了嗎？」

谷六拖拽著善保奔向店後，金寶帶領捕快衝進店中，他跳腳喊：「強盜，強盜呢？」店夥驚恐的指店後，捕快追出，群眾湧進酒館，七嘴八舌，金寶乘亂拉出慶鑫，店夥察覺追趕，店外已無金寶和慶鑫蹤影了。

慶鑫和金寶回到家，進門驟見張媽和大腳坐在廳內，驚愕得瞠目結舌，大腳喊他：

「杜二哥。」

「妳們怎麼在這兒？」慶鑫衝口問說：

張媽翻著慘白的眼珠，愕異的望著慶鑫，詭笑：

「好啊，到處找不到，卻在這裡碰上了。」

慶鑫驚心的問：

「胭脂呢？」

顧寡婦在旁囁嚅說：

「在你們房裡。」

慶鑫驚駭疑慮的望張媽她們，驀地跳起奔出，金寶放肆的繞著大腳看，問她：

「妳是誰呀？」金寶轉問顧寡婦：「媽，她們是誰？」

「顧嫂子，他倒還留下孩子？」

顧寡婦臉色陣青陣白，一把扯過金寶。

慶鑫衝進房內，胭脂眼眶紅腫的在床頭坐著，看到慶鑫她撐起身叫：

「哥，張媽她們找到這裡……」胭脂緊抓著慶鑫：「我好怕，以前從沒這樣怕過，她們突然出現——」

「別怕。」慶鑫溫聲安慰：「大不了跟他們拼了。」

「不能拼，我們現在有孩子，有顧忌，為什麼我們總逃不掉……」

「我們不逃了，要來就讓他來，我不信蒼天不給我們留條路走。」

慶鑫摟住她：

顧寡婦臉色鐵青的站在廚房灶台前，她殺氣森森的手裡握著菜刀，金寶在她身後扯她衣裳，她扭身暴燥的斥責：

「別吵。」

「那個瞎婆子到底是誰呀？二哥看到她像見到鬼了。」

顧寡婦伸手扯住他，俯在他耳邊說：

「快去，到『敘雅齋』找德和叔來。」
金寶愣著沒動，顧寡婦把他推出廚房，故意提高聲音：
「快，去買茶葉。」
金寶探頭望廳裡張媽，趔趄著退向大門，在門口撞到脫殼黃身上，被抓著摔回來。
金寶摔得岔氣，爬不起身，脫殼黃、谷六、善保等衝進門內，脫殼黃囂張的叫：
「喲喝，那不是大腳姑娘嗎？」
大腳錯愕：
「你是誰，我不認識你。」
「不認得我沒關係。」
脫殼黃一把扯過善保：「他，妳總認得吧？」
「善保？」
「對了，皇親國戚的善貝勒。」脫殼黃說著托起善保下巴摸摸：「現在是我豢養的一隻小貓。」
善保甩頭掙開他，脫殼黃嘿嘿笑著掃望屋中：
「還有誰，都出來見見吧？」他見沒人應聲，歛去笑容現出猙獰：「早晚都要照面的，這裡又沒有老鼠洞能躲。」

他逼視著眾人，猝然開口；

「姓杜的跟郡主呢？」

顧寡婦衝口問出：

「郡主，誰是郡主？」

張媽冷靜的說：

「大腳，給你爹跟侯叔發訊號。」

脫殼黃嗤笑：

「羅巧手跟侯成棟進京挖寶了，少唬這一套，我脫殼黃要沒摸清底細，敢露面攪活嗎？」說著向谷六示意：「你到廂房裡瞧瞧。」

谷六懷裡摸出短刀潛向廂房，到門口一腳把房門踹開，衝進的霎那，門後刀光一閃刺到肋下，谷六悶哼跌撞衝進房內，慶鑫拉著胭脂狂奔竄出，向外奔跑。

「哥！」

兩人穿巷飛奔，胭脂腳步踉蹌，滿臉驚怖，慶鑫急喘嗆咳，嗆出鮮血，胭脂驚痛的哭著：

慶鑫喘息著向她說：

「耽會他們追來，我擋住，你先走。」

「不，我不要……」

「妳聽話，我不死一定會找到妳。」

「不，死活我們都要在一起！」

慶鑫猛地煞住腳步：

「現在是生死關頭，妳走，想法保住孩子。」聽得身後有奔跑聲，他推著胭脂：「跑，快跑！」

「我不——」胭脂抓著他不放，慶鑫咬著牙根說：

「保住孩子，快走。」

慶鑫猛推胭脂，回頭狂奔迎著攔阻脫殼黃，胭脂跺腳痛哭，回身奔跑，脫殼黃和善保追來，看到慶鑫阻在巷內，脫殼黃向善保說：

「姓杜的給你，我去抓琥珀。」

他說著腳步不停，飛奔衝前，慶鑫撲擊攔阻，善保在他背後揮刀，慶鑫不躲善保刀鋒，被刺中後背，毫厘之差沒抓住脫殼黃。

脫殼黃閃過慶鑫追趕胭脂，慶鑫恨極嘶叫：

「善保，我跟你拼了。」

慶鑫瘋狂向善保搏擊，善保不敵，短刀摔落，兩人扭纏廝打著搶刀，最後刀被慶鑫搶在手裡，抵住善保的咽喉。

刀尖戳破皮肉，滲流鮮血，善保驚恐掙拒，慶鑫咬牙出聲，眼眶都紅了，善保由驚怖變成怯懼，眼眶湧出熱淚，慶鑫悲憤痛恨，手腕戰抖，片刻善保淚水流到腮下，慶鑫憤恨的甩開手，移開尖刀，善保放聲痛哭，慶鑫推開他，丟刀狂奔跑去，追趕胭脂。

胭脂剛跑出巷口就被脫殼黃追到抓住，胭脂嘶聲叫喊被摀住嘴，脫殼黃威脅她說：

「敢叫我就打妳肚子，讓妳在馬路上生小貓。」

他說著握拳要打，胭脂嚇得縮躲，脫殼黃摸一下她肚子，說：

「乖一點，跟我走。」

胭脂痛淚滿眶，不敢再叫，脫殼黃迅快把胭脂帶開，狂奔跑來的慶鑫已看不到他們蹤跡了。他焦急的張望尋找，不覺嘶聲喊著：

「胭脂！胭脂！」

喊聲悽厲，驚得四鄰雞聒犬吠。

金寶帶領劉德和來到，劉德和看到張媽難掩變色恐懼，顧寡婦迎出門外，悄聲說：

「德和，三姑娘來了。」

劉德和急步進屋，向張媽打扦：

「三姑娘，小的劉德和。」

張媽嘴角泛起冷笑：

「看樣子，你早知道我眼瞎了，是吧，劉德和？」

「是。」劉德和微顯支吾：「聽說三姑娘進京遇盜，雙眼被石灰燒瞎了。」

張媽伸手到袖中，顧寡婦，劉德和戒慎恐懼的瞪著看，張媽說：「你們不用緊張，我來只想到二爺墳上，磕個頭，燒柱香，本來想帶琥珀郡主跪在二哥墳前，替她爹娘陪罪，現在，唉，怕是做不到了……」

河岸波浪拍擊，靠岸一條小船蕩著，脫殼黃推著胭脂來到船邊，船艙裡竄出老曹，脫殼黃示意他拉胭脂上船，老曹臉上有一道刀疤，形象兇惡殘暴。胭脂見他膽寒縮退，老曹抓住她手臂，像提小雞似的拉到船上，脫殼黃隨後上船，說：

「等一下善保。」

脫殼黃躲在船艙向外窺看，見善保脖子流著血，晃晃悠悠的走來，臉上掛著眼淚鼻涕，脫殼黃叫：

「善保，快點。」

善保仍晃悠著走，脫殼黃焦急的下船迎住他，拖拽著回到船上，向老曹說：

「開船，快。」

善保被拖得摔跌到船舷，老曹撐篙，小船快疾滑向河面，岸邊響起慶鑫慘厲的喊聲：

「胭脂！」

脫殼黃情急摀住胭脂的嘴，胭脂淚流滿臉，悲痛絕望的不敢抗爭，善保躺在船舷陰森的望她，嘴唇緊閉著，靜寂，只聞水波和搖櫓聲交錯。

船行快疾滑過河面，慶鑫的喊叫逐漸變遠，船艙裡脫殼黃鬆開摀著胭脂嘴巴的手，卻把手移到她腮邊頸上，撫摸，湊嘴上去親著，胭脂咬牙強忍不動，脫殼黃親她的脖頸，髮際，把手移到她肩頭腋窩，解她的鈕扣，胭脂抖顫，陡地嘶聲厲叫，她叫著猛扭身軀以肘狠撞脫殼黃肋下，脫殼黃驟被撞擊劇痛彎腰，胭脂跌撞著衝出船艙向外逃跑，脫殼黃忍痛抓她，抱住她的雙腳，胭脂摔倒頭臉撞到艙門暈了。

脫殼黃怒恨的撕扯胭脂衣衫，胭脂驀地甦醒，瞠目痴呆，脫殼黃撕破她外衫，露出褻衣，躺在船舷的善保驀地眼光狂亂，抓起身旁鐵錨向脫殼黃砸下，錨尖刺破衣服插進肉內，脫殼黃痛極嚎叫：

「老曹。」

善保猛扯鐵錨舉起再砸，脫殼黃滾翻躲開，鐵錨嵌在船板上，胭脂被慘烈景象嚇呆，縮退躲到艙角，善保舉錨追砸脫殼黃，老曹從船後撲來，尖刀刺到善保背上。

善保顫跳凝住，脫殼黃恨極咬牙：

「殺，把他剁了，剁成肉醬……」

善保獰厲回身，老曹跳退欲躲，腳下被纜繩絆住摔倒，善保衝過去，把鐵錨砸在他頭上，把他砸得腦漿迸流。

脫殼黃衝起撲向胭脂，善保追到抱住他，二人滾在船舷扭打，善保抓住纜繩纏住脫殼黃脖子，死命勒他，勒得混身戰抖。

脫殼黃挺跳痙攣，片刻死去，善保脫力的癱倒躺下，胭脂抖顫著觀望，縮在角落，善保看到她，嘴角嗆噴血沫，眼光哀懇，逐漸暗淡、渙散、終至凝住不動，悄然氣絕。

小船漂流，擱淺在蘆葦叢中被漁船發現，稟報官署，胭脂被帶到縣衙訊問，問出她居住在閶門外的顧寡婦家，找到顧寡婦，慶鑫正急得像熱鍋螞蟻，頻臨崩潰，知道胭脂平安，他混身癱軟的失聲哭出。

見到胭脂，慶鑫把她緊緊抱住，抖顫著問她說：

「胭脂，妳還好？」

「哥，我想起以前的事，我想起我是琥珀了。」

胭脂點頭、哽聲說：

慶鑫愣住，推開她：

「妳想起來了？都想到什麼？」

「想起所有的事，好像一場噩夢，好可怕噢。」

「善保沒欺侮妳？」

「他救了我，他死了」

慶鑫愣著望她，難以置信，胭脂把臉俯在他肩上，喃然說：「他死得很壯烈，死得很像個漢子……」

顧寡婦把脫殼黃等人說成是強盜擄劫，說胭脂是被擄的受害苦主，捕快暗查慶鑫夫婦生活單純，就未深究。劉德和為讓張媽盡償宿願，佈置了靈堂供品讓胭脂跪拜，說是替舅舅和繼母向死者陪罪彌補歉疚，祭拜後張媽拿出一只油紙包，包裡裹著一顆黃牙，她要胭脂交給恒祿，解釋說：

「這是我二哥張洛堃的牙，當初妳二娘跟恒祿戀姦，被我二哥撞破，我二哥羞惱憤恨要扭送恒祿見官，被恒祿毒打，打斷這顆門牙，這顆牙齒我留著十五年，妳給他，他就明白了……」

胭脂接過紙包，抬頭問：

「妳跟我舅舅認識？」

張媽悲涼慘笑：

「我愛過他，我被這個愛字折磨一輩子，現在想想好不值得，枉費這顆痴心了。」

張媽乾癟的眼眶流下痛淚，她緊閉的嘴角顯示心頭積恨難以言說，胭脂問：

「我舅舅知道妳的心？」

張媽搖頭，把頭垂下：

「他應該知道，我這一輩子都為他毀了……」

這顆殘牙琥珀並沒轉給恆祿，他們離開顧寡婦家，說要回京，事實是搬到更隱蔽的地方居住，三個月後琥珀分娩生下男孩，取名『承吉』，慶鑫被晦運整怕了，期望能由兒子承接諸神眷顧，讓琥珀過平安清靜不被侵擾的日子，他們斷絕和所有的識者來往，用琥珀的刺繡來維持清苦生計，半年後慶鑫癆傷好轉，學習自己經營刺繡生意，他以薄利拓展銷路，經過慘淡經營，逐漸獲得口碑，終至繡品銷售供不應求。

琥珀的繡工越來越精湛，技巧翻新，令觀者有鬼斧神工之嘆。她聲名漸播，訂購者日眾，不得已收徒授藝，擴大產量，數年間即成富戶。

『承吉』逐漸成長，兒子繞歡膝下，一家親愛和樂，琥珀日夜忙碌授藝刺繡，雖偶而回憶起在鄭親王府的成長過程，滋生對父親的孺慕思念，起意回京探望，終因事務繁忙而時日遷延，無法成行。

幸福美滿的生活過了五年，他們的刺繡作坊已基礎穩固，聲譽遠播，成為蘇州著名的繡戶。這時蘇州織造衙門突地卦起白幡，設起靈堂，官員也都換穿孝服，經過打聽，才知道是皇帝駕崩。

咸豐皇帝於咸豐十一年七月十七日駕崩熱河承德。

皇帝賓天，報喪到京，留駐京畿的恭親王奕訢接到喪報急赴貝勒府尋找鳳祥，然後闢室秘談，開口就說：

「剛接到熱河喪報，皇上亥正賓天了。」

「啊！」鳳祥驚駭的失聲應著：

「鄭親王端華，怡親王載垣跟肅順這幫傢伙，擁立幼主嗣位，自稱參贊政務王大臣，先頒喜詔，後頒喪詔，草率專擅還給新皇帝擬定「祺祥」二字做為年號，舅舅，一朝這夥傢伙得勢專權，我們的日子就難過了。」

「那倒是，依你說咱們該怎麼辦？」

奕訢急切接口：

「趁兩宮跟幼主扶柩回鑾之前，咱們先佈署，把生死輸贏都賭在這個人身上。」

「你說誰？」

奕訢不答反問：

「舅舅，在京的御史，您跟誰最能推心置腹？」

「嗯，我跟董元醇還說得上話。」

奕訢屈指擊桌：

「好，就請董元醇寫奏摺，說幼主沖齡，請兩宮太后垂簾聽政！」

「啊，這說法有違祖制啊。」鳳祥駭異質問，奕訢霍地站起，聲氣堅決的說：

「為著翻身保命，顧不得了。舅舅您連夜去找董元醇，讓他趕寫奏摺，我天亮啟程帶去熱河。」

鳳祥趕到董元醇家，說明來意，董元醇答應照辦，鳳祥回到貝勒府，絕塵子已在等他了，老兄妹見面，難掩唏噓，絕塵子告訴他：「善保死了。」

鳳祥雖對善保傷痛絕望，但畢竟是自己從小撫養的兒子，驟聞噩耗仍激動悲痛得熱淚湧流，他顫抖著拭淚，哽聲說：「我沒把他教好，是我害了他了。」

「太溺愛，太縱容，愛他反倒害他，死了也好，死了少受牽累，這個畜生快變成禽獸了，倒是馬扣兒可憐！」

「這孩子很乖巧，她生了個兒子，我給他起名叫『廷柱』。」

「別期望他做朝廷柱石，做個普通百姓安份過活就行了。」

鳳祥抹淚點頭，再問：

「寶麟現在哪？」

「我不知道他們下落。」絕塵子顯出一絲悲憫：「讓他們自生自滅吧，他們活得心安理得就好。」

絕塵子淚眼凝望鳳祥說：

「大哥，你回盛京吧，別攪活在這裡了。朝廷裡爾虞我詐，陰險惡毒你招架不住，回盛京養老吧。」

鳳祥點頭：

「那妳呢？」

「我找到錢就回蒙古，永不再進關了。」

「錢找到了？」

「正在挖，應該就挖到了，你別管這檔事，從頭到尾你什麼都不知道。」

絕塵子晃身離去，鳳祥湧淚不止，顯得無比龍鍾蒼老。

在天壇祈年殿後的松林裡，丁卯拼命的在地下挖掘，挖出的泥土被羅巧手拋出坑外，坑邊泥土堆高數尺，土堆上蹲著張洛型和侯成棟目不轉睛的向土坑裡望著，挖掘聲被松濤聲掩蓋，遠處傳來農家的雞叫。

突地土坑裡傳出挖到硬物的脆響，張洛型縱身欲動，松樹上響起絕塵子森冷的話聲：

「侯成棟把鐵盒拿上來。」

侯成棟側望張洛型後跳進坑內，捧出鐵盒，絕塵子截聲：

「打開。」

侯成棟拔出隨身匕首撬開鐵盒，張洛型再作勢蠢動，絕塵子疾射撲下，站在張洛型身旁：

「張洛型，你最好別輕舉妄動，否則我出手截擊絕不留情，你也知道，這鐵盒裡只藏另一張地圖，拿這張圖印證我們這幾個人各自記憶的一個符號，才能找出埋藏庫銀的地點，挖出銀子。」

張洛型陪笑：

「您看，我不是沒動嗎？」

侯成棟和羅巧手把鐵盒打開，盒裡銹水中浸著一張羊皮，眾人都目注盯視羊皮，絕塵子戒慎的把羊皮抓在手上。

鄭親王府滌塵院裡亮起燈光，燈光下桌上舖著羊皮地圖，絕塵子、侯成棟、羅巧手、張洛型等圍在桌邊，眼光都凝注在地圖上，丁卯站在窗前張望屋外竹林，夜風勁銳的搖撼竹子，發出嘩嘩響聲，絕塵子說：

「廿年前鄭親王府在這裡初建，到處堆土，滿地插樁挖坑，當時從庫裡搬出的銀兩無處藏放，就想利用這裡亂挖的坑洞。趕得巧，剛好有座水井乾涸，就把銀兩丟進井內，把井填平，為求易於辨認，在井上移植數叢修竹，後來我離京到蒙古處理劫銀的事，鄭親王府在這段期間建築完成，竹子都集中種植一個地方，是否原來那處枯井，已經不能準確辨認，所以必需有圖跟拼湊記憶符號才能推定藏銀的位置。」

眾人正凝神傾聽，突聽丁卯輕喝：「竹林裡有人。」

絕塵子疾快揢熄燈火，房內頓時一片漆黑，在竹林裡隱匿移動的德良竄進一叢茂草躲藏，絕塵子帶領侯成棟、張洛型、羅巧手飛躍出屋，衝進竹林中。

他們穿梭搜索，侯成棟、羅巧手散開，張洛型緊傍著絕塵子身側，他眼光眨閃著詭詐和機警。

德良尋得空隙脫出林外，潛到不遠處屋角，暗影裡站著恒祿和郝長功，恒祿促聲問：

「都是誰？」

「舅爺猜得不錯，就是你說的那些人。」

恒祿回頭問郝長功：

「兵馬都佈置好了？」

「都佈置了，除巡檢五營還調集京畿禁衛軍，把王府圍得水泄不通。」

恒祿再問德良：

「他們剛才在房裡幹嘛？」

「看地圖，辨認地點。」德良滿臉焦急：「王爺在熱河，誰想到府裡會出這種事……」

丁卯揚鍬在絕塵子指點的地點猛力挖下，侯成棟、羅巧手奮力鑵土，把濕泥爛葉撒到一旁，絕塵子、張洛型站在旁邊緊張的注視，鑵聲、鍬聲在靜夜裡詭譎的響。

這時恭親王府的大門輕悄拉開一條縫隙，懿貴妃的寵信太監安德海撩衣閃進門內，恭親王奕訢滿臉驚疑的迎住他，安德海拂袖打扦：

「奴才安德海奉兩宮太后密旨，連夜進京，叩謁王爺。」

奕訢拉住他，揮手命守衛關門，拉著安德海快步走進院內，安德海急著想說話，奕訢輕噓他，把他位到迴廊深處，兩人驚悸緊張，交頭接耳，說了一會，安德海掏出懷裡秘函遞給奕訢，奕訢抽信就著迴廊宮燈閱讀，看畢收起，低聲說：

「請覆奏兩宮，我一定遵旨。」

「奴才馬上趕回熱河。」

「我不留你，這個你帶著路上喝茶水。」奕訢掏銀票塞給安德海，送他出去。

雞鳴起落，長夜漆黑。

貝勒府後宅的暖閣裡，燈昏靜寂，繡床羅帳裡扣兒痴望著懷裡四歲的『延柱』，延柱香甜的睡著，安祥寧靜，紅潤的臉龐潔淨柔潤，輪廓極像善保。扣兒撫頭觸臉，輕拂他額前頭髮，流露出無盡的溫柔和憐愛，喉中哼唱著：

「乖乖睡，小寶貝……寶貝睡得香，阿娘推搖床，搖床輕輕蕩，寶貝做好夢，夢到金，夢到銀，夢到披紅插花去迎親……」

她唱著數顆熱淚滴到嬰兒的臉，嬰兒蠕動欲醒，扣兒輕拍撫慰，以手掌抹去他臉腴的淚痕。過後暖閣燈火熄滅，嬰兒發出號哭聲。

哭聲雄壯宏亮，婢女聞聲奔進暖閣，她撩帳抱起嬰兒，卻不見扣兒，拍哄著轉過身，見嬰兒身下掉落一封信，婢女撿起書信看，現出驚怖，衝進床側帷幔，見扣兒用一條白綾把自己吊死在床欄上。

鄭親王府的竹林裡，已挖到銀箱，丁卯、侯成棟混身汗濕的握鏟喘息，羅巧手、張洛型跳進深坑搬出沾滿鐵銹爛泥的銀箱，絕塵子逐箱驗看，封條完整，打開一箱，頓時現出耀眼銀光，眾人歡欣凝視，張洛型鬼魅般移到絕塵子身旁。

絕塵子心驚移神，張洛型暴起狙擊，尖刀插進絕塵子背上，侯成棟怒叱撲救，張洛型暢意的獰笑著跳開，絕塵子撫傷怒指他：

「張洛型，你，你卑鄙無恥！」

「嘿，對付妳直接了當，就是讓妳死。」

張洛型竄起再撲擊她，絕塵子恨極反擊，張洛型肩臂被她指甲劃開皮肉，情急喊羅巧手：

「併肩子，上！」

羅巧手作勢欲動，侯成棟怒喝：

「姓羅的，你瘋了？」

羅巧手躍起攻擊絕塵子，他身軀矮胖，像肉球翻滾，邊和張洛型夾擊，邊說：

「老侯，沒辦法，總得弄點棺材本，銀子落在赫絲真手裡，她送蒙古，咱們喝西北風，你想明白。」

侯成棟憤恨的衝進混戰：

「你的良心讓狗啃了，當年坤良老爺從死裡把咱們救活。」

「你從『辛者庫』救出寶麟，把寶麟扶養長大，就已經報了恩，噢！」羅巧手被絕塵子在臉上狠摑一掌，脫口驚呼，張洛型乘侯成棟疏神，一刀揮過他頸上。

侯成棟踉蹌摔退，羅巧手見狀怒撲張洛型，恨吼著：

「張洛型，我跟你拼了。」

羅巧手瘋狂撲擊，張洛型手忙腳亂抵擋，絕塵子乘機撫傷喘息，丁卯把她扶到一旁，鬥毆慘烈，突地夜空銳嘯，有響箭火光爆開，隨著響箭有百枝火把亮出牆頭，火把照耀下強弓搭箭，刀光森森的對著竹林。

火光下恒祿站在屋角冷喝：

「這裡有兩百弓箭手，兩百火銃隊，牆頭還拉了五張生麻鐵絲網，誰自量有能耐盡管硬闖，我不信你們誰能躲得過這強弓火銃。」

張洛型驚恐的跳開，羅巧手躍到侯成棟身旁驗看傷勢，絕塵子跌坐在地上，恒祿高喝：

「郝長功，叫你的人下坑搬箱子。」

「者。」

郝長功揮手帶領數人奔出，絕塵子嘶喊：

「恒祿、這銀子是博爾濟錦的，是博爾濟錦犧牲人命換來的，博爾濟錦的族人還在蒙古邊荒挨餓，恒祿，銀子是博爾濟錦的……」

絕塵子喊著，郝長功等充耳不聞的奔進竹林，侯成棟血流滿身的推開羅巧手，指絕塵子，喊：

「二姑娘，妳撐著，別動氣……」

「我死不瞑目。」絕塵子嘶聲喊：「當初劫奪官銀萬不該拉張洛型入夥，後來我想盡辦法藏匿銀子，就是為了防他，當時我應該把銀子分了，不該存下私吞獨佔的心，羅巧手說得對，人不為財，誰肯拼命？博爾濟錦巴望這筆銀子脫離困苦，我不甘心……」

他抓著丁卯掙扎著站起：

「我要找恒祿，求他——」

郝長功暴聲喝叫，打斷她：

「把鐵箱都搬到車上。」

兵勇搬箱上車，恒祿喝：

「快，快點，還有幾箱？」

「剩最後兩箱。」郝長功應說：

「虎槍營在前邊開道，提督衙門緝盜班保護銀箱，弓箭手在後押隊，讓虎槍營先走。」恒祿揮手指揮著：

銀箱都搬上車，綑綁牢靠，被丁卯扶持著走向恒祿的絕塵子突地停滯腳步，見恒祿身旁出現鄭親王府的側福晉，恒祿愕異的急望她，著急的問說：

「妳來幹嘛？現在露面不好解釋。」

側福晉露笑，笑容險惡：

「好解釋，我來解釋。」側福晉偎近恒祿，突地出刀抵住他的喉嚨，恒祿震慄變色：側福晉斂去森森笑容說：「前因後果一定讓你明白。」

「妳，妳幹什麼？」

「刀戳在你脖子上，這還不明白嗎？」

「香蘭，別這樣，別當著我手下胡鬧。」

側福晉刀尖微挺，恒祿脖頸湧出鮮血，被綑綁著的張洛犁嗤出陰笑說：

「妹子，先讓恒祿給我鬆綁。」

側福晉再挺刀尖戳刺恒祿：

「叫你手下鬆綁。」

恒祿難以置信的凝望她，側福晉殺機盈目：

「叫他們鬆綁。」

「鬆綁、鬆綁。」恒祿發青的臉脹紅了：「為什麼？咱們廿年的感情！」

「誰跟你有感情」側福晉冷嗤著。

恒祿激憤得眼眶通紅：

「廿年前，妳跟我私奔發過誓。」

「那是我的命令。」張洛型鬆開綑綁，甩甩手插嘴，然後走前趨近恒祿，從側福晉手裡接過尖刀，逼刺恒祿頸項：

「當初赫絲真要盡花巧，藏了銀子，我們大夥雖知道埋在鄭親王府，卻弄不準確實地點，不得已我想了這個移株另栽之計。我知道你是鄭親王端華的舅子，就讓香蘭勾引你，想法子潛伏在鄭親王身邊，有一天赫絲真挖銀子我就能知道，嘿嘿，就像現在這樣，銀子就到我手裡了。」

恒祿氣得混身抖索著指側福晉說：

「你，你騙了我廿年…」

「哼，是你鬼迷心竅，我跟你私奔，到了京城我再勾引端華，做他的側福晉，這時候你還不明白，我對你是真心假意嗎？」

恒祿不甘，厲聲責問：

「你是張洛型他哥哥張洛堃的未婚妻。」

「不錯，我跟他們兄弟從小一塊長大，雖然定親的是張洛堃，我愛的，跟最初定情的卻是張洛型。

恒祿恨得要吐血切齒罵她：

「妳好毒……」

側福晉轉向張洛型：

「別嚕嗦了，趕快動手，把銀子拉走。」

張洛型挺刺恒祿，說：

「叫你手下照原定計劃保護銀車，走。」

恒祿挺脖後仰，向郝長功揮手，郝長功瞻顧猶豫，眼見恒祿血流滿身。咬牙喝出：

「走！」

銀車轆轆拉出院門，陡地羅巧手追喊：

「龍頭，還有我……」

張洛型驟驚移神，恒祿乘機肘撞膝頂脫出張洛型掌握，他嘶聲怒吼：

「殺，虎槍營火銃手，給我殺」

張洛型尖刀刺進恒祿的胸膛，虎槍營排鎗暴響，側福晉奔跑欲躲被鎗彈射中倒下，張洛型見狀：

「香蘭！」

張洛塱痛喊著撲抱她，一陣排槍把倆人擊斃，槍聲中絕塵子衝向銀車摟抱銀箱，她氣竭的喊著：

「銀子是我的，是博爾濟錦的，誰都不能搬走……博爾濟錦的人還在受凍挨餓……」

侯成棟跌撞著奔來扶持她，絕塵子緊抱銀箱不放，她雙眼暴瞪著已經死了。

在熱河承德山莊的襄贊政務王大臣等，正圍聚議論著梓宮回鑾的事，突地太監慌張闖進，向鄭親王端華悄聲稟報：

「王爺，府裡有急訊。」

「府裡，我府裡？」端華吃驚錯愕。

太監遞給他信封，端華驚疑的愣著瞬間，折信展讀，頓時驚駭得衝身站起再癱軟地跌坐下：

「怎麼會有這種事？在我府裡挖出銀子？不行，我得趕回去。」

「慢點。」肅順伸手抓住他：「後天就要扶柩回鑾了，你回京不差這一天，再說現在緊要關頭，一步錯就滿盤輸，我們可能連命都不保！」

端華推開他：

「我顧不得這些了？」

「什麼事？」怡親王載垣驚心的問著抓過信紙來看，肅順再一把抓住端華，載垣驚駭的叫：

「廿年前被盜的那筆庫銀，在鄭親王府挖出來了。」

端華臉色灰敗的掙開肅順，衝出去，王公大臣等駭異的相覷發愣，肅順變色說：

「別是對頭刻意栽贓，那就有口難辯了。」

當夜在澹泊敬誠殿後暗處，懿貴妃的親信太監安得海從密使手裡接過恭親王奕訢的覆信，問他：

「有口信嗎？」

「有，說想法子把他們分開。」

「好。」安德海點頭：「你回去吧，小心謹慎，別出差錯。」

安德海轉身離去，密使閃縮著低頭疾走，奔出殿外，安德海回到懿貴妃身邊，把覆信遞給她，懿貴妃看過走近皇后鈕古祿氏身旁，皇后攬著小皇帝載淳眼眶紅腫的在拭淚，懿貴妃說：

「姐、肅順這夥東西太拔扈，太驕縱了，他們眼裡根本沒有咱們孤兒寡婦，皇上才龍馭賓天，妳看他對咱們姐妹的態度，咱們再吞聲忍讓他們就騎到頭上來了，昨天董元醇的奏摺說嗣主年幼請兩宮太后垂簾聽政，這該是順應民情國是的誠摯諍言，肅順不能仰體聖意竟直斥董元醇是聞風抑止莠言亂政，他，他明著就是欺侮咱們孤兒寡婦，想隻手遮天，繼續篡權攬政，姐姐，我忍不住了！」

皇后怔忡聽著，不作聲，懿貴妃含淚聲顫的再說：

「我們孤兒寡婦無人能靠，只能靠自己。」

「妳，妳想怎麼辦？」

「我想。」懿貴妃咬牙握拳：「快刀斬亂麻的除掉他們。」

「怎麼樣快刀斬亂麻？」

「趁梓宮回鑾，叫老六在路上迅雷突發，除掉肅順，然後在京裡再拿問端華跟載垣。」

皇后混身抖一下，顯出驚悸，懿貴妃抓著搖撼她說：

「姐，妳依著我。」

「會鬧出大亂子吧？」皇后驚怖的問。

懿貴妃神情堅決：

「不會，我跟老六都計劃好了。」

澹泊敬誠殿外廊下，宮燈飄搖，襄贊政務八大臣分兩簇聚集著議論，冷月在天，清風拂吹，觸體已覺森寒，肅順和載垣低聲說話，為求語不外露，還用手掌掩著嘴唇：

「剛才有太監，向我密報，說桂子六密差信使給安德海一封信，安德海是懿貴妃的親信太監，這情勢擺明是叔嫂勾結醞釀陰謀，桂子六奕訢處心積慮想攬政奪權，有朝一日他要得勢，還有咱們的好日子過？咱們得先下手為強。」

載垣點頭，肅順再說：

「桂子六他舅舅鳳祥跟我二哥端華積怨糾葛，仇深難解，鄭親王府挖出被盜的庫銀，我懷疑這是栽贓嫁禍，眼前咱們定要鏟除禍根，等桂子六他們得勢，咱們就等著挨宰挨煎了。」

載垣驚駭的望著他，聽他說話，肅順在袖裡伸出兩指。

「乘梓宮回鑾，在路上把她幹掉。」

「有，有把握嗎？」

「殺不成，就改說路遇盜襲驚擾梓宮，追究隨扈的禁軍責任。可惜我二哥端華不在，他在禁衛裡有心腹人，有他密囑，鐵定能辦得到。」

咸豐十一年九月廿三日梓宮由熱河承德啟蹕回鑾，是日清早，啟靈禮後，辰時梓宮出麗正門，兩宮太后和幼帝間道先走，載垣，景壽，穆蔭等諸樞臣伴駕隨從，肅順和醇親王奕讀、陳孚恩、宋晉扈隨梓宮後發，一路樂器，法器聲響震耳欲聾。

隨扈禁軍旗幟飄揚，白幡遮天，梓宮黃綾披幔，白花飾綴，喇嘛抬著長號吹出淒冷幽沉的號聲，鹵薄儀仗浩蕩迤邐在黃土鋪洒的道路，馬蹄翻起的塵霧彌漫天空。

沉默，靜肅，只聞腳步和馬蹄沓踏及車輪聲。

常晚駐蹕驛館時肅順催促載垣趕快動手，載垣爭辯說：

「我不敢輕舉妄動，崗哨這麼多，到處都是眼睛，實在無機可乘。」

「沒機會也要找機會，製造機會，你別猶豫因循。」

「好了，你別催我。」

「嘿，軟得像一把鼻涕，我真恨！」

一日後又駐蹕驛館，肅順再催逼載垣，並焦灼怨恨：

「你瞻前顧後，畏首畏尾，前邊就要進京了，你把握最後這點時間趕快搞定。」

「這種事急不得，我是想穩紮穩打，路上不行，進京再找機會。」載垣辯解的說：「操急妄動容易出岔，那時反坐實我們謀逆叛亂的罪名。」

「進了紫禁城你還有膽子敢動他？唉。當斷不斷，禍臨頭頂。」肅順恨得切齒出聲。

端華回到鄭親王府，德良迎住他告知他挖掘銀子的詳細經過。端華聽著悲憤恚怒得癱軟摔倒，氣噎得喘不過氣來。德良攙扶他躺到床上，他不停的咬牙切齒。流淚喘息。怎麼也想不到自己深情摯愛的側福晉會這樣淫蕩無恥，險毒深沉。十五年的恩愛夫妻，她竟是為著要得到這一坑錢，而裝假欺騙，最可恨的是她跟恒祿……唉，這個賤人！

可慮的是對頭鳳祥和恭親王奕訢，他們必會藉機痛擊反咬一口，這筆埋藏在府裡的庫銀，不正是鐵的罪証？

他想著肝膽寸裂、痛澈心扉，不覺放聲痛哭，如果能馬上氣絕死掉，絕對強過這種心焚肺焦的煎熬。

九月廿九日未正一刻慈安，慈禧兩宮太后及幼帝相攜乘黑布軟轎抵達京城德勝門外，留京各文武官吏，皆縞素翻穿珠補掛先期排班跪迎於道旁，待磕頭請安完畢，兩宮太后攜幼帝進城回宮，即時召見恭親王奕訢密詢一切情況，懿貴妃聞知計劃照序進行，即囑奕訢和大學士桂良、周祖培、賈楨及侍郎文祥等擬妥端華、載垣、肅順的篡權攬政拔扈不臣的罪狀，著發聖旨，交奕訢捧旨執行拿問。

翌日清晨，眾臣群集軍機處、太監、蘇拉等捧茶倒水殷勤侍候、恭親王奕訢笑容飄忽的來到軍機處內，乾咳一聲，揚聲說：

「鑾輿平安到京，各位扈蹕辛苦，皇上體恤，囑各自回家歇養，準備明日一早出城迎接梓宮，不過，鄭親王端華，怡親王載垣留下，有聖旨宣付。」

眾臣僚錯愕互望，紛亂起身離去，待臣僚走盡，太監捧遞聖旨給奕訢展讀：

「端華、載垣接旨。」奕訢冷森的眼光掃望他們，念誦：「端華、載垣、肅順革職削爵，拿交宗人府會同大學士九鄉翰詹科道嚴行議罪。」

端華、載垣剛驚愕愣神，奕訢即揮臂指揮侍衛拿下，載垣欲辯，已被侍衛撫嘴扭辮壓制出門，不容他們再發出聲音，端華張嘴狠咬侍衛的手，侍衛負痛抽手，端華嘶聲叫喊：

「奕訢，你卑鄙……公報私仇……」

載垣也掙脫吼叫：

「亂命，我是顧命大臣，奕訢，你敢——」

侍衛冉搗住他的嘴，奕訢厲聲：

「拖走！」

侍衛把端華，載垣拖出軍機值房，端華被拖得踣倒在地，磨破膝頭，他再嘶叫：

「亂命，亂命，我不服！」

緝捕了端華、載垣；偵騎急馳出城迎向梓宮，在密雲縣迎住晨睡未醒，擁妾高臥的肅順，侍衛等踹開門，驚得赤裸的他們急忙拉被遮身，侍衛粗暴的把肅順拖下床，怒斥：

「聖旨下，跪下聽旨。」

肅順激怒的跳起，囂張喝叫：

「混帳，誰的旨，誰敢！」

侍衛厲聲：

「來人，給我綑了。」

侍衛群湧向前壓制肅順，侍妾嚇得哭號，肅順被壓倒，侍衛欲念聖旨，肅順掙扎嘶叫：

「誰的旨，我是顧命重臣，是誰擬的旨，先皇帝屍骨未寒，你們奉誰的旨？」

侍衛冷嗤：

「哼，你還記得先皇帝屍骨未寒，你隨扈梓宮，不知敬謹，竟私帶妾侍縱淫，單這一條就能剮你。」他話聲稍頓，低頭念聖旨：「肅順，著拿交宗人府嚴審治罪，欽此、綑了！」

侍衛等粗暴的抓扭肅順，肅順怒極嚎叫：

「桂子六，你們叔嫂狼狽為奸，假傳聖旨——」

他的嘴再被搗住，嚎叫憋進喉嚨，變成慘烈呻吟，血珠迸出搗嘴的指縫，他長辮勒著脖子，熱血衝得滿臉脹紫、眼珠暴瞪……

慶鑫和琥珀得知皇帝駕崩，研判朝野忙亂治喪，應無餘暇顧及追拿他們，經過商量，他們決定冒險回京，探視親人。恢復記憶的琥珀，瞪望著患難相依生死相隨的杜慶鑫，滿腔的感激和悲酸甜蜜難以訴說，只抱著『承吉』淚眼望他，以眼光傾吐自己對他的感念和依賴有多深。

慶鑫憐惜的撫摸她，親吻她，把她們母子緊擁進懷內。用行動和體溫告訴妻子，她們是他身體的一部份。慶鑫把繡坊業務都交給他培養的經理，他們帶著簡單的行囊搭船進京，心頭雖忐忑，但滿溢著孺慕親情。

船艙中琥珀思緒起伏，難以抑止，慶鑫深切體會琥珀思親的悲苦，自己也渴望回到京城探望師父的墳墓。他自幼孤苦，惟有師父和侯叔最親，侯叔的背後夾纏著一些他並不想瞭解的恩怨，惟有師父，無怨無悔的撫養教導他，像親兒子一樣疼他，師父才是他實際的父親。

半月後，他們在朝陽門碼頭登岸，琥珀心頭悲酸，眼含痛淚，慶鑫體恤的擁著她和『承吉』叫輛街車，轆轆的駛到鄭親王府，琥珀興奮緊張得抓著慶鑫的手臂，瞪大眼睛從車帘向外觀望，見王府大門緊閉，一紙提督衙門的封條貼在髹漆大門上。

琥珀望著王府的大門，愣著說不出話，慶鑫下車向鄰居打聽，才知道半月前鄭親王府被抄家查封。

「抄家？鄭親王犯了什麼罪？」

「聽說他跟怡親王載垣，吏部尚書肅順，結黨營私，篡政謀逆，朝廷鎖拿了他們，這幾日就要處死了。」

鄰居的說法讓琥珀驚慄得魂飛魄散，他們愴惶的奔到刑部觀看告示，證實鄰居的話，琥珀傷心痛絕的昏倒，慶鑫怕琥珀被牽累羅織，急忙把她和『承吉』帶開，琥珀躲在附近民家傷心痛哭，她心碎的哭喊著：「阿瑪，阿瑪，琥珀回來了……」

端華已聽不到女兒的哭喊，他在凌晨寅時已被賜死自盡，氣絕獄內。他臨死前撕下袍角，咬破手指滴血書寫：「耿忠謀國，含冤不白。」八字血書以作辯白。

同在刑部大牢的怡親王載垣，披頭散髮的坐在地上，他手裡捧著瓷杯，淚流滿臉，混身抖顫得像篩糠籮米。他邊流淚邊嘶喊：

「我不服，這是亂命誣陷忠良，我不服啊！」

獄吏輕蔑的譏諷說：

「王爺，痛快點吧，一仰脖子毒酒就喝乾了，您早走一步我們也早一點輕鬆，別熬時費事讓人厭煩了。」

載垣抖顫得更劇烈，手裡酒杯失手滑落，毒酒潑出滲進地面青磚，嗤嗤一陣青煙冒出，青磚被腐蝕得一片凹陷，獄吏獰下臉，恨聲罵他：

「他媽的，平時耀武揚威，臨了撒潑擺出這種熊相，來呀，爺們送他一程！」

獄卒應著，衝撞著抬來一具鐵床，他們抓髮扯腿把載垣按在鐵床上，手腳頭脖都用鐵箍鎖好，載垣拼命掙扎，獄吏喝叫：

「送！」

獄卒熟練的抓過棉紙水盆，把棉紙浸濕，含水糊貼住載垣的口鼻，載垣被閉鎖呼吸，挺跳欲叫，已叫不出口，第二張棉紙再浸濕貼下，看得出載垣的臉色因憋氣而紅脹。

載垣挺跳劇烈，雙手十指伸屈掙抓，獄卒再濕棉紙層層覆蓋。片刻，載垣挺跳靜止，混身戰慄抖顫直到死去。

在前門鬧市，戲班的梳頭夥計劉四一把抓住慶鑫的手，慶鑫驚得跳起。滿臉驚駭，待認清是劉四，愣著說不出話，劉四急扯他們到街旁一家商店內，急聲問他：

「二爺，你們好大膽子，琥珀郡主現在是欽犯，滿街都是衙門捕快，你們不想活了？」

「劉四，我們剛進京，什麼都不知道。」

「京裡天翻地覆了，先皇帝在熱河龍馭賓天，太子載淳登基，東西兩宮太后垂簾聽政，鄭王爺，怡王爺跟肅尚書被打成奸黨，都抄家賜死了。還有，以前被盜走的庫銀，也在鄭親王府挖出來，被收繳進庫。」

琥珀聽得臉色青灰，搖搖欲倒，慶鑫抱住她，琥珀說：

「劉四哥，我阿瑪跟二娘——」

「唉，別提妳二娘了，你阿瑪不被朝廷賜死也會被她氣死！」

劉四的話聲被街頭鑼聲打斷，他們探頭外望，見一隊官軍押解著肅順的囚車經過店前，琥珀看到肅順失聲喊出：

「六叔！」

幸虧她的喊聲被鑼聲掩蓋，肅順不曾聽見，肅順被五花大綁在囚籠內，背上插著死籤，他滿嘴血污的被綑著嘴，嘴裡塞滿棗核，防止他出聲喊叫，他雙眼怒瞪如鈴的瞪望著街旁行人，驀地他眼光畢直的盯望琥珀，慶鑫發覺情急擋住她，琥珀摀嘴強忍痛哭，直到囚車過去。

囚車轆轆馳遠，琥珀衝出店外欲追，被慶鑫拉住，琥珀把頭臉埋進慶鑫腋下，痛極悲哭，混身顫抖。

「二老板，快走，小心鷹爪耳目！」

慶鑫驚恐的抱緊『承吉』，攙扶琥珀衝出店外，愴惶的逃進人群中。

琥珀悲痛欲絕，虛脫得幾難舉步。慶鑫焦急處境危險，一手緊抱『承吉』一手攙扶琥珀，踉蹌走到朝陽門碼頭，僱船返回蘇州。琥珀驚怖悲痛，一路都躲藏在船艙裡垂淚瘖哭。

他們在悲痛驚慄中回到蘇州繡坊，自此世間再無寶麟貝勒和琥珀郡主，慶鑫和琥珀攜手埋頭經營刺繡作坊，琥珀更以靈巧的雙手和機敏的頭腦鑽研蘇繡技法，建立起蘇州繡工的教學系統。多少年後，她開創的繡技被普遍學習和推廣，統稱「蘇州胭脂繡」……

國家圖書館出版品預行編目資料

逃離紫禁城：一位滿清郡主的傳奇／董升著. --
初版. --臺中市：白象文化事業有限公司，2021.9
面；　公分
ISBN 978-626-7018-35-4（全套：平裝）

863.57　　110012121

逃離紫禁城：一位滿清郡主的傳奇

作　　者　董升
專案主編　水邊
出版編印　林榮威、陳逸儒、黃麗穎、水邊、陳婕婷、李婕
設計創意　張禮南、何佳諠
經銷推廣　李莉吟、莊博亞、劉育姍、李如玉
經紀企劃　張輝潭、徐錦淳、黃姿虹、廖書湘
營運管理　林金郎、曾千熏
發 行 人　張輝潭
出版發行　白象文化事業有限公司
412台中市大里區科技路1號8樓之2（台中軟體園區）
出版專線：（04）2496-5995　傳真：（04）2496-9901
401台中市東區和平街228巷44號（經銷部）
購書專線：（04）2220-8589　傳真：（04）2220-8505
印　　刷　基盛印刷工場
初版一刷　2021 年 9 月
定　　價　600 元（上下冊合售）